BASTEI
LÜBBE

Taschenbücher von ROBERT ASPRIN
im BASTEI-LÜBBE-Programm:

Geschichten aus der Diebeswelt
20 089 Die Diebe aus Freistatt
20 091 Der blaue Stern
20 093 Zum wilden Einhorn
20 095 Die Rache der Wache
20 098 Die Götter von Freistatt
20 101 Verrat in Freistatt
20 107 Krieg der Diebe
20 113 Hexennacht
20 122 Sturm über Freistatt
20 140 Armeen der Nacht
20 149 Die Farbe des Zaubers

20 084 Ein Dämon auf Abwegen
20 085 Ein Dämon kommt selten allein
20 086 Ein Dämon macht noch keinen Sommer
20 109 Dämonen-Futter
20 110 Ein Dämon mit beschränkter Haftung
20 137 Ein Dämon für alle Fälle
20 144 Ein Dämon dreht durch

Robert Asprin (Hg.)

Geschichten aus der Diebeswelt

VERRAT IN FREISTATT

BASTEI LÜBBE

BASTEI-LÜBBE-TASCHENBUCH
Fantasy
Band 20101

Erste Auflage: November 1987
Zweite Auflage: September 1990

Mit Illustrationen, Karten und Erläuterungen
im Anhang von Helmut W. Pesch

Deutsche Lizenzausgabe 1987
Bastei-Verlag Gustav H. Lübbe GmbH & Co., Bergisch Gladbach
Originaltitel: Storm Season
Ins Deutsche übertragen von Lore Straßl
Lektorat: Michael Nagula/Dr. Helmut Pesch
Titelillustration: Walter Velez
Umschlaggestaltung: Dieter Kreuchauff
Druck und Verarbeitung:
Brodard & Taupin, La Flèche, Frankreich
Printed in France
ISBN 3-404-20101-9

Inhalt

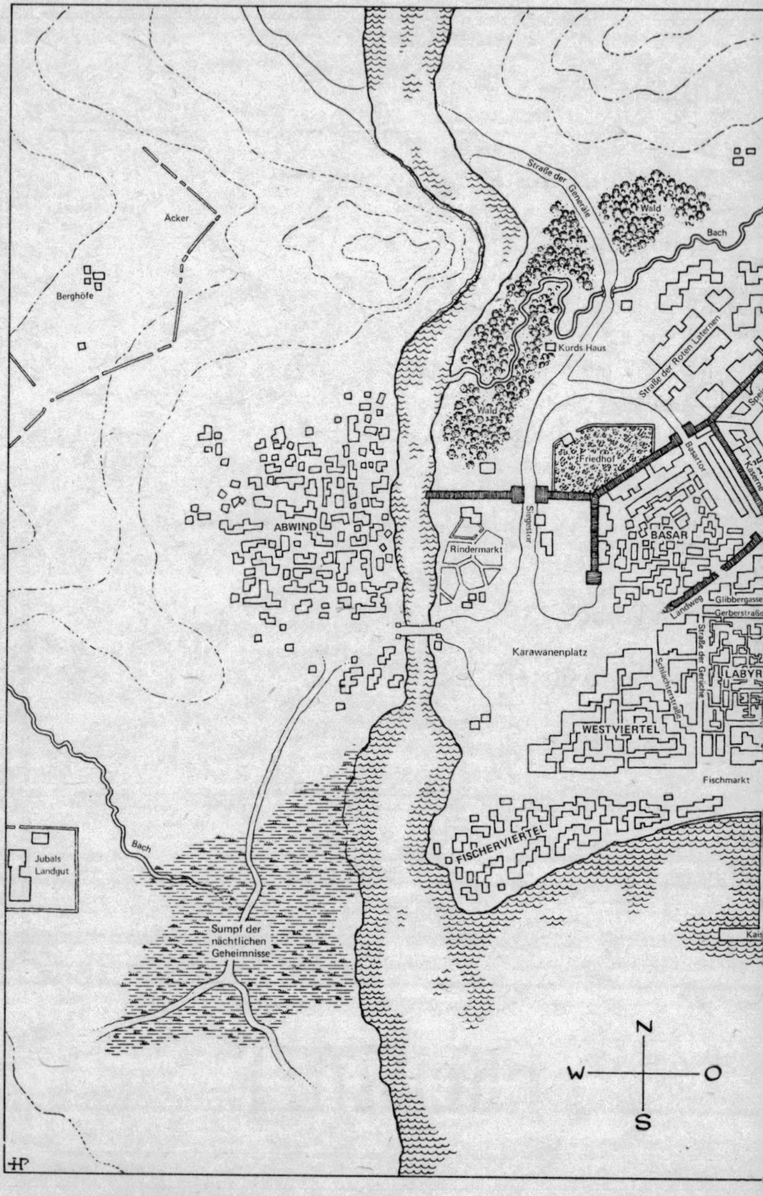

Äcker
Berghöfe
Straße der Generale
Wald
Bach
Kurds Haus
Straße der Roten Laternen
Wald
Friedhof
Basartor
ABWIND
Rindermarkt
Siegestor
BASAR
Glibbergasse
Landweg
Gerberstraße
Karawanenplatz
Straße der Gerüche
Schlachterstraße
WESTVIERTEL
Fischmarkt
FISCHERVIERTEL
Bach
Jubals
Landgut
Sumpf der
nächtlichen
Geheimnisse
N
W
O
S

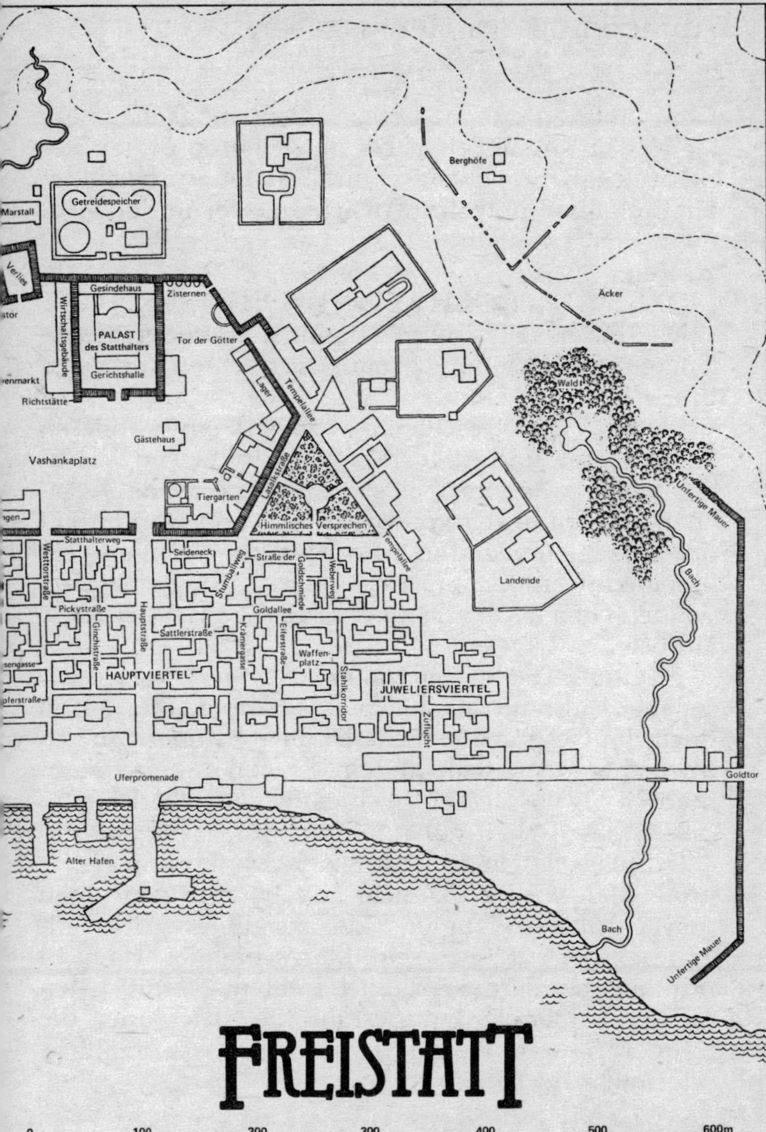

FREISTATT

0 100 200 300 400 500 600m

Anmerkung des Herausgebers

Dem aufmerksamen Leser fallen möglicherweise kleine Unstimmigkeiten bei den Figuren dieser Stories auf. Ihre Sprechweise, ihre Darstellung bestimmter Ereignisse und ihre Ansichten, wer in der Stadt mehr oder weniger zu sagen hat, variieren von Zeit zu Zeit.

DAS SIND JEDOCH KEINE UNSTIMMIGKEITEN!

Der Leser sollte diese scheinbaren Widersprüchlichkeiten noch einmal genauer betrachten und dabei dreierlei bedenken:

Erstens: Jede Geschichte wird aus einer anderen Sicht erzählt, und jeder sieht und hört die Dinge eben ein bißchen anders. Selbst augenscheinliche Tatsachen werden durch Wahrnehmung und Standpunkt des einzelnen beeinflußt. So wird beispielsweise ein Spielmann ein Gespräch mit einem Magier anders wiedergeben als ein Dieb, der dasselbe Gespräch mit anhörte.

Zweitens: Die Bürger von Freistatt sind zwangsläufig mehr als nur ein bißchen paranoid. Sie neigen dazu, im Gespräch manche Dinge entweder ganz zu übersehen oder abzuwandeln. Sie tun das eher automatisch als vorsätzlich, weil es für das Überleben in dieser Gesellschaft notwendig ist.

Drittens: In Freistatt ist der Konkurrenzkampf groß. Man wird z. B. nicht angeheuert, wenn man von vornherein zugibt, »der zweitbeste Schwertkämpfer der Stadt« zu sein. Man schneidet also nicht nur auf, sondern setzt auch seinen gefährlichsten Rivalen herab oder ignoriert ihn. Folglich variiert die Rangordnung in Freistatt je nachdem, wer erzählt – oder mehr noch, wem man glaubt.

Einleitung

Es war schon lange her, seit Hakiem, Freistatts ältester Geschichtenerzähler, zuletzt den Stadtteil betreten hatte, der als Fischerviertel bekannt war, aber er fand sich durchaus noch zurecht. Es hatte sich hier auch nicht viel verändert. Die Stände mit ihren dünnen Stoffdächern, die den Tagesfang vor der Sonne schützen sollten; die Kähne, die mit dem Kiel nach oben auf den Piers lagen; und ein paar Netze, die zum Trocknen und Flicken entlang des Strandes aufgehängt waren; alles war so wie früher – nur etwas ärmlicher, mitgenommener, genau wie die Menschen auch – und der Rest der Stadt.

Hakiem hatte den Niedergang Freistatts über die Jahre hinweg miterlebt, hatte beobachtet, wie mit der zunehmenden Verschlechterung der wirtschaftlichen Lage die Bürger immer verzweifelter wurden und die Untaten zunahmen. Mit dem unvoreingenommenen Auge des echten Geschichtenerzählers hatte er alles beobachtet und festgehalten. Doch manchmal, wie jetzt – wenn eine längere Abwesenheit den Verfall offensichtlicher machte, der hier rascher fortschritt als in den Vierteln, in denen er sich üblicherweise aufhielt –, verspürte er tiefen Kummer, nicht unähnlich dem, als er seinerzeit seinen Vater besucht und erkannt hatte, daß er dem Tod nahe war. Er hatte jenen Besuch kurzgehalten und war nie wieder zurückgekehrt. Damals in seiner Jugend, hatte er es vorgezogen, sich die Erinnerung an seinen Vater in der vollen Blüte seines Lebens zu bewahren. Später hatte Hakiem diesen Entschluß immer bedauert. Und nun, da die Stadt, die er zu seiner Heimat gemacht und in sein Herz geschlossen hatte, in ihren Todeszuckungen lag, war er entschlossen, den gleichen Fehler nicht noch einmal zu begehen, indem er sie verließ. Er würde in Freistatt bleiben, ihre Schmerzen mit ihr teilen und sie mit seiner Anwesenheit trösten, bis entweder sie oder er oder sie beide tot waren.

Bestärkt in diesem Entschluß, wandte der Geschichtenerzähler dem herzzerbrechenden Anblick der Piers den Rücken – der Piers, einst der Stolz Freistatts, doch jetzt ein Zerrbild ihrer früheren Größe – und betrat die Schenke, die von vornherein sein Ziel gewesen war.

Im »Weinfaß« trafen die Fischer sich gern zu einem kleinen Schwatz, ehe sie nach verrichtetem Tagewerk zu ihren Katen zurückkehrten. Heute war keine Ausnahme, und Hakiem fand sofort die Person, die er suchte. Omat saß an einem Ecktisch mit einem vollen Krug in der einen Hand, die ihm noch geblieben war, und starrte abwesend vor sich hin. Hakiem zögerte kurz, sich dem einarmigen Fischer in seiner selbstgesuchten Zurückgezogenheit aufzudrängen, doch dann siegte die Neugier über den Takt, und er näherte sich dem Tisch.

»Darf ich mich zu dir setzen, Omat?«

Der Blick des Fischers schien aus weiter Ferne zurückzukehren, und er blinzelte überrascht. »Hakiem! Was führt dich zu den Piers? Ist dem ›Wilden Einhorn‹ endlich der Wein ausgegangen?«

Der Märspinner ging nicht auf den Spott ein. Er ließ sich auf einen der leeren Stühle fallen. »Ich bin hinter einer Geschichte her«, erklärte er ernst. »Hinter einem Gerücht, das sich nur mit deiner Hilfe zu einer vollblutigen Geschichte ausbauen läßt, wie sie die Zuhörer fesseln kann.«

»Eine Geschichte?« echote Omat mit ausweichendem Blick. »Abenteuer erleben bloß deine reichen

Kaufleute oder lichtscheuen Gauner, nicht einfache Fischer wie wir – und ganz sicher habe ich keines erlebt.«

»Oh?« Hakiem täuschte Verwunderung vor. »Dann war es wohl ein anderer einarmiger Fischer, der heute einem Standorthauptmann das Verschwinden des Alten Mannes und seines Sohnes meldete?«

Omat bedachte ihn mit einem finsteren Blick. »Ich hätte es besser wissen müssen, als Verschwiegenheit in dieser Stadt zu erwarten. Schlimme Neuigkeiten ziehen solche, die den Nervenkitzel suchen, an wie des Prinzen Galgen die Raben. Wie man so schön sagt, in Freistatt kann man alles bekommen, nur keine Hilfe.«

»Die Garnison wird doch sicher nachforschen?« fragte der Geschichtenerzähler, obgleich er die Antwort bereits kannte.

»Nachforschen!« Der Fischer spuckte geräuschvoll auf den Boden. »Weißt du, was sie zu mir gesagt haben – diese Schreibtischhengste? Daß der Alte Mann ertrunken sein muß und sein Sohn ebenfalls. Sie glauben doch tatsächlich, eine plötzliche Böe hätte den Alten Mann aus dem Kahn geworfen. Kannst du dir so etwas vorstellen? Er, aus dem Boot fallen! Wo er doch so sehr Teil davon ist wie die Dolle! Und Hort, der schon wie ein Fisch schwamm, ehe er überhaupt laufen konnte! Ertrinken? Beide? Mit ihrem Kahn unbeschädigt im Wasser?«

»Ihr Boot war unbeschädigt?« fragte Hakiem eifrig.

Omat betrachtete ihn eine Weile stumm, dann lehnte er sich vor und erzählte ihm schließlich, was er wußte. »Seit Wochen schon hat der Alte Mann Hort mit hinausgenommen, um ihm Tiefseefischen beizubringen. Oh, ich wußte, daß Hort nie ein Fischer werden würde. Ich wußte es, Hort wußte es, und der

Alte Mann wußte es ebenfalls – aber es war eine gute Ausrede für den Alten, vor seinem Sohn ein bißchen mit seinem Können zu prahlen. Und zu Horts Ehre sei gesagt, daß er mitmachte und so geduldig mit dem Alten Mann war, wie der früher mit ihm. Es war uns allein eine Freude, daß die beiden wieder so gut miteinander auskamen.« Der einarmige Fischer lächelte in Erinnerung ganz leicht, ehe er fortfuhr:

»Gestern fuhren sie hinaus – ganz weit, außer Sichtweite des Landes und der anderen Boote. Ich dachte mir schon, daß es gefährlich sei, und das sagte ich auch zu Haron. Sie hat bloß gelacht und gemeint, der Alte Mann sei zu dieser Jahreszeit der See mehr als gewachsen.« Der Fischer nahm einen tiefen Schluck aus seinem Krug.

»Aber sie sind nicht zurückgekehrt. Ich dachte, vielleicht sind sie anderswo an Land gekommen, und habe die ganze Nacht auf den anderen Piers herumgeschaut und nach ihnen gefragt. Doch niemand hat sie gesehen. Heute morgen bin ich dann selbst hinausgefahren, aber erst gegen Mittag sichtete ich ihren Kahn. Er trieb leer auf dem Wasser, mit eingezogenen Rudern. Vom Alten Mann und von Hort fand ich keine Spur. Ich habe das Boot in Schlepp genommen und bin dann zum Standort, um das Verschwinden zu melden. Na ja, und du weißt, was man meinte. Durch eine Böe ertrunken! Dabei sind es noch Monate bis zur Zeit der Stürme ...«

Hakiem wartete, bis der Fischer in Schweigen versank, ehe er fragte: »Könnte vielleicht irgendeine – Kreatur aus der Tiefsee dahinterstecken? Ich will ja nicht behaupten, daß ich das Meer kenne, aber auch ein Geschichtenerzähler hört so allerlei.«

Omat blickte ihn nachdenklich an. »Vielleicht«, räumte er ein. »Ich würde mich nicht mal bei Tag in die Tiefsee wagen, geschweige denn im Dunkeln. Götter und Ungeheuer sollte man lieber in Ruhe lassen.«

»Und doch hast du es heute gewagt.« Der Geschichtenerzähler war beharrlich und legte den Kopf schräg.

»Der Alte Mann war mein Freund«, antwortete Omat stumpf. »Aber wenn du für deine Geschichten Ungeheuer brauchst, dann schlage ich vor, du kümmerst dich um die zweibeinige Art, die mit Gold um sich wirft.«

»Was willst du damit andeuten, Omat?«

Obgleich sie ohnedies dicht beisammen saßen, rückte der Einarmige noch näher heran und warf einen verstohlenen Blick um sich. »Nur soviel: ich habe ein Schiff da draußen gesehen – eines, das nicht dort hätte sein sollen – ja eigentlich nirgendwo.«

»Schmuggler?«

»Glaubst du, ich kenne Schmugglerschiffe nicht, Geschichtenerzähler?« brauste der Fischer unwillkürlich auf. »Wir kennen sie, und sie kennen uns – und wir kommen uns gegenseitig nicht in die Quere. Wenn der Alte Mann so dumm gewesen wäre, zu nahe an ein Schmugglerschiff heranzurudern, hätte ich ihn ganz gewiß tot in seinem Kahn aufgefunden oder im Wasser treibend daneben. Was sollte ein Schmuggler mit ihnen anstellen?«

»Wer sonst?« Der Geschichtenerzähler hob die Brauen.

Stirnrunzelnd sagte Omat: »Das ist ja das Rätsel. Das Schiff war ziemlich weit entfernt, trotzdem war mir klar, daß ich so ein Schiff noch nie zuvor gesehen habe und auch nie von einem ähnlichen gehört hatte. Und was ich noch erstaunlicher fand – es folgte nicht der Küste und fuhr auch nicht zur Schmugglerinsel, sondern geradewegs weiter ins Meer hinaus.«

»Hast du das dem Hauptmann auch gesagt?« fragte Hakiem.

»Ihm?« schnaubte der Fischer. »Was hätte ich ihm sagen sollen? Daß ein Spukschiff meine Freunde entführte und über den Horizont in unbekannte Gewässer segelte? Sie hätten mich für betrunken gehalten oder für Schlimmeres und mich zu den Verrückten gezählt, die Kittycat um sich sammelt. Ich habe ihnen sowieso schon zuviel gesagt, und dir noch mehr. Also hüte deine Zunge, Geschichtenerzähler. Ich möchte nicht noch einen Tag vom Fischen abgehalten werden, weil du in einer Geschichte meinen Namen erwähnst und diese Tagediebe von Wächtern neugierig werden.«

Hakiem hätte ihn gern noch mehr über dieses »Spukschiff« gefragt, aber er spürte, daß er sich bloß unbeliebt machen würde, wenn er noch länger bliebe. »Ich erzähle keine Geschichte, ehe ich ihr Ende nicht kenne«, versicherte er dem finster Dreinschauenden. »Kein Wort wird über meine Lippen kommen, bis ich nicht mehr erfahren habe, und selbst dann wirst du der erste sein, der die Geschichte hört, als Dank für deine Offenheit.«

»Gut«, brummte Omat. »Obwohl mir statt der Geschichte eine Runde Bier lieber wäre.«

»Ein armer Mann muß sparsam mit seinem Geld umgehen«, sagte Hakiem lachend. Er stand auf, doch dann zögerte er. »Und die Frau des Alten Mannes ...?«

Omat senkte die Augen, und plötzlich schien sich eine Mauer zwischen die beiden Männer geschoben zu haben. »Man wird sich schon um sie kümmern. Im Fischerviertel sorgen wir füreinander.«

Fast verlegen fummelte der Geschichtenerzähler in seinem Gewand und brachte einen kleinen Beutel zum Vorschein. »Da«, murmelte er und legte ihn auf den Tisch. »Es ist nicht viel, aber ich möchte wenigstens ein bißchen beitragen, soweit ich es mir leisten kann.«

Der Beutel blieb unberührt.

»Sie nimmt keine Almosen von Stadtleuten.«

Einen Augenblick schien der kleine Geschichtenerzähler zu doppelter Größe anzuschwellen. »Dann gibst *du* es ihr!« zischte er. »Oder denen, die sie unterstützen – oder reibst es in ein Fischfaß, bis es stinkt ...« Er unterbrach sich, als er sich der neugierigen Blicke von den Nachbartischen bewußt wurde. Sofort kehrte der bescheidene Geschichtenerzähler an die Oberfläche zurück. »Omat, mein Freund«, sagte er ruhig. »Du kennst mich. Ich bin genausowenig ein Städter wie ein Fischer oder Soldat. Laß den Stolz einer alten Frau nicht zwischen ihr und ein paar ehrlichen Kupferstücken stehen. Sie lassen sich nicht schlechter ausgeben, als wenn sie am Fischstand verdient worden wären.«

Nachdenklich griff der Fischer nach dem Beutel, dann blickte er Hakiem durchdringend an. »Warum?«

Der Geschichtenerzähler zuckte die Schultern. »Die Geschichte vom Alten Mann und der Riesenkrabbe* hat mir viel eingebracht. Mir würde der Wein, den ich mit dem Geld kaufe, nicht mehr schmecken, solange ich weiß, daß seine Frau Not leidet.«

Omat nickte, und nun verschwand der Beutel außer Sicht.

* siehe »EIN GESCHENK ZUM ABSCHIED« von Robert Asprin in: *Die Rache der Wache*, Bastei-Lübbe, 20095

Es dämmerte, als Hakiem aus dem »Weinfaß« trat. Lange Schatten verbargen den Verfall, der ihm zuvor ins Auge gesprungen war, aber vielleicht fiel er ihm jetzt auch deshalb nicht mehr so auf, weil er sich nun wohler fühlte, da sein Geschenk angenommen worden war. Aus einem plötzlichen Einfall heraus beschloß er, an den Piers entlangzuspazieren, ehe er ins Labyrinth zurückkehrte.

Der Wind trug Meeresgerüche herbei und spielte mit seinem Gewand, während Hakiem über Omats Geschichte nachdachte. Das Verschwinden des Alten Mannes und seines Sohnes setzte die Reihe ungewöhnlicher Geschehnisse der letzten Zeit fort: der Krieg, der sich im Norden zusammenbraute; der Überfall auf Jubals Anwesen; und das Verschwinden sowie das spätere Wiederauftauchen von Tempus und Eindaumen. Das alles war fernem Donnergrollen vergleichbar, wie sich ein Unwetter gewaltigen Ausmaßes ankündigen mochte.

Omat hatte gesagt, die Zeit der Stürme wäre noch Monate entfernt, doch nicht alle Stürme waren natürlichen Ursprungs. Etwas stand bevor! Der Geschichtenerzähler spürte es in der Luft und las es in den Gesichtern der Menschen auf den Straßen – doch hätte er genausowenig wie sie zu sagen vermocht, was es war, das sie zu befürchten hatten.

Flüchtig dachte er daran, einen seiner seltenen Besuche in einem Tempel zu machen, doch wie gewöhnlich schreckte ihn allein schon die große Zahl der Gottheiten, die erwarteten, angebetet oder besänftigt zu werden. Bei den kleinlichen Eifersüchteleien unter den Göttern und Priestern war es besser, von allen Abstand zu nehmen, als die Gefahr einzugehen, sich für die falschen zu entscheiden.

Die gleichen Münzen, die er als Opfer darbringen

könnte, würden ihm vielleicht auch durch eine der Basar-Seherinnen einen Blick in die Zukunft ermöglichen. Allerdings war ihr Gebrabbel manchmal so unverständlich, daß man die Wahrheit erst erkannte, wenn das Vorhergesagte vorbei war. Mit einem selbstzufriedenen Grinsen traf Hakiem seinen Entschluß. Statt sein Geld für Götter oder Seherinnen auszugeben, würde er auf seine eigene, angenehmere Weise nach Einblick und Omen suchen: auf dem Grund eines Weinbechers.

Seinen Schritt beschleunigend, machte der Geschichtenerzähler sich auf den Weg zum »Wilden Einhorn«.

Jubal

Schmerzen und Qualen

Robert Lynn Asprin

Es mußte Schwierigkeiten gegeben haben. Saliman war viel zu lange ausgeblieben, es konnte nicht gut gegangen sein. Andere mochten Schwierigkeiten haben, die Zeit richtig einzuschätzen, die zwischen Sonnenuntergang und Sonnenaufgang verstrich, nicht aber Jubal. Während seiner jungen Jahre als Gladiator in der Hauptstadt des rankanischen Reiches verbrachte er viele schlaflose Nächte vor den Arenatagen oder den Bluttagen, wie jene, die dieses Handwerk betrieben, sie nannten; die Dunkelheit war ihm wohl vertraut.

Jede Spanne der Nacht hatte ihre eigene Schattierung, ihre eigene Stofflichkeit – und er kannte sie alle, sogar jetzt, da Schweiß und Tränen ihm die Augen trübten.

Zu lange. Schwierigkeiten.

Die beiden Gedanken wirbelten ihm durch den Kopf, als er versuchte, sich einen Plan zurechtzulegen. Wenn seine Vermutungen stimmten, dann war er jetzt allein und verwundet – was konnte er tun? Weit käme er nicht, wenn er sich mit den Händen und unter großen Schmerzen auf dem Boden dahinschleppte. Sollte einer seiner Verfolger ihn stellen oder begegnete ihm zufällig ein Bewohner der Stadt, der einen alten Groll gegen ihn hegte, so konnte er sich nicht verteidigen. Zum Kämpfen brauchte ein Mann Beine, Beine, die ihm gehorchten. Auch das wußte er aus den Arenatagen.

Die so oft gehörten Worte seines Lehrmeisters in

in der Arena kamen ihm in den Sinn und verdrängten alle anderen Gedanken.

»Beweg dich! Beweg dich, verdammt! Zurück. Angriff. Zurück. Umkreisen. Beweg dich! Wenn du dich nicht bewegst, ist es dein Tod. Wenn ich dich nicht selbst umbringe, dann tut das dein nächster Gegner! Beweg dich! Ein Kämpfer, der stocksteif dasteht, ist ein toter Kämpfer. Jetzt beweg dich! *Beweg dich!*«

Ein halb gehörtes Geräusch riß Jubals fiebrige Gedanken zurück in die Gegenwart. Die Hand umschloß den Griff seines Dolches, während sein zielloser Blick versuchte, die Dunkelheit zu durchdringen.

Saliman?

Vielleicht. Aber in seiner augenblicklichen Verfassung konnte er kein Risiko eingehen. Da sein Verbündeter wußte, wo er war, mochten Jubals Feinde ihn gezwungen haben, dieses Wissen preiszugeben. Gegen einen Baum gelehnt und die Beine vor sich ausgestreckt, sah Jubal sich nach neuer Deckung um. Etwa zwei Schritte entfernt wuchs auf einem Flecken kniehohes Unkraut. Nicht viel, aber genug.

Der Exgladiator kippte zur Seite, stützte sich mit einer Hand ab und ließ sich langsam ganz zu Boden gleiten. Dann zog er sich mit den Armen auf den mit Unkraut bewachsenen Fleck zu und schließlich in ihn hinein. Obwohl er mit dem freien Arm das Gleichgewicht hielt, schabte einmal einer der abgebrochenen Pfeilschäfte, die aus seinen Knien ragten, über den Boden, und ein stechender Schmerz peinigte ihn.

Greifen, ziehen. Greifen.

In der Sicherheit inmitten der Pflanzen gönnte er sich eine Rast. Sein Kopf sank nun ganz zu Boden. Der Dolch glitt aus der Hülle, er hielt die Spitze nach unten und schirmte das Glitzern der Klinge mit seinem Unterarm ab. Zitternd von der Anstrengung, die ihm die Bewegungen bereitet hatten, atmete er durch die Nase, um sich langsam und leise zu erholen. Ausatmen. Warten.

Zwei Gestalten näherten sich, schwarze Flecke gegen den noch dunkleren Hintergrund des Baumes, gegen den er eben noch gelehnt dasaß.

»Nun?« Die Stimme klang laut in der Finsternis. »Wo ist mein Patient? Ich kann keinen Geist behandeln.«

»Er war hier, das schwöre ich.«

Jubal lächelte, die Finger um den Griff des Dolches entspannten sich. Die zweite Stimme erkannte er unschwer. Seit Jahren nun hatte er sie Tag für Tag gehört.

»Du bist immer noch kein Krieger, Saliman«, rief er und stützte sich auf einen Ellenbogen. »Wie ich bereits sagte, du würdest nichts von einem Hinterhalt bemerken, ehe du nicht mitten hineingestolpert wärst.«

Seine Stimme klang schwach und verzerrt, so daß er sie selbst kaum erkannte. Die beiden Gestalten jedoch zuckten erschrocken zusammen, als sie die Stimme vernahmen, die von irgendwo in der Nähe ihrer Fußgelenke zu kommen schien. Einen Augenblick lang weidete Jubal sich an ihrem Schrecken, dann wurden seine Züge hart. »Du kommst spät«, knurrte er.

»Wir wären rascher gewesen«, beeilte sich sein Helfer zu sagen, »aber der Heiler bestand darauf haltzumachen, um einige Pflanzen auszugraben.«

»Einige Heilpflanzen sind frisch am wirksamsten«, erklärten Alten Stulwig würdevoll, als er auf Jubal zuging. »Und nachdem man mir erzählte …« Er blieb unvermittelt stehen und starrte auf das Unkraut in dessen Mitte sein Patient lag. »Wißt Ihr eigentlich«, stammelte er, »daß die Pflanzen, zwischen denen Ihr liegt, ein Öl absondern, das auf der Haut Brennen und Juckreiz hervorruft?«

Aus unerfindlichen Gründen belustigte die Ironie, die in dieser Belehrung lag, Jubal so sehr, daß er zum ersten Mal, seit die Stiefsöhne sein Landhaus überfallen hatten, lachte. »Ich glaube, Heiler«, sagte er schließlich, »daß ich im Augenblick größere Probleme habe als einen Hautausschlag.« Dann übermannten ihn Erschöpfung und Schock, und er sank in Ohnmacht.

Es war nicht die Dunkelheit der Nacht, sondern eine tiefere Finsternis – die Schwärze der Leere oder einer Folterzelle.

Sie kamen aus der Schwärze auf ihn zu, unsichtbare Feinde mit Dolchen, weißglühenden Eisen gleich, mit denen sie seine Knie marterten und gegen die er sich vergebens wehrte. Ein- oder zweimal brüllte er laut auf und versuchte, die Knie gegen die Brust zu pressen, aber ein schweres Gewicht hielt sie fest, während der Folterer sein Werk fortsetzte. Unfähig, Arme oder Beine zu bewegen, warf er den Kopf hin und her und stammelte und sabberte unzusammenhängende, wirkungslose Flüche. Schließlich glitt sein Geist in eine andere Ebene, eine dunklere Ebene, auf der es keinen Schmerz gab – und auch keine anderen Gefühle.

Langsam kehrte die Welt in Jubals Bewußtsein zurück, so langsam, daß er darum kämpfen mußte,

Traum und Wirklichkeit auseinanderzuhalten. Er befand sich in einem Raum – nein, einer Hütte. Eine wachstriefende Kerze gab ein wenig Licht ab, und durch einen Torbogen ohne Tür fiel Sonnenschein.

Er lag auf dem Lehmboden, seine Kleider waren feucht und klamm vom eigenen Schweiß. Die Beine, von den Knöcheln bis über die Schenkel dick bandagiert, schienen keine eigene Form mehr zu haben, außer der, die ihnen der klumpige Verband verlieh.

Alten Stulwig, Freistatts meistgeschätzter Heiler, hockte über ihn gebeugt und schützte sein Gesicht vor den Sonnenstrahlen. »Ihr seid wach. Gut«, brummte er. »Vielleicht kann ich nun meine Behandlung zu Ende bringen und nach Hause gehen. Ihr seid erst der zweite Schwarze, an dem ich meine Künste versuche, wißt Ihr? Der andere starb. Es ist schwer, in solchen Fällen nach der Verfärbung der Haut zu urteilen.«

»Saliman?« krächzte Jubal.

»Draußen, er gibt einem dringenden Befürfnis nach. Ihr unterschätzt ihn, wißt Ihr? Krieger oder nicht, er hinderte mich daran, meinem besseren Wissen zu folgen. Er drohte, mir den Magen herauszuschneiden, wenn ich nicht wartete, bis Ihr Euer Bewußtsein wiedererlangtet.«

»Saliman?« Jubal lachte schwach. »Ihr wurdet hereingelegt, Heiler. Er hat noch nie Blut vergossen. Nicht alle, die für mich arbeiten, sind Mordbuben.«

»Ich glaubte ihm«, erklärte der Heiler ernst. »Und ich tue es noch.«

»Und das solltet Ihr auch«, fügte Saliman, der nun im Eingang stand, hinzu. In einer Hand trug er eine rostige Pfanne, an der der Griff fehlte, er hielt sie mit großer Sorgfalt, als wäre sie oder ihr Inhalt zerbrechlich. In der anderen Hand trug er Jubals Dolch.

Als er versuchte, sich herumzudrehen, um seinen Helfer zu begrüßen, merkte Jubal zum ersten Mal, daß seine Hände irgendwo hinter seinem Kopf festgebunden waren, woran, konnte er nicht erkennen. Saliman kniete neben ihm nieder und befreite die Hände mit dem Dolch, dann reichte er ihm die Pfanne, die halb gefüllt war mit Wasser. Es war trüb, Gras und kleine Zweige schwammen darin, aber es half dem Sklavenhändler, den fiebrigen Geschmack aus dem Mund zu spülen.

»Ich erwarte ja nicht, daß Ihr Euch erinnert«, fuhr Saliman fort, »aber ich habe mindestens viermal Blut vergossen – zwei meiner Opfer sind sicher tot –, während ich Euch aus dem Anwesen schaffte.«

»Um mein Leben zu retten?«

»Es ging auch um mein Leben.« Saliman zuckte mit den Schultern. »Die Eindringlinge waren nicht sehr wählerisch in bezug auf ihre Ziele.«

»Wenn ich nun meine Arbeit zu Ende bringen dürfte?« unterbrach Stulwig vorsichtig. »Es war eine lange Nacht, und Ihr werdet noch viel Zeit zum Reden haben.«

»Natürlich«, gestattete ihm Jubal und schickte Saliman mit einer Handbewegung fort. »Wie lange wird es dauern, bis ich meine Beine wieder richtig gebrauchen kann?«

Die Frage stand zu lange im Raum, und Jubal kannte die Antwort, noch ehe der Heiler seine Stimme wiederfand.

»Wie lange?« Diesmal war es keine Frage, sondern eine Forderung.

»Nie mehr.«

Jubals Hand fuhr flink zur Hüfte und hielt dort suchend inne, als ihm bewußt wurde, daß der Dolch nicht an seinem gewohnten Platz war. Dann erst begriff er, daß Saliman seine Waffen trug. Er versuchte, seinem Mann mit den Augen ein Zeichen zu geben, und mußte feststellen, daß dieser seinem Blick absichtlich auswich.

»Ich habe einen Kräuterumschlag aufgelegt, der das Ausbreiten der Entzündung verzögert«, fuhr Alten fort, der nicht begriff, daß er dem Tod nur knapp entgangen war. »Auch habe ich den Saft einiger Pflanzen aufgetragen, um die Schmerzen zu betäuben. Aber wir müssen die Behandlung ohne Verzögerung fortsetzen.«

»Behandlung?« Jubal starrte ihn verwirrt an und wirkte einen Augenblick lang weniger aufgebracht. »Aber Ihr sagtet doch, ich könnte meine Beine nie mehr gebrauchen ...«

»Ihr sprecht von Euren Beinen«, seufzte der Heiler. »Ich versuche, Euer Leben zu retten – obwohl ich hörte, daß andere anständig dafür zahlen würden, wenn es ein Ende fände.«

Jubal hörte die Worte und nahm sie hin ohne Furcht, die ein anderer vielleicht empfunden hätte. Der Tod war ein alter Bekannter aller Gladiatoren. »Nun, was ist das für eine Behandlung, von der Ihr sprecht?« fragte er nüchtern.

»Feuer«, eröffnete Stulwig, ohne zu zögern. »Wir müssen die Entzündung ausbrennen, ehe sie sich weiter ausbreitet.«

»Nein.«

»Aber die Wunden müssen behandelt werden!«

»Das nennt Ihr Behandlung?« fauchte Jubal herausfordernd. »Ich habe schon verbrannte Beine gesehen – keine Muskeln mehr, nur noch Narben. Das sind keine Beine mehr, sondern Dinge, die man besser versteckt.«

»Eure Beine taugen nichts mehr«, brüllte Stulwig.

»Sprecht nicht mehr von ihnen, als wären sie etwas wert. Die einzige Frage, die sich stellt, ist, ob Ihr weiterleben wollt oder den Tod vorzieht.«

Jubal ließ den Kopf zurücksinken und starrte zur Decke der Hütte hoch. »Ja, Heiler«, murmelte er leise, »das *ist* die Frage. Ich brauche Zeit, um die richtige Antwort zu finden.«

»Aber ...«

»Wenn ich jetzt antwortete«, fuhr der Sklavenhändler rauh fort, »dann zöge ich den Tod dem Leben vor, zu dem Eure Behandlung mich verdammt. Aber das ist die Antwort, die ein gesunder Jubal gäbe – jetzt jedoch, da der Tod so greifbar nahe ist, bedarf die Antwort gründlicherer Überlegung. Ich lasse Euch meine Entscheidung wissen.«

»Wie Ihr wollt«, knurrte Alten. »Aber laßt Euch für diese Entscheidung nicht zu viel Zeit. Eure schwarze Haut macht es mir schwer, genau festzustellen, wie weit die Entzündung schon fortgeschritten ist – aber ich schätze, Ihr habt nicht mehr viel Zeit, Eure Wahl zu treffen.«

»Wie lange?« fragte Saliman.

»Einen Tag oder zwei. Danach werden wir die Beine ganz abnehmen müssen, um sein Leben zu retten – aber dann mag es bereits nur noch eine Wahl der Todesart sein.«

»Nun gut«, stimmte Jubal ein.

»Aber falls ich mich geirrt haben sollte«, sagte Stulwig unvermittelt, »hätte ich gerne meine Bezahlung gleich.«

Der Sklavenhändler riß den Kopf hoch, doch sein Helfer war ihm zuvorgekommen. »Hier«, sagte Saliman und warf dem Heiler einen kleinen Beutel voller Münzen zu. »Für Eure Dienste und Euer Schweigen.«

Alten wog den Beutel in der Hand, zog die Brauen hoch, nickte und ging in Richtung Ausgang.

»Heiler!« rief Jubal ihm nach, und Stulwig blieb stehen. »Zur Zeit wissen nur wir drei, wo ich mich aufhalte. Wenn uns jemand nachstellen sollte und mit uns nicht fertig würde, nun, dann würde einer von uns oder wir beide dafür sorgen, daß Ihr leidet, ehe Ihr sterbt.«

Alten zögerte und fuhr sich mit der Zunge über die Lippen. »Und wenn Euch jemand zufällig findet?«

»Dann sterbt Ihr – zufällig«, folgerte Saliman.

Der Heiler blickte von einem der kalten Augenpaare zum anderen, nickte kurz zustimmend und ging schließlich.

Nachdem er die Hütte verlassen hatte, herrschte dort noch lange Zeit Stille.

»Woher hast du das Geld?« fragte Jubal Saliman, der im Augenblick anderen Gedanken nachhing.

»Was?«

»Das Geld, das du Stulwig gabst«, erklärte Jubal. »Erzähl mir nicht, daß du geistesgegenwärtig genug warst, während des Überfalls unser Hab und Gut zusammenzukratzen.«

»Ich habe etwas viel Besseres mitgenommen«, erklärte Saliman stolz. »Ich nahm die Aufzeichnungen über unsere Guthaben mit.«

Schon als er am Anfang seines Aufstiegs zur Macht in Freistatt stand, war Jubal bereits Salimans Rat gefolgt – vor allem wenn es sich um die sichere Anlage seines Reichtums handelte. Im Anwesen selbst befand sich verhältnismäßig wenig Wertvolles, vielmehr war es auf geheimen Wegen über die Stadt verteilt, als Anlage und zur Aufbewahrung. In einer Stadt wie Freistatt gab es viele, die gern ihr Einkommen ein wenig aufbesserten, indem sie ein Päckchen mit unbekanntem Inhalt für eine ebenso unbekannte Person aufbewahrten.

Jubal kämpfte sich hoch, so daß er nun aufrecht saß. »Das bringt mich auf die Frage, die ich dir schon seit dem Überfall stellen wollte: Warum hast du mich gerettet? Du hast dich selbst in Lebensgefahr gebracht, du hast sogar getötet, um mich lebend dort herauszuschaffen. Und nun besitzt du, wie es scheint, die Aufzeichnungen über mein Vermögen, von dem ohnehin du das meiste angelegt hast. Du könntest jetzt ein reicher Mann sein – wenn ich tot wäre. Warum setzt du all das aufs Spiel, um einen Verwundeten seinen Feinden zu entreißen?«

Saliman stand auf und ging auf den Ausgang zu. Er lehnte sich gegen den rauhen Holzrahmen und sah hinaus auf den Himmel, ehe er antwortete. »Als wir uns kennenlernten – als Ihr mich anwarbt –, bewahrtet Ihr mich davor, als Sklave verkauft zu werden, und als Bezahlung für meine Freiheit nahmt Ihr mein Versprechen. Ihr wolltet mich nicht als Sklave, denn Sklaven hieltet Ihr nicht für vertrauenswürdig. Ihr brauchtet mich als freien Mann, der sich seinen Unterhalt selbst verdiente, durch die Dienste, die er Euch erwies, und außerdem stand es mir frei, zu gehen, wenn ich meinte, mein Glück anderswo besser machen zu können!«

Er wandte sich um und sah Jubal direkt an. »Ich schwor, Euch mit allen meinen Fähigkeiten zu dienen und Euch als ersten davon in Kenntnis zu setzen, sollte ich mich mit der Absicht tragen, zu gehen. Bis zu dem Zeitpunkt, sagte ich Euch, brauchtet Ihr meine Treue nicht in Frage zu stellen …

Damals lachtet Ihr, mir aber war es ernst. Ich versprach mein Leben und meine Seele dem, der mir meine Freiheit wiedergab und mir vertraute. Als das

Landhaus überfallen wurde, war noch kein Wort über Kündigung gefallen, und obwohl ich mich gewöhnlich damit beschäftige, Eure Interessen zu vertreten, und es anderen und Euch selbst überlasse, Euer Leben zu verteidigen, hätte ich es doch mit einem Schwur nicht vereinbaren können, nicht wenigsten zu *versuchen*, Euch in Sicherheit zu bringen. Und wie die Dinge sich fügten, gelang es mir, Euch zu retten.«

Der Sklavenhändler studierte das Gesicht des Mannes, der seine rechte Hand war. Die Glieder waren weicher und der Bauch voller als die des Sklaven, der sich damals im Griff der Wachen heftig gewunden hatte, während er seine Versprechen hinausbrüllte, aber das Gesicht war noch immer so hager wie damals, und auch in den Augen blitzte noch dieselbe Intelligenz.

»Und warum hast du niemals gekündigt, Saliman?« fragte Jubal sanft. »Ich weiß, daß man dir andere Angebote macht. Ich wartete oft darauf, daß du eine höhere Bezahlung fordertest – aber du kamst nie. Warum?«

»Ich war glücklich mit den Dingen, so wie sie standen. Die Arbeit für Euch war eine ungewöhnliche Mischung aus Aufregung und Sicherheit mit geringem persönlichem Risiko – bis vor kurzem zumindest. Einst träumte ich davon, ein Abenteurer zu sein, ein furchtloser Führer. Dann lernte ich Euch kennen und fand heraus, was dazu gehörte, ein solches Leben zu führen.

Ich habe nicht diese Angewohnheit zwischen Vorsicht und Draufgängertum, diese Ausstrahlung, die ein Führer haben muß. Das weiß ich nun und bin bereit, das zu tun, was ich am besten kann: das Geld eines anderen zu verwalten oder demjenigen Rat zu geben, der tatsächlich Entscheidungen über Leben und Tod trifft.«

Salimans Miene verfinsterte sich. »Das heißt jedoch nicht, daß ich nicht viele Eurer Gefühle teile. Ich half Euch, Eure Macht in Freistatt aufzubauen; ich beriet Euch, als Ihr die Falkenmasken auswähltet und anwarbt, die während des Überfalls so sinnlos hingeschlachtet wurden. Auch ich will Rache – aber ich bin nicht derjenige, der sie herbeiführen kann. Der seid Ihr, und ich bin bereit, alles zu riskieren, um Euch am Leben zu erhalten, bis diese Rache vollzogen ist.«

»Am Leben? So?« fauchte Jubal. »Wieviel Ausstrahlung hat ein Krüppel? Genug, um eine rachsüchtige Armee um sich zu scharen?«

Saliman wandte den Blick ab. »Wenn Ihr Eure Macht nicht wiedererlangen könnt«, gab er zu, »finde ich einen anderen, dem ich folgen werde. Aber zunächst bleibe ich bei Euch, bis Ihr Euch entschieden habt. Wenn es irgend jemanden gibt, der eine Truppe, wie wir sie brauchen, auf die Beine stellen kann, dann seid Ihr es – auch als Krüppel.«

»Dann rätst du mir, Stulwig gewähren zu lassen?«

»Es scheint keine andere Möglichkeit zu geben – es sei denn, Ihr zieht den Tod vor.«

»Es gibt noch eine Möglichkeit«, Jubal grinste humorlos. »Aber es ist eine, vor der ich zurückscheue. Ich will, daß du für mich Balustrus, den Metallmeister, aufsuchst.«

»Balustrus?« Saliman wiederholte den Namen, als hätte er einen schlechten Geschmack. »Ich traue ihm nicht. Manche sagen, er sei verrückt.«

»Er diente uns gut in den Zeiten, die hinter uns liegen – was immer er sonst noch getan haben mag«, stellte der Sklavenhändler fest. »Und was noch wichtiger ist, er weiß Bescheid über verschiedene Zauberer in Freistatt.«

»Zauberei?« Saliman war offensichtlich überrascht.

»Ja.« Jubal nickte grimmig. »Wie ich schon sagte, ich habe nicht viel übrig für diese Wahl, aber es ist immerhin eine Möglichkeit – und vielleicht ist sie dem Tod und der Verstümmelung vorzuziehen.«

»Vielleicht«, meinte sein Berater, verzog aber dabei das Gesicht. »Nun gut, ich mache mich jetzt auf den Weg, um Eure Anweisungen auszuführen.«

»Saliman«, rief der Sklavenhändler ihm nach. »Da ist noch etwas: Wenn du mit Balustrus sprichst, dann verrate ihm nicht mein Versteck. Sag ihm, ich sei irgendwo anders – in den Schlachthäusern. Ich traue ihm nicht mehr, als du es tust.«

Jubal fuhr aus seinem Halbschlaf hoch, den Dolch kampfbereit in der Hand. Dieses Geräusch – es war nahe und kam noch näher. Er zog sich über den Fußboden auf den Eingang zu. Zum ersten Mal fragte er sich, in wessen Hütte Saliman ihn untergebracht hatte. Er nahm an, sie war verlassen – aber vielleicht kehrte jetzt der rechtmäßige Besitzer zurück? Äußerst vorsichtig blickte er um die untere Ecke des Eingangs und sah …

Ziegen.

Eine stattliche Herde kam in einer Schlangenlinie auf die Hütte zu. Sie hatten zwar Jubals Aufmerksamkeit erregt, aber weit mehr interessierte er sich für die beiden Männer, die gemeinsam hinter den Tieren auf ihn zukamen. Den einen erkannte er sogleich als Saliman. Der Kopf des anderen reichte kaum bis zu den Schultern Salimans, und sein Gang war federnd und weich.

Jubals Augen verengten sich vor Mißtrauen und Verwunderung. Welchen Grund Saliman auch haben mochte, einer Ziegenherde das Versteck preiszugeben, er hoffte für ihn, daß es ein guter war.

Die Laune des Sklavenhändlers hatte sich nicht gebessert, als die beiden Männer den Eingang erreicht hatten. Sie war im Gegenteil noch schlechter geworden, da er mit zwei Ziegen, die der Herde vorausgeeilt waren, unfreiwillig Bekanntschaft gemacht hatte.

»Jubal«, rief Saliman, der nicht darauf geachtet hatte, daß die Ziegen bereits in die Hütte eingedrungen waren. »Seht, wen ich mitgebracht habe ...«

»Eine Ziegenherde?« schnaubte Jubal. »Hast du den Verstand verloren?«

»Nicht die Ziegenherde«, stammelte sein Berater, den Jubals Zorn überraschte. »Ich meinte den Lizerener.«

»Was kümmert es mich, wo er geboren wurde? Sieh zu, daß du ihn und seine Ziegen hier herausbringst!«

Während er sprach, kam eine weitere Ziege durch den Eingang und blieb zu Jubals Füßen stehen, von wo aus sie ihn mit sanften, neugierigen Augen ansah, während der Rest der Herde die Ecken der Hütte untersuchte.

»Erlaubt mir, zu sprechen, mein Lord«, sagte der kleine Mann rasch und nervös. »Es ist nicht eine Frage meiner Herkunft, Euer Helfer wollte vielmehr erklären, was ich bin – nämlich vom Orden der Lizerener, einem bescheidenen Orden, der sich der Heilkunst durch Zauberei verschrieben hat.«

»Er kann Eure Beine heilen«, beeilte sich Saliman zu sagen. »Vollständig. Ihr werdet wieder gehen können – oder laufen, wenn Ihr das wünscht.«

Nun war es an Jubal, überrascht zu blinzeln, während er abwesend eine Ziege beiseite schob. »Ihr? Ihr seid ein Zauberer? Ihr gleicht keinem der Magier, die ich in der Stadt gesehen habe.«

»Es ist ein bescheidener Orden«, erwiderte der Mann und zupfte nervös an seinem fadenscheinigen Gewand. »Und das Leben mit den Ziegen paßt nicht so recht zu dem Prunk, auf den meine Kollegen in den Städten so stolz sind.«

»Dann sind das also Eure Ziegen?« Jubal warf Saliman einen finsteren Blick zu.

»Ich brauche sie für meine Magie«, erklärte der Lizerener.

»Und sie dienen mir auch als Nahrung. Wie ich schon sagte ...«

»Ich weiß«, unterbrach ihn Jubal. »Es ist ein bescheidener Orden. Nur eine Frage: Stimmt es, was Saliman sagte? Könnt Ihr meine Beine heilen?«

»Nun, das kann ich erst mit Sicherheit sagen, wenn ich die Wunden gesehen habe, aber ich war in vielen Fällen erfolgreich.«

»Genug. Beginnt mit der Untersuchung. Und Saliman – schafft die verdammten Ziegen aus der Hütte!«

Als die Ziegen in den Hof getrieben waren, hatte der Lizerener schon die Verbände abgenommen und untersuchte Jubals Beine. Nun sah auch der Sklavenhändler zum ersten Mal die Wunden, und sein Magen begehrte bei dem Anblick auf.

»Nicht gut – gar nicht gut«, murmelte der Magier. »Viel schlimmer, als man mir sagte. Seht, hier, die Entzündung hat sich schon über den halben Oberschenkel ausgebreitet.«

»Könnt Ihr sie heilen?« fragte Jubal, wobei er noch immer vermied, auf die Wunden zu schauen.

»Es wird kosten«, erklärte der Lizerener, »und es gibt auch keine Garantie für vollständigen Erfolg.«

»Das wußte ich, ehe ich nach Euch sandte. Eure Zunft verlangt immer viel und gibt nie Garantien. Kein Söldner könnte sich über Wasser halten, wenn er sich nach den Bedingungen der Magier bezahlen ließe.«

Der Zauberer blickte auf. Sein Gesicht wirkte nun hart. »Ich sprach nicht von meinem Lohn«, belehrte er seinen Patienten, »sondern von der Belastung, die Eurem Körper und Geist abverlangt werden wird. Mehr noch, es wird *Eure* Kraft sein und nicht meine, von der das Ausmaß Eurer Heilung abhängt. Die Kraft der Muskeln und des Geistes. Wenn es mir und anderen oft nicht gelungen ist, Heilung zu bringen, so liegt das daran, daß bei den meisten hochmütigen Kriegern die Selbsteinschätzung größer ist als ihre Fähigkeiten, auch besitzen sie kein ...« Er fing sich wieder und wandte sich erneut den Wunden zu. »Vergebt mir, Lord, aber manchmal belastet es die Nerven, einem ›bescheidenen Orden‹ anzugehören.«

»Entschuldigt Euch nicht, Mann«, lachte Jubal. »Nun habe ich zum ersten Mal Vertrauen in Eure Fähigkeiten und Versprechen. Wie heißt Ihr?«

»Vertan, mein Lord.«

»Und ich bin Jubal – und nicht ›mein Lord‹«, erklärte der Sklavenhändler. »Nun gut, Vertan. Wenn es Kraft ist, die hier verlangt wird, dann sollten wir beide in der Lage sein, meine Beine wiederherzustellen.«

»Wie sehr werden Körper und Geist beansprucht?« fragte Saliman vom Eingang aus.

Jubal starrte seinen Helfer wütend über die Unterbrechung an, aber Vertan hatte sich bereits Saliman zugewandt, und so bemerkte er es nicht.

»Eine gute Frage«, pflichtete der Lizerener bei. »Um die Antwort zu verstehen, müßt Ihr erst einmal den Heilungsprozeß kennenlernen.« Er war nun in seinem Element, und seine Nervosität schmolz dahin. »Die Heilung wird sich in zwei Schritten vollziehen. Der erste ist relativ einfach, erfordert aber Zeit. Dazu gehört es, die Entzündung, die Gifte, aus den Wunden zu ziehen. Wahrhaft auf die Probe stellen wird uns erst der zweite Teil der Behandlung. Große Teile der Beine sind in Mitleidenschaft gezogen – sogar die Knochen selbst. Um Knochen zu heilen, bedarf es einiger Zeit, mehr Zeit, denke ich, als mein Lord Jubal aufbringen möchte. Deshalb werde ich die Körperfunktionen beschleunigen und damit die benötigte Zeit verkürzen. In diesem Zustand werdet Ihr unglaubliche Mengen Nahrung zu Euch nehmen, denn der Körper braucht Kraft für die Heilung. Was normalerweise Tage in Anspruch nähme, vollzieht sich dann innerhalb von Stunden; Abläufe, die sonst Monate dauerten, werden so in Wochen stattfinden.«

»Habt Ihr zuvor schon auf diese Weise geheilt?« fragte Saliman.

»Aber ja«, versicherte ihm Vertan. »Ihr kennt sogar einen meiner Patienten. Ich war es, der Balustrus heilte. Das war natürlich in der Hauptstadt, ehe er seinen Namen änderte.«

»Balustrus«, Jubals Gesicht verfinsterte sich, als er im Geiste den verkrüppelten Metallmeister vor sich sah.

»Ich weiß, was Ihr denkt«, fügte der Lizerener hastig hinzu. »Aber ich habe viel getan, um meine Fähigkeiten seit damals zu verbessern. Trotzdem war ich überrascht, daß er mich empfahl. Damals war er mit dem Ergebnis meiner Arbeit ganz und gar nicht zufrieden.«

»Aha«, murmelte der Sklavenhändler. Er warf Saliman einen Blick zu, und mit leichtem Nicken gab dieser zu verstehen, daß er über den Metallmeister gründlichere Nachforschungen anstellen würde. »Aber wenn ich mich Euch anvertraue, *werde* ich dann in der Lage sein, meine Beine wieder zu gebrauchen – wie vorher?«

»Oh, ja«, versicherte ihm Vertan zuversichtlich. »Das Hauptgewicht liegt auf der Bewegung. Balustrus blieb während der gesamten Heilperiode im Bett, daher wuchsen seine Gelenke zusammen. Wenn Ihr die Kraft und den Willen habt, Eure Beine ständig zu bewegen, dann sollten sie wieder völlig normal einsatzfähig werden.«

»Tut das für mich, und ich werde Euch doppelten Lohn bezahlen, egal, wieviel Ihr verlangt, ohne Fragen und Klagen. Wann könnt Ihr beginnen?«

»Sobald Euer Begleiter hier uns verlassen hat«, sagte der Zauberer.

»Was?« stieß Saliman hervor und fuhr hoch. »Ihr sagtet nichts darüber ...«

»Ich sage es jetzt«, unterbrach Vertan ihn. »Unsere Methoden sind allgemein bekannt, aber unsere Maßnahmen sind ein streng gehütetes Geheimnis. Wenn jemand, der die Unterweisungen unseres Ordens nicht kennt, davon erfährt und den Versuch unternimmt, unsere Behandlung nachzuahmen, ohne die Zeichen und Gefahren völlig zu verstehen, so wären die Ergebnisse nicht nur verheerend, sondern auch eine Erniedrigung für unseren bescheidenen Orden. Niemand außer dem Patienten darf Zeuge dessen sein, was ich tun werde. Die Gesetze unseres Ordens sind in dieser Hinsicht sehr streng.«

»Laß gut sein, Saliman«, ordnete Jubal an. »Ich hatte ohnehin andere Pläne mit dir. Außerdem hilft es mir nicht weiter und bereitet mir auch keine Freude, wenn andere mich in diesem geschwächten Zustand sehen – auch nicht, wenn du es bist. Wenn ich meine Macht wieder aufbauen will, brauche ich zwei Dinge: meine gewohnte körperliche Gesundheit und aktuelle Informationen über die Geschehnisse in Freistatt. Die Heilung ist meine Aufgabe, hierbei kannst du mir nicht helfen. Aber in bezug auf die Informationen muß ich mich auf dich verlassen können, wie schon so oft in der Vergangenheit.« Er wandte sich an den Lizerener. »Wie lange wird die Heilung dauern?«

Der Heiler zuckte die Schultern. »Eine genaue Zeit kann ich nicht nennen. Vielleicht zwei Monate.«

Jubal sprach weiter. »Gehe in die Stadt zurück und komme nicht wieder hierher, ehe drei Monate vergangen sind. Du hast Zugang zu den meisten Verstecken, in denen wir unser Vermögen unterbrachten. Bediene dich des Geldes und mach dir ein schönes Leben. Wer immer Falkenmasken jagt, wird sie nicht unter den Wohlhabenden suchen.

Diese Jagd wird eine Auswahl sein, eine Probe für die Verbleibenden unserer Kämpfer. Finde heraus, wo sie sich aufhalten, und überwache sie – laß aber keinen wissen, daß ich noch am Leben bin. Nach drei Monaten treffen wir uns und entscheiden, wer in die neue Organisation aufgenommen wird.«

»Wenn Ihr so reich seid, wie es Euren Worten nach den Anschein hat«, unterbrach Vertan vorsichtig, »dann hätte ich noch einen weiteren Vorschlag.« Jubal hob eine Braue, ließ aber erkennen, daß er den Vorschlag hören wollte. »Es leben in Freistatt einige Magier, die Euren Aufenthalt herausfinden könnten.

Wenn ich Euch eine Liste ihrer Namen aufstellte mit einer etwaigen Angabe der jeweiligen Bestechungssumme, so könntet Ihr Euch Eure Sicherheit während der Heilung erkaufen, indem Ihr sie dafür zahlt, Euch *nicht* zu finden.«

Saliman grunzte. »So nehmen sie unser Gold und stellen sich trotzdem in den Dienst des ersten Jägers, der sie anheuert. Für wie vertrauenswürdig haltet Ihr Eure Kollegen, Heiler?«

»Sie sind nicht mehr und nicht weniger vertrauenswürdig als gedungene Schwertkämpfer«, konterte der Lizerener. »Jeder hat seine Fehler, und manche sind schwächer als andere. Vielleicht sind einige unter ihnen skrupellos genug, ihre Dienste zweimal zu verkaufen, doch vor den Ehrlichen seid Ihr zumindest sicher.«

»Sieh zu, daß das geschieht«, wies Jubal Saliman an. »Noch zwei weitere Aufträge habe ich. Finde Hakiem und bringe ihn hierher als Zeuge meiner Genesung.«

»Den Geschichtenerzähler. Warum?«

»Er hat uns früher mit seinen Geschichten erfreut«, lächelte Jubal, »und uns mit aktuellen Informationen versorgt. Wenn wir diese Geschichte mit ihm teilen, gehen wir sicher, daß jeder von meiner Rückkehr zur Macht hören wird.«

Saliman runzelte die Stirn, machte aber keine weiteren Einwände. »Was noch?«

»Ein Schwert«, erklärte Jubal und blickte grimmig drein. »Das beste Schwert, das du finden kannst. Nicht das hübscheste, hörst du, sondern das mit der besten Klinge. Einige werden wenig begeistert sein, wenn sie die Neuigkeiten meiner Genesung erfahren, und ich will bereit sein, es mit ihnen aufzunehmen.«

»Das ist genug für heute«, sagte Vertan zitternd und nahm die Hände von Jubals Knien.

Wie ein Ertrinkender, der nach einem Stück Treibholz greift, packte er eine Ziege, die hier angebunden stand, und hielt sie fest, während das Tier darum kämpfte, sich zu befreien. Der Sklavenhändler wandte den Blick ab, das inzwischen vertraute Ritual verursachte ihm Übelkeit.

Am ersten Tag hatte er noch zugesehen und beobachtet, und was er gesehen hatte, war ihm ins Gedächtnis gebrannt. Obwohl er stets Magie und jene, die sich ihrer bedienten, verabscheut hatte, mußte er nun widerwillig zugeben, daß er den kleinen Zauberer, der an ihm arbeitete, bewunderte. Er selbst stünde lieber hundert scharfen Schwertern gegenüber, als das auf sich zu nehmen, was der Lizerener freiwillig ertrug.

Vertan entzog Jubals Beinen das Gift, aber was der Exgladiator anfangs nicht wußte, war, daß der Zauberer es in seinen eigenen Körper sog. Nach der ersten Sitzung waren ihm Vertans Hände aufgefallen: geschwollen und unförmig, mit tiefen Rissen, aus denen Eiter tropfte – Karikaturen von Händen im flackernden Kerzenschein. Das Gift gab Vertan dann an eine der Ziegen weiter, deren Körper die Infektion heilte. Über ein Dutzend Tiere der Herde trugen nun Schwellungen oder Wunden, die von der Teilnahme an der Behandlung herrührten. Jubal war überrascht und besorgt über die Menge Gift in seinen zerschundenen Beinen. Obwohl nun mehrere Ziegen die Infektion verarbeiteten, was die Kraft des Giftes schwächte, war doch die gesamte Menge des Giftes durch Vertans Körper geflossen. Jubal ärgerte sich nicht über die häufigen Ruhepausen, die der kleine

Magier brauchte, er bewunderte vielmehr dessen Zähigkeit.

»Ein paar ... Tage noch ... dann können wir diesen Teil der Behandlung abschließen«, sagte Vertan mit schwacher Stimme und gab die Ziege frei. »Dann beginnt die wahre Prüfung.«

Der Gestank, der von Vertans Kessel aufstieg, brachte Jubal zum Würgen. Er hatte andere Gerüche kennengelernt, die als unangenehm empfunden werden: den fauligen Gestank von Blut und Eingeweiden, die der Wind von den Schlachthäusern zu seinem Anwesen herübertrug; den Gestank ungewaschener Körper, toter und lebender; die zähe Ausdünstung der Ausscheidungen eingepferchter Tiere; den ätzenden, beißenden Gestank des Sumpfes bei Ebbe. All das konnte er ohne Klagen ertragen, aber das ... Was immer dort in Vertans Kessel blubberte, es war widerwärtig. Weder Natur noch Zivilisation hatte je solchen Gestank hervorgebracht – dessen war sich Jubal sicher.

»Trinkt«, wies Vertan ihn an und hielt ihm eine Schöpfkelle hin. »Zwei Schluck, nicht mehr.«

Der Inhalt der Kelle blubberte noch – er war von der Beschaffenheit von Erbrochenem und sah auch so aus –, aber Jubal trank. Der erste Schluck erschien ihm überraschend kühl auf der Zunge, der zweite aber war warm und pulsierte wie etwas Lebendiges. Jubal schluckte es mit derselben teilnahmslosen Entschlossenheit hinunter, mit der er seinen ersten hilflosen verkrüppelten Gegner niedergestreckt hatte, und reichte die Kelle dem Zauberer zurück.

Mit zufriedenem Nicken ließ der Lizerener das Kochgeschirr wieder in den Kessel gleiten, dann streckte er die Hände mit den Handflächen nach unten aus, bis beide nur wenig über Jubals Knien zur

Ruhe kamen. »Macht Euch bereit, Kämpfer«, riet er. »Nun werdet Ihr etwas über Schmerzen erfahren.«

Etwas bewegte sich unter der Haut des rechten Knies des Sklavenhändlers, und ein stechender Schmerz fuhr sein Bein entlang. Etwas anderes bewegte sich ebenfalls und rieb gegen das erste Ding. Dann kam dieselbe Bewegung in sein linkes Knie. Trotz seiner Entschlossenheit entfuhr Jubal ein tierischer Schmerzenslaut, ein wortloser Klang, der sich hob und senkte, als die Teile seiner zertrümmerten Kniescheibe sich bewegten und wieder zusammenfügten. Die Welt war aus seinem Bewußtsein geglitten, als Vertans Stimme durch einen roten Nebel zu ihm drang.

»Jetzt bewegt Eure Knie. *Bewegt sie!* Ihr müßt Eure Knie abbiegen.«

Mit gewaltiger Anstrengung beugte Jubal sein rechtes Knie und ließ den Fuß über den schmutzigen Boden schleifen. Kein Laut verriet nunmehr seine Schmerzen, aber der Mund war verzerrt, als stoße er geräuschlose Schreie aus.

»Mehr. Ihr müßt sie völlig abbiegen. Mehr, Kämpfer! Wollt ihr ein Krüppel werden? *Mehr!* Das andere Knie – mehr! Bewegt es!«

Speichel lief aus den Mundwinkeln des Sklavenhändlers, er beschmutzte sich selbst vor Schmerz, aber er bewegte die Knie, erst das eine, dann das andere. Rechtes Knie – ausstrecken, linkes Knie – ausstrecken, rechtes Knie ...

Er hatte den Sinn für Raum und Zeit verloren. Seine ganze Welt bestand nur noch aus der Wiederholung der einfachen Übungen.

»Wo ist dieser Wille, mit dem Ihr Euch brüstetet?« spottete sein Folterknecht. »Mehr! Knickt die Knie völlig ab. Bewegen!«

Er gewöhnte sich an den Geschmack von Vertans widerlicher Brühe. Noch immer ekelte er sich davor, aber das beständige Einnehmen machte die Übelkeit zur Gewohnheit und deshalb erträglich.

»Heute werdet Ihr stehen«, verkündete der Magier ganz unfeierlich.

Jubal sah ihn an, ein Stück Ziegenbraten zwischen den Zähnen. Wie versprochen nahm er nun für jede Mahlzeit, die der Magier aß, fünf zu sich. »Bin ich fertig?«

»Nein«, gab Vertan zu. »Aber schließlich sind nicht nur Eure Knie in Mitleidenschaft gezogen. Eure Muskeln, insbesondere Eure Beinmuskeln, müssen bewegt werden, wenn sie bei Kräften bleiben sollen. Mit den Füßen in der Luft zu winken, ist nicht genug für Eure Beine, sie müssen wieder Euren Körper tragen können, je eher, desto besser.«

»Nun gut«, stimmte der Sklavenhändler zu, aß den Rest des Fleisches auf und wischte sich die Hände an den Ärmeln ab. »Dann wollen wir es gleich tun, ehe ich das verdaute Essen wieder ausscheiden muß.« Auch diese Funktion hatte sich verfünffacht.

Er griff mit einer Hand nach der Wand, zog die Füße an den Körper heran und drückte mit den Beinen. Aufstehen war früher so einfach gewesen, es war eine Tätigkeit, an die er nie auch nur einen Gedanken verschwendet hatte. Jetzt lief ihm der Schweiß über die Brauen, und die Welt verschwamm ihm vor den Augen. Er drückte weiter, inzwischen war ihm der Schmerz so vertraut wie das Gesicht des Lizereners. Langsam, mit den Händen gegen die Wand gestützt, erhob er sich, bis sein Gewicht auf den Beinen lastete.

»Hier«, verkündete er durch zusammengepreßte Zähne und wünschte sich, der Boden und die Wände würden aufhören, sich zu bewegen. »Wie Ihr sagtet, nichts ist unmöglich, wenn nur der Wille stark genug ist.«

»Gut«, sagte Vertan mit einem boshaften kleinen Lachen, »dann wird es Euch auch nichts ausmachen, ein wenig hin- und herzugehen.«

»Gehen?« Jubal preßte sich gegen die Wand, ihm wurde schwindlig. »Ihr sagtet nichts von gehen!«

»Natürlich«, der Zauberer zuckte mit den Schultern. »Hätte ich davon gesprochen, wärt Ihr dann aufgestanden? Und jetzt geht – oder erinnert Ihr Euch nicht mehr, wie man das macht?«

Das Gewitter tobte, was die Nacht greifbarer erscheinen ließ. Jubal übte nun ohne Vertans Aufsicht. Jetzt, da seine Beweglichkeit zurückkehrte, war das nicht mehr ungewöhnlich. Er schlief und wachte, wie sein heilender Körper es verlangte, und hatte oft Gelegenheit, für sich allein zu üben.

Die Ziegen, vom Regen vertrieben, hatten sich andernorts einen Unterschlupf gesucht, und so fehlte sogar sein Stammpublikum. Aber der Sklavenhändler übte weiter, ohne auf den schmatzenden Dreck zu seinen Füßen zu achten. Er hielt einen festen Stock in den Händen – einen Ast von der Länge eines Schwertes.

Parieren, Hieb, Parade nach hinten. Umdrehen, ducken. Hieb auf die Beine, Bewegen. Bewegen. Bewegen. Immer und immer wieder übte er den Todestanz, den er als Gladiator gelernt hatte. Der Schmerz war nun ein fernes Leiden, ein Leiden, das er verdrängen konnte. Etwas anderes beschäftigte ihn jetzt.

Umdrehen, Hieb. Bewegen. Parade, umdrehen,

Parade, Hieb. Schließlich hielt er inne. Die Regentropfen fingen sich in den Falten seiner Stirn.

Langsam – alles. Zu langsam.

Dem ungeschulten Auge mochte seine Schwertführung geschmeidig und erfahren erscheinen, aber er wußte, daß das nur ein Bruchteil seiner alten Gewandtheit war. Mit der Linken formte er aus dem Dreck zwei Klumpen und warf sie hoch in die Luft. Mit der improvisierten Waffe hieb er danach. Ein Klumpen zerplatzte in der Luft, als der Ast ihn traf, der andere aber fiel mit einem Geräusch in den Schlamm, das Jubal wie eine Todeswarnung in den Ohren klang.

Einer! Und früher waren es drei! Die Heilung vollzog sich viel zu langsam und kostete zu viel seiner Kraft. Manchmal glaubte er, seine Reflexe würden langsamer, anstatt sich zu verbessern. Es gab nur eine Lösung.

Leise schlich er sich in die Hütte zurück und lauschte sorgsam dem gleichmäßigen Schnarchen des Zauberers. Der Kessel mit der widerlichen Flüssigkeit blubberte wie immer. Vorsichtig tauchte der Sklavenhändler die Kelle ein und führte sie an die Lippen. Seit einer Woche nun hatte er sich zu Extraportionen verholfen, er verließ sich darauf, daß der Magier viel zu müde war, um es zu bemerken. Ein paar Schluck schienen jedoch keinen Unterschied zu machen.

Er achtete nicht auf Geruch und Geschmack, leerte die Kelle, zögerte und füllte sie erneut. Er leerte sie ein weiteres Mal und schlich wieder hinaus, um zu üben.

»Jubal, seid Ihr hier?«

Der Sklavenhändler erhob sich von seinem Lager,

als er die Stimme seines Beraters vernahm. Er hatte sich nicht verschätzt. Drei Monate waren vergangen seit Vertans Ankunft.

»Warte draußen«, gab er zurück, »ich komme gleich.«

»Stimmt etwas nicht?« fragte sein Helfer besorgt. »Wo ist Vertan?«

»Ich schickte ihn fort«, gab der Sklavenhändler zurück und lehnte sich schwerfällig gegen die Wand der Hütte. Auf diesen Augenblick hatte er gewartet. Nun, da er gekommen war, schreckte er zurück. »Ist der Geschichtenerzähler bei dir?«

»Ich bin hier«, meldete sich Hakiem selbst.

»Obwohl allein die Neuigkeit, daß Ihr noch am Leben seid, ein Dutzend Geschichten wert ist.«

»Da ist noch mehr«, gab Jubal bitter zurück, »glaub mir, da ist noch mehr. Du wirst den Weg nicht bereuen.«

»Was ist denn?« wollte Saliman wissen, den der Klang von Jubals Stimme beunruhigte. »Hatte die Heilung keinen Erfolg?«

»Oh, ich kann wieder gehen«, Jubal verzog das Gesicht. »Seht selbst«, damit schritt er durch den Torbogen hinaus ins Sonnenlicht.

Saliman und Hakiem sogen tief die Luft ein, als sie ihn sahen. Offenes Erstaunen war aus ihren Gesichtern zu lesen. Falls der Sklavenhändler noch Zweifel hegte über seine jüngste Entscheidung, so waren sie nun beseitigt. Er zwang sich zu lächeln.

»Hier ist das Ende deiner Geschichte, Hakiem«, sagte er. »Jubal wird diesen Teil der Welt verlassen. Was so vielen anderen nicht gelang, habe ich vollbracht, ich habe Jubal überlistet.«

»Was ist geschehen?« stotterte Saliman.

»Das, was der Lizerener vorausgesagt hatte – wenn

wir nur klug genug gewesen wären, ihm besser zuzuhören. Er heilte die Beine, indem er die Körperfunktionen beschleunigte. Unglücklicherweise mußte er sie aber im ganzen Körper beschleunigen und nicht nur in den Beinen.«

Jubal war alt. Das Haar war weiß, und die Haut hatte die Beschaffenheit von Pergament, das zunächst naß gemacht und dann zum Trocknen in die Sonne gelegt worden war. Seine Muskeln schienen kräftig, aber seine Bewegungen waren nicht mehr die eines jungen Mannes; sie waren das vorsichtige, überlegte Tasten eines Mannes, der wußte, daß sich seine Tage dem Ende näherten.

»Es ist ebenso meine Schuld wie seine«, gab der Exgladiator zu. »Ich genehmigte mir heimlich Extraschlucke seiner Medizin, um die Heilung zu beschleunigen. Als er merkte, was geschah, war der Schaden schon angerichtet. Abgesehen davon hat Vertan seinen Teil des Handelns eingehalten. Ich kann gehen, sogar laufen – wie er es versprach. Aber als Führer bin ich am Ende. Ein einfacher Händler mit einem Stock könnte mich besiegen, von den Schwertkämpfern, die wir herauszufordern gedachten, ganz zu schweigen.« Keiner sprach, und Jubal fühlte sich immer unwohler. »Nun, Hakiem«, sagte er mit gezwungener Fröhlichkeit, »du hast deine Geschichte. Erzähl sie gut, und du wirst ein ganzes Jahr lang genug Wein haben.«

Der alte Geschichtenerzähler ließ sich langsam nieder und nahm seine Lieblingshaltung ein; er kratzte sich abwesend. »Vergebt mir, ich hatte eigentlich ein besseres Ende erwartet.«

»Das habe ich auch«, knurrte Jubal. Seine mühsam zur Schau gestellte Selbstbeherrschung brach vor Hakiems Unverschämtheit zusammen. »Aber ich hatte wenig Chancen, das Ergebnis zu beeinflussen. Stimmt es nicht, Saliman? Schau mir in die Augen und sag, daß du nicht in diesem Augenblick darüber nachdenkst, wo du jemanden anderen finden magst, der dir zu deiner Rache verhilft. Oder wirst du mich anlügen und mir sagen, ich hätte noch eine Chance im Kampf gegen Tempus?«

»Darüber wollte ich tatsächlich mit Euch sprechen«, gab Saliman zu und wandte den Blick ab. »Ich habe viel nachgedacht, seit wir uns trennten, und ich vertrete im Augenblick die Meinung, daß wir Tempus nicht nachstellen sollten.«

»Was – aber er ...«

»Er hat nichts getan, was nicht auch andere mit derselben Stärke versucht hätten«, schnitt Saliman Jubals Einwände ab. »Der Fehler lag bei uns. Wir haben unseren Reichtum und unsere Stärke zu offen zur Schau getragen. Wir ließen uns in den Falkenmasken auf den Straßen sehen und gaben so ein leichtes Ziel ab für jemanden mit dem Mut und der Macht, uns gegenüberzutreten. Und – jemand nutzte die Gelegenheit. Wenn man genug Herausforderungen ausspricht, werden sie früher oder später auch angenommen. Gladiatoren kennen die Strafe für Stolz – für die grundlose Zurschaustellung von Stärke. Ein weiser Gegner wird zunächst lauschen und dann sein Wissen gegen den Feind einsetzen. Tempus hat getan, was wir hätten tun sollen.«

Jubal lauschte mit wachsender Verwunderung. »Du meinst also, wir sollten ihn unbehelligt lassen?«

»Unser Ziel war immer die Macht und nicht die Rache«, erinnerte Saliman. »Wenn wir ohne Konfrontation wieder Macht erlangen können, ist das der Weg, den wir einschlagen sollten. Ist ein Zusammenprall mit Tempus die einzige Art und Weise, Freistatt wieder unter Kontrolle zu bringen? Wenn nicht, dann sollten wir das vermeiden.«

»Du sagst immer ›wir‹. Sieh mich an. Was taugt ein Führer, der seine eigenen Schlachten nicht schlagen kann?«

»Wie Prinz Kittycat? Wie Molin Fackelhalter?« fragte Saliman mit trockenem Grinsen. »Oder wie der Kaiser?«

»Wie oft habt Ihr in den letzten zwei Jahren Euer Schwert gebraucht?« unterbrach sie Hakiem. »Vielleicht bin ich nicht immer ganz auf dem laufenden, aber so weit ich mich erinnern kann, war es nur einmal, und selbst den Kampf hättet Ihr vermeiden können.«

»Ich führte mein Schwert am Tag des Überfalls«, erwiderte Jubal beeindruckt.

»Und es hat Euch nichts gebracht – obwohl Ihr damals gesund ward und auf dem Höhepunkt Eurer körperlichen Kraft«, spann sein Berater den Faden weiter. »Kämpfe werden nicht nur mit dem Schwert geführt, aber Euer Gladiatorenhirn will das nicht wahrhaben.«

»Aber – ich kann nicht alleine kämpfen«, sagte der Sklavenhändler schließlich und gab damit zum Ausdruck, was ihn am meisten bedrückte. »Wer wird sich einem alten Mann anschließen?«

»Ich würde es«, versicherte ihm Saliman, »wenn Ihr dieser alte Mann wärt. Ihr habt Euren Reichtum, Ihr kennt die Stadt, und Euer Geist weiß sich der Macht zu bedienen, wie Eure Hände das Schwert führten. Die Stadt könnte wieder Euer sein, dessen bin ich mir so sicher, daß ich meine Zukunft darauf setze.«

Jubal dachte einen Augenblick nach. Vielleicht war er doch ein wenig voreilig. Vielleicht gab es noch andere wie Saliman. »Wie würdest du eine geheime Organisation aufbauen? Wie können wir ungesehen, unerkannt und doch wirkunsvoll sein?« fragte er vorsichtig.

»Das wird in vieler Hinsicht einfacher sein, als offen zu arbeiten, wie wir es in der Vergangenheit getan haben«, lachte Saliman. »So, wie ich die Dinge sehe ...«

»Entschuldigt mich«, Hakiem erhob sich. »Aber ich fürchte, Ihr werdet über Themen sprechen, die ein Geschichtenerzähler besser nicht hört, wenn ihm seine Sicherheit lieb ist. Ein anderes Mal werde ich Eurer Geschichte lauschen – wenn Ihr sie dann noch erzählen wollt.«

Jubal verabschiedete sich mit einer Handbewegung vom Reimeschmied, aber seine Gedanken beschäftigten sich bereits mit ganz anderen Dingen, er erwog die Möglichkeit, von denen Saliman gesprochen hatte, und setzte sich mit ihnen auseinander. Er könnte es schaffen! Gier und Furcht blühten in Freistatt, und er wußte, wie man damit umging.

Ja. Wenn er alle wichtigen Veränderungen in der Stadt berücksichtigte, könnte er es schaffen. Bedächtig auf und ab schreitend rief er nach Saliman und ließ sich über alles berichten, was nach dem Überfall in Freistatt vorgefallen war.

Ischade

Abwind

C. J. Cherryh

1

Es mangelte nicht an Unternehmungsgeist in den armseligen Häuschen und windschiefen Hütten von Abwind, dem Elendsviertel von Freistatt. Hin und wieder fand der eine oder andere dort sogar die Möglichkeit, sich seinen Lebensunterhalt zu verdienen. Die Absicht der meisten war jedoch, Abwind so schnell es ging zu verlassen, jedenfalls sobald ein paar Münzen abgezwackt werden konnten. Gewöhnlich kamen diese Wagemutigen allerdings nach wenigen Wochen abgebrannt wieder zurück. Sie stahlen sich durch die Hintergassen und schliefen wie die Obdachlosen aller Zeiten unter zusammengetragenen Lumpen und Fetzen, der Wärme des verrottenden Zeuges wegen, gegen den Abfall gedrückt – den sie nach Brauchbarem durchstöberten (in Abwind besonders kärglich.)

So begannen sie von neuem oder – falls sie keine Einfälle mehr hatten – wurden schließlich starr und steif im Schmutz der Hintergassen aufgefunden.

Mama Becho gehörte zu denen, die Glück hatten. Ihr haftete etwas an – aber das war wohl auch bei allen anderen in Abwind der Fall. Der Gestank dort klebte an Haut und Haar, an den Wänden und im Dreck der Gassen und in den Nasenflügeln. Er trieb mit dem Wind herbei von Freistatts Schlachthaus, den Gerbereien und Stoffwalkereien und (an windgünstigeren Tagen) von den Sümpfen im Süden. Aber selbst in den seltenen Zeiten, da der Wind aus dem Norden rein und frisch blies, war der ureigene Gestank von Abwind stärker, so daß niemand es bemerkte, am wenigstens Mama Becho, die die einzige Schenke von Abwind betrieb. Sie verkaufte dort fast ausschließlich ihr eigenes Gebräu, und was da hineinkam (oder hineinfiel), wenn sie es in der Hinterkammer herstellte, wagten nicht einmal die Abwinder zu fragen, aber sie bezahlten dafür oder tauschten etwas anderes dafür ein, und (manchmal in dem dunklen Gewirr der Abwindgassen) mordeten oder starben sie sogar dafür. Was sie verkaufte, war Vergessen, und das war eine Macht in Abwind, gleich der echten Zauberei, die sich ihren Platz über dem Fluß gewann, der Freistatts Fegefeuer von dieser anschließenden Hölle trennte.

So waren ihre Gaststube und die Gasse davor voll mit mehr oder weniger Betrunkenen, und es stank nach dem Gesöff und den Gästen, die Seife gar nicht kannten, und die auf den hauptsächlich behelfsmäßigen Sitzen lungerten. Und diese Sitze wiederum waren mit Lagen um Lagen von Lumpen bedeckt, seit Jahren nicht gewaschen, und einer auf den anderen gelegt, um die Löcher des jeweils unteren zu verbergen. Des Tages fiel Licht durch Fenster und Tür, des Nachts warf eine Lampe nicht weniger Rauch denn Licht auf die kaum erkennbaren Gestalten der Gäste sowie auf die armselige Einrichtung und den Dreck. In der Hinterkammer stieg Rauch anderer Art auf und fügte dem Gestank in der Wirtsstube einen beißenden Geruch hinzu. Diese Hinterkammer und das mit der Zeit tödliche Laster boten Mama Becho eine weitere Einnahmequelle.

Sie bewegte sich wie ein schwerfälliger Kauffahrer durch die Riffe von Sitzen und Trinkern und dem Treibgut von Abfällen auf dem Boden. Eine kaum vorstellbare Menge von eingebeulten Bechern und Krügen trug sie mit den kräftigen roten Händen, diese stämmige Frau in ihrem geflickten Kittel, dessen ehemalige Farbe nicht mehr zu erkennen war. Ihr ergrautes Haar, das seltsam verdreht aufgesteckt war, entfloh wirr den hölzernen Nadeln und hing in verschwitzten Strähnen ins Gesicht. Ihre kräftigen Arme konnten ein volles Bierfaß stemmen oder einen Besoffenen auf die Straße befördern. Und ihr finsteres Gesicht mit den tiefliegenden harten Augen, dem verkniffenen Mund, der sich schier in den Hängebakken verlor, war fast Legende in Abwind. Zwei Knaben, mit verschleiertem Blick und überbeansprucht, halfen ihr. Man munkelte etwas ganz Bestimmtes über sie, doch nur außerhalb Mama Bechos Schenke. Die Frau hatte immer verwaiste Straßenjungen aufgenommen, und nicht wenige waren nun erwachsen wie Tygoth, von dem man nicht wußte, ob er ihr eigener Sohn oder einer der Findlinge war. Er lungerte in der Gaststube herum und sein leicht irrer Blick verfolgte die Knaben. Tygoth war von Mama Bechos Größe, hatte jedoch angeblich nur etwa halb soviel Verstand und war so treu ergeben wie ein gut gefütterter Hund. Außerdem war da noch Haggit, Mamas Ältester, ein hagerer, krumm gewachsener Mann mit fettem strähnigem Haar, ein Bettler gewöhnlich, doch an manchen Morgen kam er heim – und keineswegs so schlimm hinkend wie auf den Straßen von Freistatt –, um seine Einnahmen bei Mama Becho zu vertrinken.

Also kam doch einiges Geld nach Abwind in diesen Tagen der Unruhe, da Jubal quasi gestürzt war und die Stiefsöhne paarweise durch die Straßen ritten und Schrecken verbreiteten, wo sie konnten. Und unweigerlich fand, wer ein paar Münzen hatte, sich bei

Mama Becho ein, und diese Münzen sicherten ihm einen Platz auf einem Brett, das als Bank diente, oder auf einem Haufen Lumpen, oder den Anspruchsvolleren gar einen am einzigen richtigen Tisch mit Bänken, und dazu einen Schluck aus Mama Bechos Sonderfässern oder in besonderen Fällen einen Kelch (feierlich mit einem schmierigen Lumpen ausgewischt) und eine Flasche Wein.

Wie in vielen anderen Nächten saß Mradhon Vis auch an diesem Abend allein am Tisch. Die verrückte Elid hatte wieder mit verführerischem Augenaufschlag ihr Glück bei ihm versucht, doch er hatte sie finsteren Blickes vertrieben, so hatte sie sich auf die Straße geschlichen, um ihre diebischen Finger bei Betrunkeneren anzusetzen. Die Gedanken, die ihn heute bedrängten, würden Elids Blut zum Stocken gebracht haben, hätte sie sie geahnt, genau wie seine noch vagen Bedürfnisse. Er wollte eine Frau, aber nicht Elid. Er wollte töten, jemanden, mehrere Jemande ganz besonders, und er war ziemlich betrunken. Er stellte sich Elids Schreie vor – selbst Elid würde vielleicht schreien. Er würde gern ihre Schreie hören, denn möglicherweise würde das seine Wut zumindest mildern, solange er nicht zu betrunken war und tobte. Er hatte nicht wirklich etwas gegen Elid, ihn störte nur ihre Hartnäckigkeit und ihr Geruch, doch das verdiente wahrhaftig keinen solchen Haß. Vielleicht lag es daran, daß er, wenn er sie anblickte, hinter ihrem törichten Lächeln, mit dem sie zu verführen suchte und das ihn nur abstieß, etwas anderes sah, finsterer und schrecklicher, und unter ihrem abscheulichen Geruch einen angenehmeren, aufregenden roch, und er hinter ihren Augen die Hölle erblickte.

Oder er sah sich selbst, der ebenfalls zu viel von

sich zu Markte getragen und verkauft hatte, was er lieber behalten hätte, wenn er es sich hätte leisten können.

Doch im großen und ganzen ließen die Huren und Schläger Mradhon Vis in Ruhe. Das war schon eine Art Achtung in Mama Bechos Schenke, und gar bei einem von außerhalb, der nicht einmal sonderlich groß war. Daß er ein Fremder war, verrieten allein schon sein dunkles Gesicht und seine Sprechweise. Doch obwohl man ihn beobachtete, hatte niemand Anstalten gemacht, sich wirklich mit ihm zu beschäftigen, wenn man von Elids Annäherungsversuchen absah.

Er bezahlte für seinen Vorzugswein, und behielt seine abweisende Haltung auch bei, während er ein Stück des körnigen, steingemahlenen Brotes und etwas von Mama Bechos gar nicht so übler Bohnensuppe aß, wobei er heimlich die Tür im Auge behielt.

Nacht um Nacht verbrachte er hier und so manchen Tag. Er wohnte auf der anderen Gassenseite in einer Kammer, die Mama Becho für mehr vermietete, als sie wert war – wenn man von ihrer Versicherung absah, daß man dort absolut ungestört war, daß sich niemand an der armseligen Ausstattung vergreifen und niemand verstohlen die Tür öffnen würde, während er fort war oder dort schlief. Tygoth zog die ganze Nacht lang mit einem Knüppel in der Hand seine Runden um Mamas Besitz, und wenn etwas nicht war, wie es sein sollte, dann trieben am Morgen Leichen im Schimmelfohlenfluß.

Das war schön und gut, solange sein Erspartes ausreichte, nur leider schrumpfte es zusehends.

Die stämmige Frau stapfte heran, erhob sich über ihn, setzte einen zweiten Becher Wein ab und griff nach dem leeren. »Guter Tropfen, das«, brummte sie.

Er legte die verlangte Münze auf den Tisch. Finger

wie Tygoths, mit unglaublich langen gebogenen Nägeln und wulstig wie Horn hoben sie von der verschrammten und fleckigen Platte auf.

»Dank Euch«, sagte sie süß. Ihr Gesicht mit den feisten Wangen, von den grauen Strähnen eingerahmt, lächelte zu der Stimme passend, doch die Augen in den Fettwülsten, schwarz und hart, glitzerten so, wie er es vom anderen Ende einer Schwertspitze her kannte. Sie setzte ihm das Beste vor, gab ihm einen Schlafplatz wie eine Bäuerin einem Mastschwein. Sie würde sichergehen, daß sie zunächst einmal sein ganzes Geld bekam, dann würde sie zu den anderen Dingen übergehen – Mama Becho spielte mit Seelen, sowohl denen von Männern wie auch denen von Frauen, und sie bestimmte die Dienstleistung, wenn das Geld zu Ende war. Sie hatte es auf ihn abgesehen – ein Mann, der von Nutzen sein konnte, doch seine Schwächen hatte – ein Mann mit zu teurem Geschmack. Er hatte das Gefühl, daß sie seine Hilflosigkeit spürte. Sie roch Blut, und sie versicherte sich, daß er sich ausblutete, und oh, sie würde da sein, wenn er die letzte Münze ausgegeben hatte, und ihn mit diesem Schlangenlächeln bedenken und ihn vor die Wahl stellen. Sie wußte, daß er zugrunde ginge, nähme er ihren Vorschlag nicht an, denn seinesgleichen starben in Abwind, sobald ihnen neben dem Geld auch die Hoffnung ausging, jemals weiteres zu beschaffen. Er würde nicht betteln oder verkaufen, was in Abwind gefragt war – er würde töten, um wegzukommen, oder sich mit dem ständigen Genuß von Abwindgesöff selbst umbringen. Und Mama wußte, welch empfindsamen Vogel sie da in ihrem Netz hatte – empfindsam, obgleich er lebend aus einem halben Dutzend Schlachtfeldern davongekommen war. Nein, er konnte in Abwind nicht überleben, nicht so, wie die Abwinder selbst. Besitzgier leuchtete aus ihren tiefliegenden Augen, und sie betrachtete ihn nun mit ähnlichem Blick wie ihre kostbaren Zinnbecher oder einen ihrer Knaben und überlegte, wie er am gewinnbringendsten eingesetzt werden konnte.

Sie hatte eine Kammer neben der Hintertreppe, ihr parfümstinkendes, sogananntes Boudoir mit einer eigenen Hintertür, wo Jungen und Mädchen, ihre Aufträge ausführend, kamen und gingen, und aus der der Geruch von Wein und teurem Krrf nur so herausquoll. Er wohnte gegenüber dieser Tür, die ihn an einen Höllenschlund gemahnte. Mama hatte ihn einmal in dieses Gemach eingeladen, ihm einen Kelch Wein vorgesetzt und ihm die Regeln erklärt und die Vorteile, die der Schutz ihrer Jungen bot. Sogar Krrf hatte sie ihm angeboten, eine kleine Kostprobe, und ihn wissen lassen, was sie sonst noch zu bieten hatte. Nach wie vor stahlen heimliche Besucher sich in diese Lasterhöhle, und Tygoth machte seine Runden und klopfte mit seinem Knüppel an die Wände, tapp-tapp, tapp-tapp, selbst im nächtlichen Regen, und sorgte für Sicherheit in der Gasse und für alles, was Mama gehörte.

»Kommt mit mir ins Hintergemach«, würde Mama sagen, wenn das Geld alle war. »Wir wollen uns darüber unterhalten, wie es weitergehen soll.« Und dazu würde sie lächeln.

Er kannte diesen Ausdruck. Er war wie Elids. Wie ...

Er trank, um sich den ekligen Geschmack aus dem Mund zu spülen, aber er nahm nur einen kleinen Schluck, denn er rechnete seine Barschaft nun in Schlucken und Bissen. Er haßte, ihr Götter, wie sehr er haßte! Haßte Frauen, haßte diese ganze blutsaugende Meute, aus deren Augen Finsternis sprach und die einen aussogen.

Es hatte eine Frau gegeben, seine letzte Auftraggeberin. Sie hieß Ischade* und hatte ein Haus am Fluß. Aber da war noch mehr als das. Da war dieser tiefe Quell der Finsternis in den Augen einer jeden Frau und das dunkle Lachen im Gesicht einer jeden, so daß in den Armen einer jeden dieser Augenblick kam, der ihn sich schütteln ließ und ihn unfähig machte und der nichts zurückließ als diesen Haß und diese Lähmung, in der er noch nie jemanden getötet hatte – ob nun deshalb, weil ihm noch ein bißchen Selbstbeherrschung blieb oder weil dieses Grauen vor *ihr* ihn davon abhielt, wußte er nicht. Er war sich da nie sicher. Jedenfalls schlief er nun immer allein. Er blieb in Abwind, weil er wußte, wie anspruchsvoll sie war, und er deshalb hoffte, daß sie nie hierherkommen würde. Er hatte sie zum erstenmal gesehen, als sie durch die Gassen des Labyrinths spazierte, selbst ein Stück Nacht in ihrer schwarzen Kleidung, ein Stück Finsternis, das kein Mond erhellen konnte, ein dunkles Gesicht, von schwarzem Haar umgeben, und Augen, wie kein Mann mit gesundem Verstand sie sehen sollte. Sie pirschte durch die Gassen von Freistatt. Sie war noch immer dort – oder am Fluß, oder vielleicht gar noch näher. Sie wählte ihre Liebhaber für eine Nacht unter jenen aus, nach denen kein Hahn krähen würde, und am Morgen waren sie kalt und starr.

Sie hatte ihn aus ihren Diensten entlassen, unberührt – außer in seinen Träumen und was seine Männlichkeit betraf. Sie rief ihn in diesen Alpträumen und versprach ihm ein Ende – so wie er sie

* siehe »ISCHADE« von C. J. Cherryh in: *Die Rache der Wache*, Bastei-Lübbe 20095

ihren Opfern etwas hatte zuflüstern hören und sah, wie sie sie mit den Augen anhielt. Und manchmal wollte er dieses Ende. Das war es, was ihn am meisten erschreckte, diese Finsternis, die ihn lockte wie die einzige Zuflucht auf der Welt für einen Mann ohne Auftrag und Gönner, für einen Nisibisi, auf den zu Hause der Galgen wartete, und der auf der falschen Seite des Krieges gestrandet war.

Er durfte es nicht wagen, zu betrunken zu werden. Nicht in der Nacht, in der Mama vermutete, daß er sein restliches Geld bei sich trug, was der Fall war, denn dann würden sie ihn nicht länger in Ruhe lassen. Bisher war es ein Spiel. Sie versuchten zu ergründen, was er zu bieten hatte, über welche Fähigkeiten er verfügte, ob er ein Dieb war oder nicht.

Sie kannten sich noch nicht mit ihm aus.

Er behielt die Tür im Auge, verzweifelt gleichmütig, und tat, als achte er nicht auf sie.

Plötzlich übersprang sein Herz einen Schlag und fing zu hämmern an, denn der Mann, auf den er gewartet hatte, war gerade hereingekommen. Mradhon Vis nippte an seinem Wein und schaute ihm scheinbar so uninteressiert entgegen wie allen anderen Neuankömmlingen auch. Er ließ den Blick nicht im geringsten an diesem jungen, dunkelhaarigen und dunkelhäutigen Burschen haften bleiben, der hierherkam, um sein Geld auszugeben. Näher kam er, ging hinter seinem Rücken vorbei und setzte sich an das Ende desselben Tisches, was Starren nicht mehr ratsam machte. Mradhon täuschte Gleichgültigkeit vor, trank seinen Wein aus und trat durch die offene Tür, wo Trinker und Betrunkene die etwas frischere Luft schöpften, an der Wand lehnten oder auf den beiden Bänken saßen.

Also nahm Mradhon seinen Platz ein, mit den Schultern in der Düsternis an die Wand gedrückt, und stand und stand, bis seine Knie taub wurden, während die Gäste durch Mama Bechos Tür kamen und gingen, und Tygoth bald seine nächtliche Wache in der Gasse antreten würde.

Dann kam der Bursche wieder heraus, ein bißchen schwankend vom Wein, aber wiederum auch nicht so sehr, und er hielt sich nicht bei den an der Tür Herumlungernden auf.

2

Der Erwartete hielt sich rechts. Mradhon Vis verließ seine Wand, stieg über die ausgestreckten Beine eines Herumsitzenden und folgte dem jungen Mann durch die schmutzigen Straßen und Gassen. Während des Wartens war die Wirkung des Weines abgeklungen, aber er täuschte leichte Betrunkenheit in seinen Schritten vor – diese List hatte er während seines Aufenthalts in Abwind gelernt. Er kannte sich hier genau aus, kannte jede Tür, jede Biegung, die jemanden außer Sicht bringen konnte. Mit derselben Sorgfalt wie früher größere Gebiete hatte er hier alles studiert. Und nun pirschte er durch dieses schäbige Labyrinth, wußte genau, wann seine Schritte auf härterem Boden zu hören sein würden, wann sein Wild ihn, wenn es um eine Ecke bog, sehen könnte und wo er unbesorgt weiter zurückbleiben oder eine Abkürzung nehmen könnte. Er hatte nicht gewußt, welchen Weg dieser Mann nehmen würde, aber jetzt hatte er ihn, und wo immer er auch hinging, er würde sich auskennen. Lange hatte er gewartet – auf diesen Mann, seine gegenwärtige Hoffnung, der mit

Geld im Beutel zu Mama Bechos kam, der gern Wein trank und sich im Hintergemach Krrf kaufte.

Er kannte diesen Burschen, der ihn nicht kannte. Kannte ihn von einem Ort auf der anderen Flußseite im Labyrinth, wo er auf eine Anstellung bei Jubal gehofft hatte, damals in den besseren Zeiten. Wenn er noch eine Chance hatte, dann war es diese. Er war diesem Mann schon einmal in einer anderen Nacht gefolgt, hatte ihn jedoch aus den Augen verloren. Doch jetzt kannte er sich hier aus und hatte dafür gesorgt, daß er bei dieser Verfolgung im Vorteil war.

Und dieser Mann – dieser junge Bursche – war zumindest nicht mehr ganz nüchtern.

Der Weg, den er nahm, überquerte die Hauptstraße, führte vorbei an immer windschieferen Katen, an behelfsmäßigen Unterschlüpfen der Hoffnungslosen, der Alten, der Verzweifelten, hin und wieder an einem Eingang, in dem einer Schutz gegen den Wind gesucht hatte, vorbei an Augen, die in der Dunkelheit alles und nichts sahen, Zeugen, deren eigenes Elend nach ihnen griff und nur Apathie zurückließ.

Dann führte der Weg in eine Seitenstraße, eine Sackgasse. Mradhon kannte die Tür dort, genau wie er alles andere hier kannte. Er bog ebenfalls ein, nachdem er gehört hatte, daß die Schritte sich fortsetzten.

»Du«, sagte Mradhon. »Mann.«

Der junge Bursche wirbelte herum, die Hand am Gürtel, und Stahl blitzte in der Dunkelheit.

»Freund.« Vorsichtshalber hatte auch Mradhon sein Messer gezogen.

Wenn sein Kopf zuvor weinverwirrt gewesen war, hatte der Schock dem jungen Mann die Benommenheit rasch vertrieben. Er duckte sich kampfbereit, doch fand Mradhon ihn zu weit für einen einfachen Stock entfernt.

»Jubal«, sagte Mradhon ganz leise. »Gibt dieser Name dir zu denken?«

Immer noch Schweigen.

»Ich möchte über etwas Geschäftliches mit dir reden. Was hältst du davon?« fragte Mradhon.

»Es wäre zu überlegen.« Die Stimme klang angespannt. Der Bursche behielt seine Haltung bei. »Komm ein wenig näher.«

»Warum öffnest du nicht die Tür, dann können wir uns drinnen unterhalten.«

Wieder Schweigen.

»Mann, willst du hier stehenbleiben, daß uns alle sehen können? Ich kenne dich. Glaub mir, ich bin allein. Das Risiko ist ganz auf meiner Seite.«

»Bleib du stehen, wo du bist. Ich öffne die Tür, dann gehst du zuerst hinein.«

»Vielleicht hast du Freunde da drinnen.«

»Du willst doch was von mir, nicht ich von dir. Wo hast du dich überhaupt angehängt? Oder hast du mir auf der Straße aufgelauert?«

Mradhon zuckte die Schultern. »Bitte mich doch erst einmal ins Haus.«

»Gut, vielleicht unterhalte ich mich mit dir.« Die Stimme klang vernünftiger und ruhig. »Wie wär's, wenn du das Messer wegstecken und die Hände so halten würdest, daß ich sie sehen kann?« Der Bursche steckte das Messer in den Spalt zwischen Tür und Rahmen, hob den inneren Verschlußhaken, und öffnete. Es war dunkel im Haus. »Geh voraus, etwa sechs Schritte.«

»Sollten wir nicht zuerst Licht machen?«

»Geht nicht, Mann. Niemand ist im Haus, der es anzünden könnte. Also geh schon.«

»Tut mir leid, ich glaube, ich bleibe doch hier stehen. Vielelicht änderst du nach dieser Nacht deine Gewohnheiten. Vielleicht willst du dich zurückziehen. Also sprechen wir hier ...«

»Tut es im Haus.« Jemand trat aus dem dunklen Eingang auf die Gasse, die Stimme war die einer Frau. »Kommt herein. Aber Ihr zuerst.«

Er überlegte. Das Paar stand vor ihm. »Zuerst zündet einer von euch drinnen ein Licht an.«

Die Frau verschwand, gleich darauf flackerte Licht auf, und der Schein fiel auf den jungen Burschen. Mradhon berechnete seine Chancen, dann steckte er sein Messer ein. Mit einem Prickeln im Nacken ging er los, erst eine niedrige Stufe hoch, mit dem jungen Mann hinter sich, dann schaute er sich in dem Raum vor sich um. Die fadenscheinigen, verblaßten Vorhänge am hinteren Ende konnten alles mögliche verbergen. Er sah die Frau, sah eine schmale Liege an der Seitenwand, sah Kleidung an Wandhaken, Wasserkrüge standen herum und am Rand einer Feuerstelle aus Ziegelsteinen auch Töpfe und Pfannen, und an der gegenüberliegenden Wand brannte die Lampe. Die Frau war das zierlichere Abbild des Mannes, ihr dunkles Haar war so kurz geschnitten wie seines. Zwillinge, zumindest Bruder und Schwester. Mradhon drehte sich um. Der Bruder schloß die Tür mit dem Fuß.

»In Mama Bechos Schenke!« sagte der Bruder. »Dort habe ich dich gesehen.«

»Du bist Jubals Mann.« Mradhon achtete nicht auf das Messer, sondern ging zu der Wand, wo die Kleidersachen hingen, und wo ein Stück der Wand vorsprang und so seinen Rücken gegen den Vorhang schützen konnte. »Immer noch Jubals Mann, nehme ich an, und ich suche Dienst.«

»Du bist verrückt. Hinaus! Hier findest du bestimmt keinen!«

»Nicht so schnell!« An dem Haken hing ein Umhang. Der junge Bursche trug einen. Da waren einige Kleidungsstücke, nicht zu viele. Er betastete den Umhang und ließ die beiden seinem Gedankengang folgen. Dann blickte er sie wieder an, verschränkte die Arme und lehnte sich an die Wand. »Also ist Jubal in Schwierigkeiten, und vielleicht braucht er jemanden. Ich arbeite billig – für den Anfang wenigstens. Unterkunft und Verpflegung. Vielleicht kann er sich gegenwärtig nicht mehr leisten. Aber die Zeiten ändern sich. Und ich bin bereit, mich mit ihm durch die Schwierigkeiten hindurchzukämpfen. Vielleicht kommen bessere Tage. Wäre doch möglich, nicht wahr? Für uns alle.«

Die Frau machte ein paar ruhige Schritte zur Seite. Sie setzte sich auf die Liege. Dadurch waren die Hände der beiden in unterschiedlicher Höhe, in anderen Blickwinkeln. Er durchschaute ihr Vorhaben und achtete auf den Winkel, den der Mann zwischen ihm, der Tür und dem Vorhang nahe seiner Schulter einhielt. Also rückte er zwei Schritte an der Wand entlang, steckte beide Hände in den Gürtel (unweit von seinem Messer), zuckte die Schultern und verzog die Lippen zu einem trockenen Lächeln.

»Ich sagte schon, ich bin billig, anfangs.«

»Es gibt keine Stellung«, brummte der Bursche.

»Oh, es muß eine geben«, sagte Mradhon sanft, »sonst würde es dir gar nicht gefallen, wenn ich von hier wegginge. Und ich bin schließlich guten Glaubens hergekommen. Es hängt von dir ab, weißt du, wie es weitergeht. Du stellst mich deinem Mann vor, sorgst für ein geringes Handgeld ...«

»Er ist tot«, sagte die Frau. Das erschütterte seinen

Glauben an seinen eigenen Bluff. »Allen Falkenmasken geht es wie uns, die wir selbst nach einer neuen Anstellung suchen.«

»Dann werdet ihr sie auch finden. Ich mache mit, Partner. Ihr, ich und der Rest.«

»Sicher doch«, brummte der Mann mit finsterer Miene. »Du stinkst ohnehin schon nach Anstellung. Wessen Handgeld? Des Prinzen?«

Mradhon zwang sich zu einem lauten Lachen und lehnte sich wieder zurück. »Unwahrscheinlich. Unwahrscheinlich bei den Höllenhunden oder ihresgleichen. Mein letzter Dienst war nicht, wie ich erhofft hatte. Und eine Stellung bei der Wache – nein. Nicht bei eurer Hautfarbe oder meiner. Euer Mann ... Nun, er hat sich eine Weile zurückgezogen, und vielleicht habe ich Grund, das gleiche zu tun. Es gibt Leute, denen ich nicht gern begegnen möchte. Ich kann mir keinen besseren Dienst vorstellen als bei einem, der sich nach einigen Schwierigkeiten wieder hocharbeitet. Also mach mir nichts weis! Jubal ist eine Zeitlang untergetaucht. Spricht sich herum. Eine dieser Falkenmasken wäre genau das Richtige für mich – würde mein Gesicht vor so einigen verbergen.«

»Ich fürchte, du hast Pech.«

»Nein«, widersprach die Frau. »Ich denke, wir sollten darüber reden.«

Mradhon runzelte die Stirn, traute ihr noch weniger. Und es gefiel ihm gar nicht, daß es die Frau war, die diese Wendung brachte, die ihn von der Liege ansah und mit ihrer ruhigen, eindringlichen Stimme versuchte, seine Aufmerksamkeit von ihrem Bruder (oder war es ihr Vetter?) abzulenken.

Da bewegte sich der Vorhang und ein dunkelhäutiger Mann in einer Falkenmaske stand dort, mit zum

Boden gerichtetem Schwert in der Hand. »Wir unterhalten uns«, sagte dieser Mann.

Mradhons Herz, das mehrere Schläge ausgesetzt hatte, während seine Finger, der vorherigen Entscheidung gehorchend, still verharrten, begann wieder zu hämmern.

»Na also«, sagte Mradhon verwegen. »Ich fragte mich schon, wann der Rest dazukommen würde. Hört, ich bin knapp bei Kasse – ein geringes Handgeld, damit ich sicher sein kann, daß ich angeheuert bin. Ich bin etwas eigen in dieser Sache.«

»Söldner«, meinte der junge Mann.

»Früher«, antwortete Mradhon. »Die Wache und ich gingen verschiedene Wege. Es liegt an meiner Haut.«

»Du bist kein Ilsiger«, stellte der Vermummte fest.«

»Zur Hälfte.« Das war eine Lüge. Wo sie angebracht war, nutzte sie.

»Willst du damit behaupten, daß deine Mutter das wirklich wußte?«

Wut verzog Mradhons Gesicht. Er griff nach dem Messer, ließ es jedoch wieder los. »Wenn du mich besser kennst«, sagte Mradhon fast sanft, »werde ich es dir erklären – woher Frauen das wissen.«

»Reißt euch zusammen«, sagte die Frau. Sie zog die Füße hoch und legte die Arme um die Knie.

»Was gehört dazu, daß du dich als angeworben betrachtest?« erkundigte sich der Vermummte.

Mradhon blickte den Mann an, und wieder hämmerte sein Herz. Er setzte sich auf den Rand der Feuerstelle und machte es sich bequem, obwohl seine Instinkte sich dagegen wehrten. Er dachte an eine hohe Summe, erinnerte sich jedoch, daß es den Falkenmasken selbst nicht gut ging. »Vielleicht ein Silberstück – vielleicht ein paar Namen obendrein.«

»Vielleicht brauchst du sie nicht«, sagte die Falkenmaske.

»Ich möchte gern wissen, mit wem ich verhandle. Wie die Dinge stehen.«

»Nein. Mor-am; Moria; sie werden sich um dich kümmern, und du wirst die Befehle von ihnen entgegennehmen. Stört dich das?«

»Nicht sonderlich«, erwiderte Mradhon, auch das war eine Lüge. »Solange das Geld regelmäßig kommt.«

»Du kanntest also Mor-ams Gesicht?«

»Von jenseits des Flusses. Aus den Tagen vor den Unruhen. Ich hatte mit einem Mann namens Stecho zu tun.«

»Stecho ist tot.«

Ein Schauer rann ihm bei diesem Ton über den Rücken. Er zuckte die Schultern. »Nun ja, ich nehme an, daß viele ihr Leben verloren.«

»Erstochen, auf der Straße. Tempus' Spiele, oder sonst jemandes. Es sind schwere Zeiten, Vis. Ja, wir verloren so einige. Vermutlich hat jemand geplaudert. Oder jemand kannte ein Gesicht. Wir tragen die Masken draußen nicht. Jedenfalls nicht jetzt. Du sprichst doch nicht im Schlaf, Vis, oder?«

»Nein.«

»Deine Unterkunft?«

»Bei Becho.«

»Wenn«, die Stimme wurde noch weicher, was bei ihrer Klangfarbe schwierig war, *»wenn* es einen wunden Punkt gibt, würden wir es schnell erfahren. Du mußt wissen, dein erster Auftrag ist, für Mor-ams und Morias Sicherheit zu sorgen. Wenn den beiden, deren Namen du kennst, etwas zustieße – nun, dann würden wir annehmen, fürchte ich, daß du irgendeinen Fehler gemacht hast. Und das hätte ein sehr schlimmes Ende. Ich kann es dir nicht beschreiben – jedenfalls sehr schlimm. Doch dazu wird es nicht kommen. Ich weiß, du wirst gut aufpassen. Kehr jetzt in deine Unterkunft zurück. Einstweilen jedenfalls. Wegen später werden wir noch sehen.«

»Wieviel später?« fragte Mradhon angespannt. Ihm gefiel diese Drohung nicht, aber er nahm sie ernst. »Vielleicht sollte ich lieber hierherziehen – um ein Auge auf sie haben zu können.«

»Hinaus!« brummte Mor-am.

»Geld«, forderte Mradhon.

»Moria«, sagte Falkenmaske.

Die Frau richtete sich von der Liege auf, fischte eine Münze aus dem Beutel, den sie bei sich trug, und streckte sie Mradhon entgegen.

Ohne einen Blick darauf riß er sie ihr aus den Fingern und schritt zur Tür. Mor-am machte ihm Platz. Er öffnete sie, trat hinaus in den Wind und die Dunkelheit und den Gestank der Gasse und kehrte zur Hauptstraße zurück.

Zweifellos würde einer von ihnen ihm folgen. Er malte sich allerlei Möglichkeiten aus, und Mord war eine davon. Für weniger als das Silberstück würde jeder von ihnen töten. Das spürte er. Aber es konnte durchaus sein, daß er wirklich angeheuert war, daß sie tatsächlich so viele verloren hatten und im Augenblick Hilfe brauchen konnten.

Er ging so schnell er konnte in seine eigene Gegend, die Hauptstraße entlang, genau wie manche Obdachlose, die benommen um sich blickten in ihrer Verwirrung, wie sie von zu langem Kleetelgenuß kam. Aber auch zielsicher Dahinschreitende gab es, die man lieber nicht ansah. So eilte er dahin in einer Welt gesichtloser Gestalten und dunkler Häuser, wo einer den andern besser nicht kannte. Hufschlag erklang in der Dunkelheit. Alles hastete, in Augenblickschnelle war die Straße leer und er unter jenen, die sich in einer der Nebengassen verzogen hatten, bis die Reiter vorüber waren. Vier waren es, Stiefsöhne, Tempus' Männer, und sie waren auf ihrem Weg zur Brücke schnell vorüber. Sofort kehrte das Leben auf die Straße zurück.

Also ging die Sache draußen auf Jubals Landsitz weiter, und Tempus hatte sich dort offenbar niedergelassen. Ein Schauder rann bei dem Gedanken an die ungute Nähe über Mradhons Rücken. Er wollte fort. Verzweifelt dachte er an Caronne – aber ihm fehlte das Geld. Und sie jagten Spione. Der Krieg mit Nisibis stand bevor. Jeder Fremde war verdächtig, und wenn einer sich dann gar als Nisibi erwies ...

Danach vermied er die belebteren Gassen und war dankbar, daß Mama Bechos Haus abseits des Weges lag, den Wagen und Reiter nahmen. Er fühlte sich gar nicht wohl in seiner Haut, wenn er daran dachte, daß er gerade Handgeld für einen Dienst angenommen hatte, der ihn zum Gegner der neuen Bewohner des Anwesens machte. Tempus' Männer jagten Falkenmasken genau wie Spione und Fremde, und in der Behandlung machten sie keinen Unterschied.

Es war nun nicht mehr weit. Ein oder zwei Bettler kauerten fast immer in der Nähe von Mama Bechos Schenke, und einer war heute sogar noch wach genug, um die Hand auszustrecken und um ein Almosen zu bitten – ein echter Krüppel, vielleicht, oder einer, der zu krank war, um es noch bis zur Brücke und in einträglichere Straßen zu schaffen. Ein trockenes Spucken war der Dank für seinen Mangel an Wohltätigkeit.

Und dann, einen herzanhaltenden Moment später, hörte er einen Laut hinter sich. Er drehte sich um, doch da war nichts, außer dem Mondschein in einer schmutzigen Gasse und den schiefen Häusern, die sich stützend aneinanderlehnten.

Man folgt mir also, dachte er. Er beschleunigte den Schritt so knapp vor seinem Ziel und kam zu der Gasse mit Mamas Haus, wo noch getrunken wurde und wo immer noch ein paar Männer vor der Tür herumlungerten, doch weniger als bei seinem Aufbruch. Er betrat die Gasse, und zu seiner Erleichterung war Tygoth da, ein kräftiger, knüppeltragender Schatten, der seine Runden zog.

»Ich bin's, Vis«, rief Mradhon.

»Hah«, antwortete Tygoth und klopfte mit seinem Knüppel an die Wand. »Mitkommen.«

Tygoth nahm seine Pflichten ernst, klopfte im Gehen wiederholt an die Wand, klopfte an die Tür von Mradhons Kammer, öffnete die Tür für ihn wie der Diener eines vornehmen Hauses, die Tür gegenüber dem beleuchteten Pergamentfenster von Mama Bechos Boudoir.

»Münze«, forderte Tygoth und streckte die Hand aus. Mradhon legte die nächtliche Gebühr in die gewaltige Pranke, und die dicken Finger schlossen sich darum. Tygoth trat in die Kammer, holte die kleine Lampe aus der Nische neben der Tür, stapfte damit zu Mama Bechos Hintertür, öffnete sie und zündete die Lampe an der dahinter an, dann kehrte er zurück, wobei er die Flamme mit der Riesenhand schützte. Mit größter Vorsicht trat er wieder ein und setzte die Lampe ab.

»Sicher«, erklärte Tygoth mit rumpelndem Brummen und ging weiter, den Knüppel gegen die Wände klopfend.

Mradhon blickte dem schlurfenden Schatten nach, dann trat er ein und verriegelte die Tür. Sicher.

Nun hatte er also ein Silberstück, das seinen schrumpfenden Kupfermünzen Beistand leistete, und einen Riegel vor der Tür für die Nacht. Aber er dachte, daß dieser Mor-am und seine Schwester noch heute nacht ihre Unterkünfte wechseln und sich nicht mehr sehen lassen würden.

Aber die Hoffnung blieb ihm, und das war mehr, als er noch gestern gehabt hatte.

In der Sicherheit seiner Kammer löschte er die Dochte, mit Ausnahme des Nachtdochts, und hoffte auf Schlaf. Doch er wußte, daß er wieder träumen würde.

Wie immer.

Ischade säuselte der Wind vom Fluß und stob durch die herumliegenden Abfälle. Er träumte, daß sie diesmal durch die Gassen Abwinds wandelte, ihr schwarzes Gewand unbeschmutzt, und der Gestank allüberall wurde zu ihrem höchsteigenen Geruch: einer Mischung aus dem von Blut und längst verdörrten Blumen oder unbenutzten staubigen Hallen.

Mehr als einmal wachte er schweißüberströmt auf. Er starrte ins Dunkel. Der Luftzug hatte den Docht ausgelöscht. Auch das war wie immer. Er erinnerte sich an das Silberstück. Er betastete es wie einen Talisman. Es bewies ihm, daß die Begegnung Wirklichkeit gewesen war.

Er mußte unerkannt bleiben. Er brauchte Gold und Macht, die für Riegel vor seiner Tür sorgten. Er hatte seine ganze Hoffnung in diesen Jubal gesetzt, der einst beides gehabt hatte.

Sobald er seine Augen schloß, träumte er wieder.

3

Schweigen herrschte unter den Anwesenden, ein längeres Schweigen in der engen Kammer, die bisher ihr sicherster Unterschlupf gewesen war. Mor-am kauerte finster in einer Ecke, und Moria in der gegenüberliegenden, die Hände um die Knie geschlungen. Eichan saß mit überkreuzten Beinen auf der Liege, die Arme vor der gewaltigen Brust verschränkt, den dunklen Kopf gesenkt. Was getan werden konnte, war getan. Sie warteten.

Gedämpfte Schritte auf der Gasse waren zu hören. Köpfe hoben sich, und Mor-am und Moria sprangen auf. Kein Überfall, nein, das wäre unwahrscheinlich. Zwei ihrer Kameraden hielten jetzt im verborgenen draußen Wache.

»Mach auf«, brummte Eichan, und Moria öffnete die Tür.

Es war Dzis, der eulenhaft blinzelnd in das schwache Licht im Innern trat. Er trug keine Maske, das war in diesen Zeiten auf der Strecke zu gefährlich, dafür hüllten ihn Schmutz und der Gestank ein, der von all den Ungewaschenen in Abwind ausging. »Er ging, wohin er sagte«, meldete er. »In Bechos Gasse ist er eingebogen.«

»Gut.« Eichan stand von der Liege auf und warf sich den Umhang über den Arm. »Ihr bleibt hier. Benutzt das andere Vesteck nur im Notfall!«

»Du mußtest ihm unsere Namen nicht nennen!« Moria zitterte vor Wut. »Hast du was dagegen, wenn wir diesen Hundesohn umgehend fertigmachen?«

»Damit unsere Fragen unbeantwortet bleiben?« Eichan legte sich den Umhang über die Schultern. Er war riesig und konnte sich schwer für einen anderen ausgeben, wenn jemand vermutete, wer er wirklich war. »Nein, das können wir uns jetzt nicht leisten. Mor-am hat uns um einen sicheren Unterschlupf gebracht. Ihr bleibt hier. Und paßt auf euch auf.«

»Da sind doch die Wachen.« Moria hoffte es sehr.

»Vielleicht«, brummte Eichan. »Vielleicht auch nicht.« Er folgte Dzis aus der Tür und schloß sie hinter sich.

Moria drückte den Haken in die schwere Öse. Der Lampenschein warf Schatten an die Wände.

Moria drehte sich um und blickte ihren Bruder durchdringend an.

Er zuckte die Schultern.

»Häng dich auf«, murmelte Moria.

»Oh, in letzter Zeit hängt man Falkenmasken nicht. Jedenfalls halten die, die hinter uns her sind, einen anderen Tod für uns bereit.«

»Du mußtest ja unbedingt zu Becho gehen! Dann läßt du dich auch noch stinkbetrunken verfolgen! Hör auf, hörst du? Hör auf mit dem Zeug! Es wird dein Tod sein. War es fast schon! Wenn der Große Mann zurückkommt ...«

»Es ist gar nicht so sicher, daß er zurückkommt!«

»Halt's Maul!« Erschrocken warf sie einen Blick auf die Tür, hinter der einer der anderen lauschen mochte. »Du weißt es besser!«

»Na und – diesmal haben sie ihn gründlich erwischt, und Tempus ist obenauf. Und Eichan kommandiert uns weiter herum, als wäre der Große noch ...«

»Halt's Maul!«

»Jubal ist nicht in der Lage, irgendwas zu tun, oder? Auf der Straße jagt man weiterhin Falkenmasken, und niemand weiß, wann wir dran sind. Wir verkriechen uns in unsere Löcher und hoffen, der Große kommt zurück ...«

»Und wenn er zurück ist, wird er mit ihnen abrechnen. Wenn wir alle zusammenhalten, wenn ...«

»Wenn und wenn und wenn. Hast du nicht gesehen, wer sich in seinem Haus eingenistet hat? Jubal wird es nie zurückgewinnen! Er wird nichts gegen sie unternehmen! Kann es gar nicht! Hast du die Reiter auf der Straße gehört? So wird es bleiben!«

»Halt's Maul! Du hast Schiß!«

Mor-am trat an die Wand und zog seinen Umhang vom Haken.

»Wo willst du hin?«

»Hinaus, wo mir niemand die Ohren vollkeift.«

»Trau dich ja nicht!«

Er schlang sich den Umhang über die Schultern und ging zur Tür.

»Bleib da!« Sie faßte ihn am Arm, zog. Vergebens. Er war viel stärker als sie. »Eichan wird dich umbringen!«

»Es ist Eichan egal. Uns speist er mit Kupfer ab, und anderen gibt er unsere Namen und Silber.«

»Du wirst ihm nicht nachgehen! Eichan sagte ...«

»Eichan sagte! Kümmere dich nicht um meine Angelegenheiten. Ich werde dem Hundesohn nicht die Gurgel durchschneiden. Nicht heute. Ich habe Kopfweh. Laß mich bloß in Ruhe.«

»Na gut, na gut. Ich sag' nichts mehr. Aber bleib da!«

Er öffnete die Tür und ging hinaus.

»Mor-am!« fauchte sie.

Er drehte sich um und hob eine Münze hoch. »Genug, mich zu besaufen. Aber nur genug für einen. Tut mir leid.«

Er wirbelte herum und lief mit flatterndem Umhang davon. Moria schloß die Tür, ging durch die Kammer und warf sich auf die Liege. Sie vergrub das

Gesicht in den Händen, und das Blut hämmerte ihr in den Schläfen. Sie hatte Angst. Sie wollte um sich schlagen, auf etwas, irgend etwas einschlagen. Seit der Überfall, der sie die Hälfte ihrer Leute gekostet hatte, sie in aller Winde verstreut hatte, ging alles abwärts. Eichan versuchte sie zusammenzuhalten. Sie hatte keine Ahnung, ob es stimmte, was er behauptete, ja nicht einmal, ob Jubal überhaupt noch lebte. Sie zweifelte manchmal daran, aber nicht laut wie Mor-am. Sie konnte es ihm jedoch nicht verdenken. Heute haßte sie Eichan – und erinnerte sich, daß es doch Mor-am gewesen war, der den Fremden zu ihnen geführt hatte. Betrunken. Von Krrf halb betäubt. Er nahm zuviel davon.

Und Bechos Schenke – jeder Ort war gefährlich, wenn man sich dort regelmäßig sehen ließ, wie ihr Bruder es tat. Er hatte feste Gewohnheiten, die ihn hierhin und dahin führten. Da war dieser Geruch von Tod um ihn, der sie erschreckte. Alle Feinde, die der Sklavenhändler Jubal sich im Laufe der Zeit gemacht hatte (und das waren nicht wenige), rächten sich nun, da seine Macht gebrochen war. Früher waren die Falkenmasken prächtig gewandet durch die Straßen stolziert, jetzt trugen sie Lumpen und mußten sich in Löchern verkriechen. Das war für sie alle eine bittere Umstellung.

Mor-am wurde damit nicht fertig. Sie gab ihm Geld, sein und ihr Erspartes. Aber er hatte sie angelogen, sie wußte es, und sich das bißchen mehr genommen, daß er für Becho brauchte. Oder er hatte jemandes Beutel aufgeschlitzt, wenn nicht gar seine Kehle, in Mißachtung von Eichans Anweisungen. Er beging langsamen Selbstmord. Das wußte sie. Gemeinsam waren sie aus diesem Gestank, diesem Schmutz gestiegen und in Jubals Dienste getreten, hatten sich daran gewöhnt, wie feine Leute zu leben. Und nun waren sie wieder in der Gosse. Mor-am wollte so nicht leben. Sie hielt ihn, so gut sie es konnte, deckte ihn, log für ihn. Eichan tötete ihn vielleicht selbst, wenn er ihn hatte fortgehen sehen; oder er schlug ihn bewußtlos. Sie wünschte sich, sie hätte die Kraft, ihm die Dummheit aus dem Leib zu prügeln, ihn gegen die Wand zu drücken, ihm Vernunft einzureden. Aber es gab niemanden, der ihm auf diese Weise helfen könnte. Seit Jahren nicht mehr.

Mor-am stiefelte die Straße entlang, mit der wilden Entschlossenheit, die ihm Belästigungen fernhielt, und bog so schnell wie möglich von der Hauptstraße ab.

Aber etwas tat sich. Ein Bettler verließ den geschützten Eingang nahe einer Gassenabzweigung und schlurfte dahin, bis Hausschatten ihn verbargen, dann bewegte er sich weit flinker, drückte sich an die Wand, wenn er es für nötig hielt, und sprintete, wo erforderlich.

Dann setzten sich weitere Bettler in Bewegung. Einige wirklich lahm, doch nicht alle.

Einer war bereits weit gekommen. Er huschte durch Gassen zu einer Hütte, gar nicht weit von Mama Bechos Haus entfernt, hinter der der Schimmelfohlenfluß träge und schwarzschimmernd unter der Brücke hindurchfloß.

Wachen dösten dort entlang der Wand, doch waren es ungewöhnliche Wachen, wie er ungewöhnlich als Bote war: ein kleines Straßenmädchen in Lumpen, das nur kurz hochblickte und als knochiges Häufchen weiterschlief; ein Einbeiniger, der es genauso machte; aber der Riese nahe der Tür stand auf und blickte dem Boten entgegen.

»Ich hab' was«, keuchte der Bote, »was er bestimmt selber hören möchte.«

Der Wächter klopfte an die Tür. Kurz darauf schwang sie ins dunkle Innere auf, und ein Laden wurde so weit geöffnet, daß genug Licht für den eindrang, der die ganze Zeit drinnen gewesen war.

Der Bote trat ein und kauerte sich auf die Weise nieder, wie seine Knochen es gewöhnt waren. Dann erzählte er, was er gehört hatte.

Auf seinem Bett sitzend, hörte Moruth ihm zu, und als der Bote fertig war, sagte er: »Setz Squith darauf an und Ister.«

Luth-im verbeugte sich hastig und ging.

Mamas neuester Untermieter! Moruth dachte darüber nach, verschränkte die Hände um die Knie, runzelte die Stirn und lächelte gleichzeitig, denn jegliche Verbindung zwischen seinen heimischen Gefilden und den Falkenmasken verursachte ihm Unbehagen. Auf die Innenseite der Tür war eine Maske genagelt. Blut war daran, das getrocknet war und im Tageslicht wie Rost aussah. Nur jene, die in diese Hütte kamen und hinter denen sich die Tür schloß, konnten sie sehen. Das war ein Spaß, den er sich machte. Moruth hatte seine eigene Art von Humor, genau wie sein Halbbruder Tygoth, der durch die Gassen um Mamas Besitz herum stapfte, mit seinem Knüppel klopfte und schwachsinniges Zeug brabbelte. Jetzt hatte er einen. Nun mußte Luth-im selbst beschattet werden. Das kleine Straßenmädchen wurde zur Tür befohlen und erhielt eine Botschaft zum Übermitteln.

Tygoth würde es also wissen.

»Gute Nacht«, sagte Moruth zu seinem Unterführer. Der Mann schloß Fensterladen und Tür und ließ ihn im Dunkeln zurück, damit er weiterschlafen konnte.

Aber er wälzte sich ruhelos herum, dachte über dieses und jenes nach, verschob die Bausteine seiner geistigen Karte der Abwinder Gassen, erinnerte sich an den einen und anderen Gefallen, den man ihm schuldete, und überlegte, wie er das nutzen konnte.

Falkenmasken starben, und entweder waren sie Jubal so treu ergeben (was unwahrscheinlich schien), oder sie wußten wirklich nicht, wo er sich befand. Drei hatte er bisher hochnotpeinlich befragt. Von dem an die Tür Genagelten hatte er am meisten erfahren: wo diese beiden sich verkrochen hatten. Aber bisher hatte er noch nicht zugeschlagen. Außer ihrem Unterschlupf kannte er noch den von ein paar weiteren.

Und nun führte die Spur plötzlich wieder zurück, zu Mama, zu seinem eigenen Revier. Das gefiel ihm nicht.

Und nahe der anderen Brückenseite, in einem ungewöhnlichen, von einem Garten umgebenen Haus mit hellbeleuchteten Fenstern, die ihren warmen Schein auf dasselbe schwarze Wasser warfen ...

Empfing Ischade einen ganz anderen Boten. Er war ein Sklave, jung und auf fremdartige Weise gutaussehend. Er war am Gartentor erschienen, hatte ein paar Schutzzauber gestört, war dann nach längerem Zögern den Weg heraufgekommen und stand nun benommen in ihrem Wohngemach.

Er war ein Geschenk, ein Angebot, das man ihr ständig machte. Schon mehrmals war er gekommen und gegangen, von jenen geschickt, die wollten, daß sie für sie arbeite. Da stand er jetzt, starrte auf den

Boden, auf alles, nur nicht auf sie. Vielleicht hatte er schon von Anfang an gewußt, daß seine Herren seine Rückkehr nicht erwarteten, daß seine Schönheit sie anziehen und ihr etwas bieten sollte; er war nicht dumm, dieser Sklave. Er hatte Angst, die ganze Zeit über, er spürte etwas und wenn auch nur, daß sein Verstand nicht so wie sonst war, sobald er sich hier befand. Und diesmal schaute er sie überhaupt nicht an. Sie war einerseits belustigt, andererseits verärgert über jene, die ihn schickten – als ob sie ein Tier wäre, das nahm, was man ihm zuwarf – selbst wenn es etwas so Besonderes war.

Aber sie wagten nicht, selbst zu kommen. So vorsichtig waren sie, diese Vashanka-Anhänger, daß sie nicht selbst hierherkamen.

Unordentlich war Ischade. In ihrem kleinen Nest von Haus lagen keine Lumpen verstreut, sondern Seidenstücke und Umhänge und Dinge, die ihr gefielen. Sie liebte Auffallendes, so waren die Vorhänge von grellem Rot, ein Samtüberwurf einer smaragdgrünen Lache gleich. Und nichts war abgestaubt oder aufgeräumt. Ein Rubinhalsband lag wie verspritzte Blutstropfen in dem wirren Durcheinander auf einem vergoldeten Tisch. Über das nie gemachte Bett war schillernde Seide geworfen, und auf dem Bettdach lag dick der Staub.

Ischade liebte Farbe, mied sie jedoch für ihre Gewandung. Ihr Haar war wie fließende Tinte um ihr Gesicht, ihre Kleidung schwärzer als die Nacht, ihre Augen …

Aber der Sklave weigerte sich, sie anzusehen.

»Schau hoch«, sagte sie, als sie die Botschaft gelesen hatte, und ihm blieb nichts anderes übrig, als zu gehorchen. Er blickte sie an. Seine Furcht verringerte sich, denn sie hatte diese Fähigkeit. Sie hielt ihn mit ihren Augen. »Ich leistete einem, den deine Herren kennen, einen Dienst – vor längerer Zeit. Sie scheinen zu glauben, das verpflichte mich. Das tut es nicht. Ist ihnen das klar?«

Er schwieg und formte ein Nein mit den Lippen. Er wollte von niemandem ins Vertrauen gezogen werden, das war klar. Ja oder nein, was immer sie zu hören wünschte. Sein Verstand war so unklar wie seine Augen.

»Weißt du, was hier geschrieben steht?«

Nein, formten die Lippen erneut.

»Sie wollen Jubal haben, den Sklavenhändler. Freut dich das?«

Keine Antwort. Da war Furcht. Sie strapazierte ihre Nerven wie starker Wein. Es wurde immer schwieriger, zu widerstehen, doch sie spielte mit dieser Furcht, war stärker als jene, die sie verachteten, meinten – und vielleicht auch ein bißchen verrückt. Manchmal glaubte sie das, oder daß sie es werden mochte, doch manchmal hielt sie sich auch, auf kalte Weise, für völlig vernünftig. Innerlich lachte sie über diese so leicht durchschaubare Bestechung, dieses – Geschenk. Sie war kein Tier. Sie wußte immer, was sie tat. Sie trat näher an ihn heran. Ihre Finger berührten seinen Arm, während sie wie ein magisches Ritual einen Kreis um ihn wob. Als sie wieder vor ihm stand, blickte sie zu ihm hoch, denn er war groß.

»Wer bist du?« fragte sie.

»Haught ist mein Name.« Es war kaum mehr als ein Wispern, aber sie stand so nahe, und es gelang ihm, an ihr vorbeizuschauen.

»Bist du als Sklave geboren?«

»Ich war Tänzer in Caronne.«

»Schulden?«

»Ja«, sagte er, ohne sie anzusehen. Ich habe mich also getäuscht, dachte sie.

»Aber kein Caronner.«

Er schwieg.

»Aus dem Norden«, sagte sie.

Auch jetzt schwieg er. Schweiß rann ihm übers Gesicht. Er rührte sich nicht, konnte es nicht, solange sie es so wollte, aber er versuchte es nicht einmal, sonst hätte sie es gespürt.

»Sie fragen dich aus, über mich? Jedesmal? Und was sagst du ihnen?«

»Es gibt nichts zu sagen, oder?«

»Ich bezweifle, daß sie sanft mit dir umspringen. Liebst du sie, deine Gebieter? Weißt du eigentlich, wozu sie dich bestimmt haben?«

Sein Gesicht verfärbte sich. »Nein«, beantwortete sie düster ihre eigene Frage. »Sonst würdest du davonlaufen, auch wenn du alles verlierst.« Sie tupfte auf ihn wie auf feinen Marmor, und in ihr war solcher Hunger, solches Verlangen nach etwas so Schönem – daß es schmerzte.

»Diesmal«, sagte sie, nachdem sie diese Überlegung gut abgewogen hatte, »nehme ich das Geschenk an – aber ich tue damit, was mir gefällt. Meine Hintertür führt zum Fluß hinaus, Haught, das ist äußerst gelegen. Leichen kommen manchmal nicht mehr hoch, nicht wahr? Nicht so dicht am Meer. Also werden sie auch nicht erwarten, dich zu finden ... Lauf, so weit du kannst, hörst du? Das geschieht ihnen recht. Geh irgendwohin. Ich lasse dich frei.«

»Ihr könnt doch nicht ...«

»Kehr zu ihnen zurück, wenn du willst. Aber ich würde es an deiner Stelle nicht tun. Diese Botschaft braucht keine Antwort. Weißt du denn nicht, was das bedeutet? Ich würde laufen, Haught – nein, warte.« Sie trat an einen Schrank und suchte Kleidung aus: einen vornehmen blauen Umhang – viele Besucher ließen dergleichen zurück. Da waren Umhänge, Stiefel, Hemden, Wämser, alles mögliche.

Sie warf ihm das Nötige zu, ging zum Tisch und schrieb etwas.

»Bring ihnen das hier, wenn du es wagst. Kannst du lesen?«

»Nein«, antwortete er.

Sie lachte. »Es steht darauf, daß du frei bist.« Sie nahm einen Geldbeutel vom Tisch (eine weitere Hinterlassenschaft) und drückte ihn ihm in die Hand. »Bleib in Freistatt, wenn dir das lieber ist. Oder gehe. Vielleicht töten sie dich, vielleicht auch nicht. Nicht, wenn sie diese Nachricht lesen. Tu, was du magst, aber verschwinde von hier.«

»Sie werden mich finden«, gab er zu bedenken.

»Verlaß dich auf dieses Schreiben«, beruhigte sie ihn. »Oder benutze die Hintertür und die Brücke.«

Sie deutete. Er zauderte, wandte sich der Vordertür zu, dann rannte er zur Hintertür, zum Fluß. Sie lachte laut, schaute ihm nach, wie er von ihrer Tür floh, wie er zum Fluß rannte, bis die Dunkelheit ihn verschluckte.

Nachdem ihr Lachen verklungen war, las sie noch einmal die Botschaft, die sie ihr geschickt hatten, dann verbrannte sie sie in der Lampe. Die Asche ließ sie sorglos fallen, ohne darauf zu achten, daß sie bernsteinfarbene Seide versengte.

Also wollten Vashankas Anhänger ihre Dienste immer noch und boten ihr jetzt sogar dreimal soviel Gold an wie vorher. Es interessierte sie im Augenblick nicht; sie hatte, soviel sie haben wollte. Sie wollte auch nicht auffälliger leben, selbst wenn sie ihr einen Palast für ihre Dienste anböten. Und das könnten sie.

Wie wäre das? fragte sie sich. Und wie lange würde es dauern, bis ihre Nachbarn sich über das ständige Verschwinden aufregten? Sie konnte Sklaven kaufen – aber den Hof des Prinzen betreten? In der Öffentlichkeit leben?

Der Gedanke belustigte sie, wie nur Selbstironie es vermochte. Sie könnte, wenn sie wollte, ein Jubal werden, in einem Gewerbe, das ihrem Eigenbedarf gelegen kam. Zu schade, daß sie bereits einen Auftrag angenommen hatte …

Doch die Ironie verblaßte und die Bitterkeit blieb. Vielleicht mutmaßten die Vashanka-Anhänger die Wahrheit. Vielleicht ahnten sie ihre Beweggründe oder ihr Bedürfnis – und schickten deshalb jemanden wie Haught, einen Boten, den sie schon nach dem ersten Besuch nicht mehr zurückerwarteten. Und dann sandten sie ihn immer wieder. Mit zynischer Grausamkeit wollten sie sie in Versuchung führen, um festzustellen, wieviel von ihrer Vermutung Wahrheit war – was *sie* war, wie lange sie sich zurückhalten konnte.

Sie dachte über Haught nach, wie jedesmal, wenn er zu ihr gekommen war. Auch das hatten sie bestimmt beabsichtigt. Der Hunger wuchs. Bald würde er zu stark werden.

»Vis!« sagte sie laut. Die Bilder verschmolzen vor ihrem inneren Auge. Vis und Haught, zwei schwarze Fremde, die sie beide hatte gehen lassen – denn sie war nicht ohne Mitleid. Da war die Hölle in des Sklaven Augen, genau wie in den ihren. Immer wieder war er in der einen oder anderen Richtung an ihrer Tür vorbeigekommen, und die Hölle war schlimmer geworden und die Angst, die eine Verlockung in sich war. So ein Geschmack ließ sich entwickeln, für die Schönheit und die Furcht, für die feine Lebensart. Wie ein Rauschgift. Aber sie verfügte über mehr Stolz.

Sie hatte keineswegs die Absicht, heute nacht auszugehen. Doch die Ruhelosigkeit wurde schlimmer, und sie haßte sie dafür, haßte sie für das, was sie getan hatten, dafür, daß sie jetzt töten würde, auf die eine Art, wie sie immer getötet hatte – aber nicht auf die, die sie vermuteten. Es war das Glück, das sie verfolgte, der Fluch, den ein Feind über sie verhängt hatte.

Sie warf sich den schwarzen Umhang über und zog sich die Kapuze ins Gesicht. Auch sie verließ das Haus durch die Hintertür, durch den kleinen, rankenüberwucherten Garten und die Gartentür zum Flußweg, Schritt um Schritt entlang des ungepflasterten Weges.

Und Schritt um Schritt über die Brücke, mit den zierlichen Füßen in weichen Schuhen auf den Holzplanken, dann auf nassen Kopfsteinen und schließlich auf dem Schmutz der ungepflasterten Abwindgassen. Sie jagte, diesmal selbst ein Lockvogel, wie der Sklave es gewesen war …

Vielleicht würde sie ihn finden, falls er auf seiner Flucht zu lange zauderte. Dann würde sie keine Gewissensbisse haben. Ein Teil ihres Ichs hoffte es und genoß die Vorfreude auf das Vertrauen, das er zunächst zu ihr haben würde, und danach seine Furcht und sein Schrecken; und ein anderer Teil ihres Ichs sagte nein.

Sie war wählerisch. Vor dem ersten, der sie ansprach, ekelte sie sich, und sie ließ ihn benommen vom kurzen Blick ihrer Augen zurück, so daß er nicht mehr wußte, weshalb er eigentlich hier war. Der zweite jedoch gefiel ihr. Er war jung, und ihm war dieser Hochmut der Straßenrüpel zu eigen, dieser selbstische Zweifel an sich, der sie belustigte, wenn er sich verlor. Denn die meisten dieser Art erkannten sie tief in ihrem Herzen und wußten, daß sie ausgerechnet jenem begegnet waren, was sie ihr ganzes elendes Leben lang gehaßt hatten ...

Diese Art war die Jagd wert. Seinesgleichen hatten keinen weicheren Kern, der ihr Bedauern hervorrufen und sie so verletzen konnte. Der hier kannte Mitleid überhaupt nicht. Und er würde niemandem auf der Welt abgehen.

Seinesgleichen gab es massenhaft in Freistatt, in allen Vierteln. Deshalb blieb sie auch hier, sie, die in so vielen Städten gewesen war, denn diese Stadt verdiente sie – wie dieser junge Mann, der ihr jetzt gegenüberstand.

Sie dachte an Haught, der vielleicht immer noch rannte, und sie lachte ein wenig verzerrt. Doch bald war ihr Aufreißer-Opfer zu weit hinüber, um es noch zu hören, und im nächsten Augenblick war sie es ebenfalls.

4

»Geld«, sagte Mor-am schwitzend. Seine Hände bebten. Schnell verschränkte er die Arme über den Rippen unter seinem Umhang und warf verstohlene Blicke die Schlachterstraße auf der Freistätterseite der Brücke entlang. »Hört, ich hab' da einen Mann. Es braucht nicht viel, ihn hierherzulocken, aber selbst in Abwind benötigt man Geld – und jemanden irgendwohin zu führen, kostet Geld.«

»Vielleicht mehr, als du wert bist«, sagte der Mann,

ein Mann, der ihm Angst einjagte, selbst auf der offenen Straße und allein. »Du weißt, daß wir dich so fest in der Hand haben, als hätten wir dich mit einer Kette gefesselt, an der wir bloß zu ziehen brauchten. Vielleicht sollte ich nur sagen – liefere uns den Mann! Schaff ihn her! Oder vielleicht sollten wir dich zu einem kleinen Gespräch einladen? Würde dir das gefallen – Falkenmaske?«

»Ihr seht das falsch.« Mor-ams Zähne klapperten. Trotz der warmen Jahreszeit war der Nachtwind kühl. Vielleicht war es aber auch Mama Bechos Zeug in seinem Bauch. Er preßte die verschränkten Arme noch enger an sich. »Ich begebe mich in Gefahr für das, was ich besorge. Ich habe Verbindungen. Es ist nicht so, als ob ...«

»Wenn wir dich holten«, sagte der Mann ganz sanft über dem gedämpften Grunzen und Blöken der Tiere in einiger Entfernung, die am nächsten Morgen dem Schlächter ausgeliefert würden. »Ja, wenn wir dich holten, würden sie bloß alle Unterschlüpfe und Treffpunkte ändern, nicht wahr? Also lassen wir Münzen in deine Hand rieseln, und du versorgst uns mit Namen und Orten und Zeitpunkten, und wir verlassen uns darauf. Aber wenn sie nicht stimmen – vielleicht habe ich jemand, der mir deinen Namen nennt. Hast du schon mal darüber nachgedacht, Winder? Vielleicht bist du nicht die einzige Falkenmaske, die gern die Seiten wechseln möchte. Also: Wo? Wer? Wann?«

»Er heißt Vis und wohnt bei Mama Becho.«

»Ziemlich geschützt dort. Nicht leicht, da an ihn heranzulangen.«

»Das wollte ich ja sagen. Ich bringe ihn Euch.«

Kurzes Schweigen setzte ein. Der Mann brachte Silberstücke zum Vorschein, ließ sie in Mor-ams

Hand fallen, dann legte er die Finger um Mor-ams, als die sich um das Geld schlossen. »Weißt du auch«, sagte der Rankaner, »daß der letzte deinen Namen verriet?«

»Natürlich.« Mor-am bemühte sich, nicht zu zittern. »Würdet Ihr nicht auf Rache sinnen?«

»Das haben auch schon andere. Das mußte dir doch klar gewesen sein.«

»Aber Ihr seid es, der sie aus Abwind herausgebracht haben will. Und ich tue es für Euch.« Er biß die Zähne zusammen, um sie vom Klappern abzuhalten. »So kommen wir vielleicht an die Großen heran. Ich besorge sie Euch – liefere sie, genau wie die Kleinen. Doch zu einem anderen Preis.«

»Wie dein Leben, Lump?«

»Ihr wißt, daß ich von Nutzen bin. Ihr werdet feststellen, daß ich noch nützlicher sein kann, als Ihr glaubt. Nicht für Geld. Für eine Möglichkeit, von hier fortzukommen, für mich und noch jemanden!«

»Oh, ich bezweifle nicht, daß du willig bist. Du weißt ja, was geschähe, spräche sich auf der Straße herum, wie wir deine Freunde aufspüren konnten – du würdest nicht mehr lange leben.«

»Ich bin Euch treu ergeben«, versicherte ihm Moram.

»Wie ein Hund.« Der Mann stieß seine Hand zurück. »Hier! Morgen bei Mondaufgang!«

»Ich bringe ihn.« Nach wie vor kämpfte Mor-am gegen sein Zittern an und sog den Atem ein. »Wegen der anderen müssen wir noch verhandeln.«

»Verschwinde!«

Mor-am ging, langsamen Schrittes zunächst, dann rascher, ohne sein Zittern zurückzuhalten, und mit weichen Knien.

Der Mann stieg die Treppe eines Hauses in der Nähe der Gasse hoch und erstattete Meldung.

»Der Sklave ist fort«, sagte einer, der in seiner Seiden- und Linnenkleidung wohl kaum in die Schlachthausgegend gehörte. Aber auch die Gemächer paßten nicht hierher. Sie waren mit allen Annehmlichkeiten ausgestattet und hinter geschlossenen Läden, durch die kein Lichtschimmer drang, hell beleuchtet. Zwei der Anwesenden waren Stiefsöhne, die nach Öl, ganz leicht auch nach Schweiß und nach Pferden rochen, deren Augen gleich und kalt waren, und drei schienen schon aufgrund ihrer Stellung kalt und hart zu sein. »Er ist nach Abwind. Da dürfte die Antwort wohl nein sein. Wir werden weitere Maßnahmen ergreifen müssen. Jemand muß es wissen. Wir fangen die Falkenmasken lebend, so werden wir den Sklavenhändler schließlich finden.«

»Wir sollten den Sklaven zurückholen«, meinte einer.

»Nein«, widersprach der erste. »Zu umständlich. Wenn es sich als gelegen erweist – fassen wir ihn.«

»Diese Frau erweist sich als ungelegen!«

»Wir brauchen wohl kaum noch mehr Ungelegenheiten, als wir bereits hatten. Nein. Wir werden uns erst einmal zurückhalten. Wir wollen uns doch um niemanden bringen, der uns noch auf die richtige Spur führen kann. Schließlich möchten wir die Bande mit Stumpf und Stiel ausrotten, und dazu brauchen wir hauptsächlich Jubal selbst.«

»Ich glaube nicht«, sagte der Mann, der gerade von der Straße hereingekommen war, »daß wir uns auf unsere Spitzel soweit verlassen können. Er sollte hergeholt und zum Sprechen gebracht werden.«

»Und wenn er nicht spricht? Nein, wir brauchen ihn noch.«

»Geben wir ihm einen Posten. Sicherheit. Stellen ihn fest an. Dann erfahren wir, wo seine schwachen Stellen sind. Er wird schnell weich werden. Wenn man hin und wieder die Schrauben fester andreht, tut er alles, was er tun muß.«

»Wenn du dich in ihm täuschst …«

»Keine Angst, ich kenne diese kleine Schlange.«

Ein Stuhl knarrte. Ein Stiefsohn hatte den Fuß auf die Sprosse gestützt. Er überkreuzte die Arme mit betontem Abscheu vor dem Vorschlag.

»Es gibt schnellere Möglichkeiten«, erklärte er.

Niemand sagte daraufhin etwas. Niemand widersprach. Aber man brachte das Gespräch auf etwas anderes, unterhielt sich lediglich über Einzelheiten und über einen Sklaven, der endlich die Flucht gewagt hatte.

Die Brücke war immer am schlimmsten, ob auf dem Hin- oder Herweg. Sie schränkte die Möglichkeiten ein. Es gab nur diesen einen Weg zu Fuß nach Abwind. Mor-am nahm ihn schwitzend. Sein Herz pochte heftig, und aus den Augenwinkeln heraus sah er schwarz, was sowohl der Furcht entspringen mochte als auch dem Krrf, den er gekauft hatte und der seinen Blick trübte und sein Herz sich fühlen ließ, als hörte es zu schlagen auf, um dann um so wilder weiterzuhämmern. Das verlieh der Nacht für ihn eine gewisse Unwirklichkeit, so daß er mitten auf der Brücke stehenbleiben und sich an das Geländer lehnen mußte. Wie sehr er sich wünschte, er könnte sich übergeben!

Da sah er den Mann, der ihm folgte – er war sicher, daß er ihn beschattete. Er war ein Fußgänger, der ebenfalls stehengeblieben war, unmittelbar hinter ihm, und vorgetäuscht hatte, etwas erledigen zu müssen.

Erneut brach ihm der Schweiß aus. Er durfte sich nicht anmerken lassen, daß es ihm aufgefallen war. Er stieß sich vom Geländer ab und ging weiter, bemüht, nicht zu torkeln. Die Elendshütten von Abwind schwankten in sein Blickfeld unter dem Mond, näher, immer näher, genau wie die Anlegestege der Fischer und das Flackern einer Laterne nahe dem Wasser unten. Ihm wurde bewußt, daß er in seiner Furcht schneller ging, als er beabsichtigte.

Er war nicht allein auf der Brücke. Spaziergänger überquerten sie von beiden Seiten. Einige kamen im Dunkeln dicht an ihm vorbei, dann an seinem Verfolger. Einer war geradewegs auf ihn zugegangen, und er hatte hastig nach seinem Messer gegriffen.

Moria. Sein Herz klopfte schnell, als er seine Schwester so dicht vor sich sah. »Geh weiter«, zischelte er ihr verzweifelt zu. »Jemand ist mir auf den Fersen.«

»Ich kümmere mich um ihn.«

»Nein! Sieh bloß nach, wer es ist, und geh weiter.«

Sie trennten sich, geschickt schauspielernd: Die abgewiesene Hure und der seine Abscheu zeigende Spaziergänger. Er stellte fest, daß er viel zu schwer atmete und sein Herz in den Ohren pochte. Er versuchte, seine Sinne zu sammeln und sich Lügen auszudenken, die Moria glauben würde, während ihn doch tiefe Furchte über das erfüllte, was hinter ihm geschehen mochte. Vielleicht gab es noch weitere, und Moria lief geradewegs in einen Hinterhalt, der eigentlich ihm galt. Er wagte nicht, auch nur über die Schulter zu blicken. Er erreichte das Ende der Brücke und ging pausenlos weiter, auf den verhältnismäßigen Schutz der Gassen zu. War er erst einmal dort, sagte er sich, würde alles in Ordnung sein. Moria konnte sehr gut auf sich selbst aufpassen, und sie würde sicher den Weg nach Hause finden.

Nun war er wieder in dem Gewirr der Gassen, in seinem ureigenen Element, wo die Bettler an den Hüttenwänden kauerten und der Schmutz unter seinen Sohlen quatschte.

Da richtete einer der Bettler sich aus seiner üblichen Kauerstellung an der Wand auf, und von hinten legte sich ein Arm um Mor-am und drückte eine scharfe Messerspitze an seine Kehle.

»Na«, wurde eine kichernde Stimme laut. »Da haben wir dich ja, Falkenmaske.«

Moria rannte nicht; obgleich dieses Gefühl in ihrem Magen danach schrie, hielt sie ihren Schritt gleichmäßig, als sie so durch die späten Nachstunden ging, während im Süden Donner grollte und aus einer drohenden Wolkenwand Blitze zuckten. Der Mond war längst untergegangen, und Mor-am war nicht nach Hause gekommen.

Es herrschte eine unheimliche Stimmung in Abwind, fand sie. Nicht das kommende Unwetter war es, das hier raschelte und polterte, sondern die Obdachlosen, die auf der Suche nach irgend etwas auch nur einigermaßen Brauchbarem waren, nach Bretterstücken, nach Segeltuchfetzen und dergleichen. Und die dann ihre kostbare Beute davonschleppten wie die Krabben an der Flußmündung, um damit ihre Unterschlüpfe abzudichten, zu vergrößern oder sich erst welche zu bauen. Doch nicht sie waren es, die Moria beunruhigten, eher etwas Undeutbares, vielleicht ein Fehlen von etwas Gewohntem, wie beispielweise der alte Mann, der sonst immer in dem Türeingang gegenüber von dem ihren schlief; oder der Falkenmaskenwächter, der nicht in der Gasse war, wo er eigentlich sein sollte – und auch der zweite war nicht in der anschließenden Gasse. Beide waren verschwunden. Möglicherweise hatte Eichan sie zurückgerufen, da dieser Vis ihren Unterschlupf aufgespürt hatte.

Doch Mor-am war auf der Brücke verfolgt worden, und dieser Verfolger hatte sie nicht zu ihm zurückgeführt, nachdem sie, als sie an ihm vorbei war, sich ihrerseits an ihn gehalten hatte. Die Panik brachte ihr Blut abwechselnd zum Wallen und zum Stocken, dazu kamen ihr Schuldgefühl und ihre Selbstanklage. In der kurzen Zeit, die sie gebraucht hatte, um zum Ende der Brücke zu schlendern und wieder umzukehren, war Mor-am verschwunden, und der Mann, der ihn verfolgt hatte, kümmerte sich offenbar nicht weiter um ihn. Er war einfach zögernden Schrittes weitergegangen und hatte die Brücke schließlich wieder stadteinwärts überquert.

Sie hatten gedacht, Mor-am sei inzwischen zu Hause angekommen, doch das stimmte nicht.

Scheinbar sorglos spazierte sie dahin, durch den noch fernen Donner, vorbei an den Obdachlosen, die vor Einbruch des Sturmes Unterschlupf finden wollten. Sie blieb auf der Straße, denn wenn etwas schiefgegangen war, war sie nirgends mehr wirklich sicher, doch verringerte sich die Gefahr, wenn sie in Bewegung blieb.

Falkenmasken waren derzeit das gejagte Wild, und Eichan hatte sie in alle Winde verstreut.

Es gab noch einen Ort, wo sie nachsehen könnte, dorthin ging sie jetzt – zu Mama Bechos Schenke.

Aus der Gaststubentür fiel immer noch Licht ins Dunkel und auf die paar Gäste, die betrunken in der

Gosse lagen und nichts von dem aufkommenden Sturm zu bemerken schienen. Von einem plötzlichen Windstoß fast geschoben, trat Moria in die Wirtsstube. Die Gäste waren in ihrem Suff eingeschlafen und saßen oder lagen herum. Mor-am war nicht unter ihnen zu sehen. Eine tiefere, schreckliche Furcht griff nach ihr, nun, da ihre letzte Hoffnung erloschen war. Aber vielleicht hatte er sich auch bloß irgendwohin verkrochen, beruhigte sie sich. Hatte sich ein Versteck gesucht und blieb dort, bis er sich sicherer fühlte. Oder er rannte immer noch, von Verfolgern gejagt, herum. Möglicherweise schlief er aber auch nur irgendwo seinen Rausch aus.

Oder er war tot. Tot wie die anderen ermordeten Falkenmasken – wie zum Beispiel der, den man an eine Holzstütze der Brücke genagelt hatte.

Sie wandte sich zum Gehen der Tür zu und stieß fast mit dem menschlichen Berg zusammen, der sie nahezu ausfüllte.

»Wein?« fragte Tygoth.

»Nein.«

Er hob seinen Knüppel. »Du willst hier stehlen ...«

»Ich suche jemanden.« Ihre Gedanken überschlugen sich. »Vis. Er wohnt bei euch.«

»Schläft.«

Sie drückte sich an ihm vorbei, rannte die Gasse entlang, die einzige beleuchtete Gasse in Abwind, denn die Laternen über Mama Bechos Tür brannten die ganze Nacht.

»Vis!« rief sie und klopfte an die Tür. Sie drückte die Fäuste an das Holz. »Vis! Wach auf! Komm heraus! Jetzt!« Sie hörte Tygoth kommen. Schlurfend näherte er sich und schlug dabei mit dem Knüppel an die Hauswand. »Vis! Bei allen Göttern, wach auf!«

Etwas rührte sich hinter der Tür.

»Ich bin es, Moria!« rief sie. Das Pochen des Knüppels kam näher. »Laß mich ein!«

Ein Riegel knarrte, die Tür öffnete sich einen Spalt. Moria sah sich einer Dolchspitze gegenüber, dahinter ein halbbekleideter Mann mit wildem Blick, der möglicherweise einen Mörder erwartet hatte. Sie zeigte ihm die leeren Hände.

»Schwierigkeiten?« fragte Tygoth hinter ihr.

»Nein, keine Schwierigkeiten«, versicherte ihm Vis. Er langte durch den Spalt, faßte Moria heftig am Handgelenk und zog sie hinein ins Dunkel. Hinter ihr verriegelte der die Tür.

Einen abscheulich stinkenden, fettigen Umhang über den Kopf geworfen, geknebelt und mit verbundenen Augen, zerrten sie Mor-am durch die Dunkelheit. So fest hatten sie ihm die Hände auf den Rücken gefesselt, daß der anfangs schneidende Schmerz zur unangenehmen Taubheit geworden war, die sich bis über seine Arme, ja bis über seine Brust ausgebreitet hatte. Er wäre gelaufen, aber sie hatten auch seine Knie und Fußgelenke zusammengebunden, so daß er gerade noch zu schlurfen vermochte, und das nur mit stechendem Schmerz und ohne jedes Gefühl für sein Gleichgewicht. Ruckartig zogen sie ihn durch die kühle Nacht. Er entsann sich der Falkenmaske, des ehemaligen Kameraden, den sie an die Brückenstütze genagelt hatten. Doch bisher hatten sie ihm nichts getan, nichts wirklich Schmerzhaftes jedenfalls. Die Hoffnung lähmte ihn, daß hinter allem nur eine leichte Verärgerung der Männer, für die er arbeitete, stecken mochte; oder die Befürchtung, daß seine eigenen Falkenmaskenbrüder und -schwestern seinen Verrat herausgefunden hatten. Oder, oder,

oder ... Er war völlig verschreckt. Sie hatten die Brücke nun beinahe erreicht, das sagte ihm das Plätschern des Wassers links von ihm. Auch Donnergrollen hörte er, das sich mit den Geräuschen ringsum vermischte. Ungewollt malte er sich aus, wie seine Leiche triefnaß im Morgenregen gekreuzigt an der Brücke hing.

»Ihr müßt eben mehr Leute einsetzen«, sagte der Stiefsohn, ohne sich in der fast unangenehmen Wärme von seinem Stuhl zu erheben. Die Einfältigkeit des Unternehmens erschreckte ihn. Aber es gab eben Dinge, die getan werden mußten, für die seinesgleichen weniger geeignet waren und für die sie fehl am Platz waren. »Wenn ihr es tun könnt, ohne daß man in allen Gassen in Abwind aufmerksam wird.« Etwas war schiefgelaufen. Die Plötzlichkeit des Verschwindens, so uncharakteristisch für den Spitzel, wies auf Einmischung hin. »Das darf aber nicht schiefgehen!« sagte der andere unmißverständlich zu dem Mann, der schwitzend an der anderen Tischseite saß. »Es war viel zu ergebnisreich. Und du hast uns heute abend die andere Möglichkeit vermasselt, nicht wahr? Mit dieser Verbindung ist es völlig aus. Daran ist nicht zu rütteln. Wir haben etwas gegen Unfähigkeit!«

»Ich habe ihn nicht gesehen«, sagte Mradhon Vis in der Dunkelheit der engen Kammer. Die Frau – Moria – hatte ein Messer, dessen war er sicher. Und ihr Atem verriet ihm auch, wo sie war. Er blieb, wo er war. Er kannte sich hier genau aus. Unwillkürlich dachte er, daß er es mit Dummköpfen zu tun hatte, oder daß sie ihn für einen Narren halten mußten, einfach eine einzelne Frau zu ihm zu schicken.

Flüchtig irrten seine Gedanken zu einer Schwarzgewandten ab, zu Kälte und zu ihrem höchsteigenen Geruch – sie war eine Einzelgängerin. Und er hielt in der Hand das Messer, das er unter dem Kissen verbarg und mit dem er sich sicherer fühlte als im Umgang mit Frauen.

»Warum bist du nicht zu deinen eigenen Leuten gelaufen?« fragte er scharf. »Oder wollt ihr mich so auf die Probe stellen? Ich mag Spielchen nicht, du Luder.«

»Sie haben uns voneinander getrennt.« Die Stimme zitterte, wurde wieder fester. Er hörte, daß sie auf ihn zukam, und hob das Messer. Es berührte sie, und sie blieb stocksteif stehen, schwer atmend. »Du hast unser Handgeld genommen!« zischte sie durch zusammengepreßte Zähne. »Tu etwas, um es dir zu verdienen! Hilf mir, ihn zu finden!«

»Das stinkt, Weib! Es stinkt zum Himmel!«

»Er ist in irgendwas verwickelt! Er handelt mit etwas. Krrf. Wer weiß, was.« Ihre Stimme zitterte. »Vis, komm mit! Jetzt! Danach – ich schwöre es dir, bekommst du dein Geld. Du wirst aufgenommen! Ich habe Verbindungen und bürge für dich. Finde meinen Bruder. Er ist irgendwo hier verschwunden. Komm mit. Zum Fluß. Wir müssen ihn finden!«

»Wieviel?«

»Nenn die Summe. Ich besorge sie.«

Eine Frau, die treu war. Jemand, etwas. Er starrte ins Dunkel, bezweifelte alles, stand in der Kammer, die Mama Becho gehörte, und lauschte dem Versprechen auf Gold, das ihn von hier wegbringen konnte.

»Geh zurück«, sagte er und schob sie ein wenig von sich fort. Er wollte ihr Messer vermeiden, von dem er annahm, daß sie es gezückt hatte. »Ich ziehe mein Hemd an. Rühr dich nicht. Sag mir bloß, wo du nach diesem verlorenen Lamm suchen willst.«

»Am Fluß.« Sie hielt den Atem an, ein Stück bewegtes Dunkel in der Kammer. »Dort findet man sie – die Falkenmasken, die man umgebracht hat.«

Er zuckte zusammen, das Hemd noch nicht ganz übergestreift. Er verfluchte sich, dachte an das Gold und entschied sich dafür.

»Das wird dich einiges kosten!«

Mor-am trat um sich. Sie zerrten ihn von den Füßen und trugen ihn, so daß er bei seinen Abwehrversuchen mehrmals gegen die Wände eines engen Ganges stieß. Es stank nach feuchtem Stein, Schmutz und Schweiß und plötzlich nach warmer, unbewegter Luft. Sie stellten ihn wieder auf die Füße und nahmen ihm die Augenbinde ab. Im gedämpften Lampenlicht sah er den Raum, eine Pritsche, auf der ein zerlumpter kleiner Mann mit verschränkten Beinen saß, mitten zwischen einer Meute anderer – dem menschlicher Abschaum von Abwind – , die ringsum saßen, standen oder kauerten. Er spürte harte Finger, die den Knoten am Nacken lösten, ihn vom Knebel befreiten. Er würgte und versuchte den schmutzigen Lappen auszuspucken, noch ehe dieselben harten Finger ihn mühsam herauszogen. Doch man hatte nicht die Absicht, seine Hände loszubinden. Er durfte nun allein stehen, und seine Knie drohten nachzugeben.

»Falkenmaske«, sagte der Mann auf der Pritsche. »Ich bin Moruth. Hast du von mir gehört?«

Nein, wollte er sagen, aber seine Zunge schien festzukleben. So schüttelte er den Kopf.

»Gewiß«, sagte Moruth – eine unangenehme Stimme mit der Sprechweise des Labyrinths, nicht der von Abwind. »Gewiß denkst du jetzt, daß du diesen Namen lieber nicht kennen solltest und es nichts Gutes bedeutet, daß wir dir die Augenbinde abgenommen haben. Nun, das mag stimmen. Dreh dich um!«

Er blieb wie angewurzelt stehen. Sein Verstand weigerte sich zu arbeiten.

»Umdrehen!«

Man riß ihn herum, so daß er mit dem Gesicht der Tür gegenüberstand. Mit einem dicken Eisennagel durchbohrt, hing dort eine Falkenmaske. Lähmende Furcht übermannte ihn. Vor seinem inneren Auge sah er Brannas an die Brücke genagelt. Man wirbelte ihn herum, so daß er Moruth anblicken mußte.

»Du willst leben«, sagte Moruth. »Du denkst jetzt, daß du wirklich leben willst und das hier ein schrecklicher Ort zum Sterben wäre.« Moruth lachte. Es war ein trockener, häßlicher Laut. »Das stimmt auch. Setz dich – setz dich, Falkenmaske!«

Er schaute sich suchend um. Da war kein Stuhl. Eine Krücke faßte sein Fußgelenk und zog. Er stürzte seitwärts auf den Lehmboden, rollte herum und versuchte wieder auf die Knie zu kommen.

»Laß dir eine Geschichte erzählen«, sagte Moruth leise, »Falkenmaske. Laß dir erzählen, was dieser Jubal tat. Erinnerst du dich? Töte ein paar Bettler, sagte er, und steck ihnen das Kupferstück des Spitzels zwischen die Zähne, damit das Gesindel weiß, was es bedeutet, Verrat an Jubal, dem Sklavenhändler, zu üben. Stimmt doch, nicht wahr?« Die Sprechweise wechselte zu dem näselnden Tonfall der Abwinder über. »Hat er das etwa nicht getan? Er ließ uns umbringen, uns Straßenkinder, die ihm nie etwas getan hatten – um allen Angst einzujagen, die vielleicht daran gedacht hatten, etwas über ihn auszuplaudern. Ihm genügte es nicht, seine Leute zu bestrafen, o nein, er ließ auch noch meinen die Kehle durchschneiden, Falkenmaske. Du weißt davon!«

Ja, Mor-am wußte davon. »Nein! Ich weiß gar nichts darüber. Hört – hört mich an – , Ihr wollt Namen – ich kann sie Euch geben. Ich kann sie herausfinden. Nur laßt mich hier heraus ...«

Moruth beugte sich vor, die Ellenbogen auf die Knie unter den Lumpen gestützt. Er sah nun erschreckend mager und hungrig aus.

»Ich glaube, wir haben einen, der singen wird, oder was meint ihr?«

Haught zuckte in seinem Versteck unter der Brücke zusammen. Schreie drangen zu ihm, nicht solche der Angst, sondern solche des reinen Schmerzes, und in allen Tonlagen, eine ganze Weile ging das so. Dann Stille. Er preßte die verschränkten Arme an sich und zitterte. Dann begann es von neuem, ein bißchen anders diesmal, nicht genau zu erkennen.

Er konnte es nicht mehr hören, rannte einfach davon, nicht mal die Nacht beruhigte ihn noch. Und der Donner krachte, der Wind pfiff und peitschte alles, was lose war, am Ufer entlang.

Plötzlich richtete sich etwas vor ihm auf: eine menschliche Gestalt in den üblichen Lumpen von Abwind und mit einer unglaublich langen Klinge, die wie Silber im Dunkeln schimmerte. Haught schreckte zurück, wich aus, geschmeidig, wie er als ehemaliger Tänzer war, sprang auf herumliegendes Gerümpel, sauste in die nächstbeste Gasse davon, und es folgte Gasse auf Gasse. Verzweifelt hörte er einen Pfiff hinter sich, zweifellos ein Signal, und gleich darauf versperrte ihm jemand den Weg.

Er rannte im Zickzack, wich aus, versuchte eine Täuschung, doch sein Umhang verfing sich. Er fiel gegen die Wand, dann auf den Boden, und eine Hand legte sich um seinen Hals.

»Ein entflohener Sklave«, stellte Moria fest. Sie kauerte neben dem Mann, den sie niedergeschlagen hatten. Sie hatte ihr Messer in der Hand, das auf seine Rippen gerichtet war. Aber die Kehle war einfacher und leiser, und Mradhon hatte die Hand darum glegt. »Töte ihn«, fauchte sie. »Er ist zu laut!«

»Etwas hat ihn erschreckt«, brummte Mradhon.

Der Sklave brabbelte eine Sprache, die weder Rankene noch Ilsisch noch sonst eine war, die sie kannte, und schnappte nach Atem. »Halt's Maul!« Mradhon schüttelte ihn und nahm die Hand von der Kehle des Mannes. Dann sagte Mradhon etwas, offenbar in der gleichen Sprache. Der Sklave hörte auf, sich zu wehren, und drückte sich an die Wand. Er redete mit aufgeregtem Zischen, und Mradhon hielt die Klingenspitze dicht an seine Kehle.

»Was sagt er?« erkundigte sich Moria und umklammerte ihr Messer in der schwitzenden Faust. »Was ist das für ein Gebrabbel?«

»Sei still!« brummte Mradhon. Mit der Faust und dem Messergriff berührte er den Sklaven leicht an der Wange. »Komm, zeig es uns, geh? Zeig uns, wo! Schnell?«

»Was soll er uns zeigen?« fragte Moria und zupfte Mradhon am Arm.

Er achtete nicht auf sie, sondern zog den Sklaven auf die Füße. Auch sie stand auf, das Messer gezückt, doch hatte sie nicht mehr die Absicht, es zu benutzen. Der Sklave hatte sich aufgerichtet und sah nun erst wie ein Mensch aus, ein verängstigter allerdings. Mradhon hatte ihn losgelassen, und jetzt rannte er mit geschmeidiger Flinkheit. Mradhon folgte ihm, dann auch sie, bis zum Gassenende.

»Fluß«, flüsterte der Sklave, der dort stehengeblieben war. »An der Brücke.«

»Weiter!« befahlt Mradhon.

Der Sklave drehte den Kopf, blickte die beiden an und murmelte etwas.

»Seh!« sagte Mradhon erneut. »Mach schon, Mann!« Er legte ihm kurz die Hand auf die Schulter. Der Sklave holte tief Luft wie ein Schwimmer von dem Untertauchen, dann spurtete er die nächste Gasse entlang, bis zu einer Abbiegung.

»Ich ...« Panik schien den Sklaven zu schütteln. »Ich kenne mich hier nicht aus. Ich finde den Weg zurück nicht. Da waren Männer – Männer mit Schwertern – und die Schreie ... Es war am Haus bei der Brücke ...«

»Lauf weiter!« fauchte Moria verzweifelt und stupste ihn mit dem Messer. Der Sklave zuckte zusammen, aber Mradhon packte Moria, ehe sie richtig zustoßen konnte, so fest am Handgelenk, daß er es fast brach.

»Er lebt wahrscheinlich noch«, sagte Mradhon. »Und wenn du meine Hilfe willst, Weib, dann bleib mir mit dem Messer fern, und ihm ebenso!«

Sie nickte, wütend über die Verzögerung. »Dann hört auf, dauernd stehenzubleiben!«

»Haught«, sagte Mradhon. »Halt dich an uns!«

Dann rannten sie, und nun ohne Unterbrechung, auf Wegen, die nicht einmal sie kannte, Mradhon dagegen ganz genau. Sie kamen durch einen so schmalen Durchschlupf zwischen zwei baufälligen Hütten, daß sie sich seitwärts hindurchquetschen mußten. Und dann sahen sie die Brücke vor sich.

Es war still, wenn man vom Pfeifen des Windes absah und vom Krachen des Donners. Dann beleuchtete ein Blitz die leere Brücke mit ihren Pfeilern und die Hütten am Pier.

»Dort.« Der Sklave deutete. »Dort war es.«

»Bleib du lieber hier«, riet Mradhon.

»Es ist still.« Morias Stimme zitterte, obgleich sie sich um Festigkeit bemühte. »Mann, beeil dich!« Sie stieß Mradhon und wurde ihrerseits gestoßen. Er packte ein paar Falten ihres Kittels und zog daran.

»Stoß mich nicht! Halt deine Sinne beisammen, Weib, und sorg für einen kühlen Kopf, oder ich mache nicht mehr mit!«

»Ich schleiche um die Fensterseite«, sagte sie fröstelnd. »Ich sehe mich um. Aber wenn du mich im Stich läßt ...«

»Ich übernehme die andere Seite. Haught und ich. Wenn sie nicht in der Übermacht sind, werfen wir uns auf sie. Sind sie es aber, ziehen wir uns zurück und lassen uns etwas anderes einfallen.«

Sie nickte, holte tief Luft und rannte auf leisen Sohlen los. Ihre Knie waren so weich wie bei ihrem ersten Auftrag, und sie fühlte sich so verwunderbar wie damals und seither nicht mehr. Alles ging schief. Sie bemühte sich um einen kühlen Kopf, wie Mradhon es geraten hatte, und machte sich vor, daß es nicht Mor-am war, da drinnen, in dieser Stille, wo der Sklave zuvor die Schreie gehört hatte.

Sie nahm eine Hintergasse und scheuchte bloß ein kleines Straßenmädchen aus dem Schlaf; dabei machte sie einen Umweg an klaffenden Brettern vorbei, die ihr möglicherweise einen Blick oder Laut vergönnten, doch da war nichts. Weiter schlich sie, in ihre Augenblick-um-Augenblick-Überlegungen versunken, und mußte feststellen, daß die Fenster, auf die sie gehofft hatte, mit Läden verschlossen waren. Aber da war ein Spalt.

Sie lauschte, und ihr Magen verkrampfte sich. Eine leise Stimme war es, die die Wege mit tödlicher Genauigkeit beschrieb, eine angespannte Stimme, die kleine Lügen aussprach.

Mor-am! Der alles verriet!

Und es waren mehr als drei im Innern.

»Da ist noch ein Haus«, sagte ihr Bruder eifrig und ungefragt. »Im Westviertel. Von dort gibt es einen Weg zu einem niedergebrannten Haus ... Wir benutzten es früher oft ...«

Halt den Mund! dachte sie inbrünstig, und hatte Schwierigkeiten zu schlucken.

Da rührte sich etwas hinter ihr. Mit dem Messer in der Hand wirbelte sie herum, traf den Angreifer in den Bauch, sprang zur Seite und sah andere.

»Ai!« schrie sie, dabei wild um sich stechend. Ein Schrei, der besagte, daß keine Hoffnung mehr bestand. Sie versuchte wegzulaufen.

Immer mehr kamen aus dem Dunkeln. Ein ganzer Trupp Männer, deren Klingen blitzten. Vom Fluß her stürmten sie auf das Haus und die Gasse zu. Sie stach und tötete. Das kleine Straßenmädchen schrie gellend auf und floh in tiefere Dunkelheit hinaus, während Bettler davonzulaufen versuchten und Gardisten Befehle brüllten.

Brennender Schmerz stach Morias Seite entlang. Sie stieß zu, stolperte rückwärts, immer weiter, als Holz krachte, Gebrüll und Schreie im Haus laut wurden und aus der Hintertür Männer rannten.

Sie stürzte. Jemand stieg auf ihren Rücken. Sie

stemmte sich auf dem Boden hoch und rollte gegen die Wand, während der Kampf in der anderen Richtung fortgeführt wurde. Sie kroch zur Gasse, mühte sich auf die Füße, als sie die Ecke der Hütte erreichte.

Jemand packte sie von hinten und zerrte sie zur Seite. Der Sklave Haught quetschte ihre Messerhand unter seinen Arm, und Finger preßten sich auf ihren Mund, als sie eng beisammen alle drei gegen den schiefen Bretteranbau fielen.

»Pssst!« zischte Mradhon in ihr Ohr, da Kämpfende an ihrem Versteck vorbeikamen. Unweit von ihnen starb ein Mann, gerade als der Regen einsetzte. Sie lag still und spürte die Schmerzen in ihrer Seite, während sie atmete, ansonsten fühlte sie sich wie mit einem Prügel geschlagen.

Mor-am!

Feuer flammte auf, zuckendes orange Licht in Richtung der Hütte.

Da versuchte sie hochzukommen. Die zwei hielten sie fest.

»Du kannst ihm nicht helfen!« Mradhon hatte die Arme fest um sie gelegt.

»Sie ist verletzt«, flüsterte Haught. »Sie blutet.«

Sie versorgten ihre Wunde, sie beide. Moria achtete nicht einmal darauf.

»Er ist es!« Der Stiefsohn blickte ekelerfüllt auf das menschliche Wrack, das sie auf die Straße legten, die von der Brücke zu ihnen führte. Der Regen wusch die Wunden aus, dunkle Blutfäden spülten mit dem Wasser über die Haut. Die Gardist trat den Spitzel in die Seite, was eine unwillkürliche Bewegung des Arms zur Folge hatte, die im grellen Blitz deutlich zu sehen war. »Behandelt ihn sanft«, mahnte der Stiefsohn. »Ganz sanft. Er ist von großem Wert. Wickelt ihn in eine Decke.«

»Die anderen sind uns entkommen«, sagte sein Begleiter angespannt. Die Wut in seiner Stimme war nicht zu verkennen.

Der Stiefsohn blickte hoch. Sein Schatten stand da, im Blitz, im Regen, eine unerwartete, vermummte Gestalt, im Dunkeln bei der Brücke.

Als wieder ein Blitz die Wolken zerriß, war sie verschwunden. Feuer tanzte auf dem Wasser, voller Tricks, und Schatten huschten über das diesseitige Ufer. Das Feuer hätte ganz Abwind erfassen können, wäre nicht der Wolkenguß gewesen. Nun erlosch es.

Sechs Reiter donnerten von Freistatt über die Brücke nach Abwind und sicherten die Straße.

»Schickt lieber mehr«, sagte der Standortoffizier. »Sie sind wie Ratten da drüben, klein aber zahlreich. Du hast es selbst gesehen!«

Der Stiefsohn bedachte den Mann mit einem ruhigen, aber eisigen Blick. »Was ich sah, war eine Katastrophe! *Zwei* von uns hätten Abwind auf den Kopf stellen können, wenn das beabsichtigt gewesen wäre. Vielleicht hast du mich mißverstanden. Aber das bezweifle ich. Sechs könnten Abwind dem Erdboden gleich machen. Doch das war es ja nicht, was wir wollten, oder?« Er blickte auf den ächzenden Spitzel hinunter. Dann schritt er mit seinem Begleiter davon.

»Trink«, forderte Mradhon sie auf. Moria trank. Sie hielt den Becher zum erstenmal selbst und blickte stumpf auf die beiden Männer. Mradhon beugte sich über sie, Haught stand nahe der Wand. Es war nahrhaftes, gutes Essen, das sie ihr vorsetzten. Auf dieselbe vage Weise, wie sie sich über alles wunderte, fragte sie sich, woher sie das Geld dafür hatten. Sie hätte auch gern gewußt, weshalb die beiden sich so um sie sorgten, obwohl es sie Geld kostete; und auch, warum die zwei, die sie doch eigentlich gar nicht kannte, sich als so verläßlich erwiesen hatten, im Gegensatz zu denen, die sie wirklich gut gekannt hatte. Es verblüffte sie. Sie unterhielten sich nie in der Sprache, die sie beide beherrschten, jedenfalls nicht seit jener Nacht. Haught trug jetzt Kleidung, wie sie in Abwind üblich war. Er hatte Narben. Sie hatte sie gesehen, als er sich umzog. Mradhon Vis hatte auch welche, aber anderer Art, seine stammten von Messerwunden.

Auch sie hatte Narben, nicht nur äußere. Vielleicht hatten sie das gemein, sie und die beiden Männer. Wollten sie von ihr Wissen? Ihr Wissen um Namen und Orte? Oder waren sie ganz einfach anders, dachten anders, so wie Leute, die nicht in Abwind aufgewachsen waren? Doch das war zu fremdartig, zu verwirrend für sie, also versuchte sie gar nicht erst, sich darüber den Kopf zu zerbrechen.

Sie nahm es als gegeben hin, daß sie etwas wollten, genau wie sie etwas wollte. Und sie wollte, daß die schreckliche Leere ausgefüllt wurde, daß sie endlich Essen hatte und Wärme und Atem.

Mor-am war tot. Sie hoffte es wenigstens. Oder die Dinge standen schlimmer als sie glaubte.

Lalo

Eine entblößende Kunst

Diana L. Paxson

Der fliehende König rannte auf das Tor zu. Die angespannte Haltung seines Rückens und der Arme sowie die verkrampften Muskeln seiner Schenkel verrieten Verzweiflung. Sein Gesicht war beschattet, seine Krone rollte in den Staub. Hinter ihm lagen weggeworfene Waffen wirr durcheinander. Und das blutige Schwert des Eroberten hob sich vom Abendrot ab.

»Und hier haben wir den letzten König von Ilsig, verfolgt von Ataraxis dem Großen ...« Roter Damast raschelte steif, als Coricidius, der Minister, auf das farbenfrohe Gemälde an der alten Wand deutete. Er verbeugte sich vor dem Prinzen und seiner Begleitung. Die anderen Gäste des Empfangs standen in einem achtungsvollen Halbkreis auf dem Schachbrettmuster des Marmorbodens.

Lalo, der Maler, ging befangen, mit ein paar Schritten Abstand hinter der Gruppe vornehmer Gäste her. Blinzelnd blickte er auf das Wandgemälde und fragte sich, ob er den Himmel nicht vielleicht doch etwas zu unheimlich leuchtend gemalt hatte. Was sie wohl dachten, diese hohen Herren aus Ranke, die der Kaiser gesandt hatte, um sich ein Bild von Freistatts Kriegsvorbereitungen zu machen?

Prinz Kadakithis errötete vor Freude und betrachtete das Abbild seines Vorfahren noch eingehender. Coricidius bedachte Lalo mit einem Blick wie ein mausernder Adler. Des Ministers alternde Haut wirkte fahl über dem grellen Prunkstaat.

Er sollte diese Farbe nicht tragen, dachte sich Lalo.

Es kostete ihn viel Selbstbeherrschung, sie nicht hinter den vergoldeten Säulen zu verstecken. Coricidius hatte immer diese Wirkung auf ihn, deshalb war er nahe daran gewesen, den Auftrag abzulehnen, diesen Empfangssaal für den hohen Besuch zu verschönern. Aber so verrufen der Minister in Ranke auch sein mochte, hier in Freistatt war er nach dem Prinz-Statthalter der mächtigste Mann (tatsächlich munkelte man, daß sein Einfluß größer sei).

»Bemerkenswert! Diese erfrischende Linienführung! Diese Ursprünglichkeit!« Einer der kaiserlichen Gesandten beugte sich vor, um die Pinselführung noch genauer zu betrachten. Sein Mehrfachkinn schwabbelte vor Begeisterung.

»Ich danke Euch, Lord Raximander. Darf ich Euch den Künstler vorstellen? Meister Lalo ist ein Sohn Freistatts ...«

Lalo verbarg die farbbefleckten Hände hinter dem Rücken. Alle blickten ihn an wie ein Wundertier. Es mußte doch nur zu offensichtlich sein, daß er in dieser Stadt lebte – die schäbigen Häuser auf des Bildkönigs Fluchtweg gehörten dem Labyrinth an.

Lord Raximander, von dem Rosenduft und Wohlwollen ausgingen, wandte sich an Lalo.

»Ihr seid ein wahrhaft begnadeter Künstler, doch warum bleibt Ihr hier? Ihr seid wie eine Perle am Hals einer Hure!«

Lalo starrte ihn an, dann wurde ihm bewußt, daß die Worte durchaus ernst gemeint waren. Weder der Prinz noch sein Minister hatten sich je weiter westwärts als bis zur Hauptstraße gewagt, und das Labyrinth gehörte nicht zu den Sehenswürdigkeiten, die man den Abgeordneten gezeigt hatte. Er unterdrückte ein Grinsen, als er sich vorstellte, wie hilflos diese Gecken einigen seiner alten Freunde aus dem

»Wilden Einhorn« ausgeliefert wären – es erginge ihnen nicht besser als einem Kanarienvogel, den man mit Katzen allein ließe.

Nun betrachteten auch die anderen der Abordnung das Gemälde genauer: da waren der General, der Erzpriester Arbalest und Zanderei, der Versorgungsbeauftragte, ein unbedeutender Verwandter des Kaisers. Lalo hörte Bemerkungen wie »naiver Charme« und »urtümliche Ausdruckskraft« und seufzte.

»Wahrhaftig ...«, erklang eine weiche Stimme nahe seinem Ohr. »Welche Anerkennung könnt Ihr schon in dieser Stadt der Diebe erwarten. In Ranke wüßte man Euch zu schätzen ...«

Lalo zuckte heftig zusammen, als er seine eigenen Gedanken ausgesprochen hörte. Er sah einen schmächtigen Mann mit kurz gestutztem, ergrauendem Haar und einer von Wind und Wetter gebräunten Haut in einem taubengrauen Seidengewand. *Zanderei* hieß dieser Mann, wie ihm nach kurzem Nachdenken wieder einfiel. Einen Moment glaubte er belustigtes Verständnis in den Augen des Gesandten zu lesen, doch dann verbarg Milde es, und als Lalo den Mund öffnete, um zu antworten, hatte Zanderei sich bereits von ihm abgewandt.

Eine sanftmütige Null, hatte Lalo gedacht, als der Prinz sie alle der Abordnung vorgestellt hatte, und jetzt war Zanderei wieder eine graue Maus. Stirnrunzelnd dachte Lalo darüber nach.

Ein jugendlicher Eunuch, sich seines neuen purpurnen Satingewands mit dem Fransenbesetz allzusehr bewußt, kam mit Zinnkelchen auf einem Tablett herbei. Er bot Wein aus Caronne an, der in Schnee gekühlt war. Dieser Schnee kam, in Sägemehl verpackt, den ganzen weiten Weg aus den Bergen im

Norden, um die ein solcher Streit ausgebrochen war. Die Gesandten nahmen sich neue Kelche, und Coricidius winkte dem Sklaven, sich zurückzuziehen.

Lalo, dessen erster Kelch fast leer war, blickte ihm verlangend nach, brachte jedoch nicht den Mut auf, ihn zurückzurufen. Ich hätte mich selbst als Modell für den feigen ilsiger König nehmen können, dachte er bitter. Zu viele hier erinnern sich daran, wie ich mich fast zu Tode soff und Gilla für die Kaufmannsfrauen waschen mußte,* und ich habe Angst, daß sie mich auslachen …

Aber er hatte doch die Wände des Tempels der rankanischen Götter bemalt, er hatte diesen Saal verschönert, und der Prinz hatte ihm höchstpersönlich sein Lob ausgesprochen. Warum konnte er nicht damit zufrieden sein? Einst war mein Wunschtraum, die Wahrheit unter der Haut zu malen, dachte er. Was will ich jetzt?

Das Gemurmel höflicher Gespräche breitete sich im ganzen Saal aus. Die reichen Kaufleute von Freistatt versuchten vorzutäuschen, daß solche Empfänge etwas Alltägliches für sie seien. Die Rankaner bemühten sich, so auszusehen, als genössen sie diesen Empfang. Und der Prinz und sein Staat taten es wirklich, fragten sich jedoch, ob die etwas späte Anerkennung des Reiches zu ihrem Vorteil sei.

Nur Coricidius hatte seine übliche strenge Miene aufgesetzt. Nach den Gerüchten, die Lalo gehört hatte, sollte der Minister vor nichts zurückschrecken, um die kurze Zeit, die ihm in seinem Alter noch geblieben war, in der Hauptstadt zubringen zu dürfen.

* siehe NASHORN UND EINHORN von Diana L. Paxson in: *Die Götter von Freistatt*, Bastei Lübbe 20098

Eine wahre Duftwolke brachte Lalo zum Husten. Er drehte sich um und sah Lord Raximander mit strahlendem Gesicht auf sich zukommen.

»Wie wäre es, wenn Ihr mich in die Hauptstadt begleitet?« lud der Gesandte ihn ein. »Ein neues Talent! Meine Gemahlin wäre zuhöchst erfreut!«

Lalo lächelte zurück. Er sah bereits Marmorsäulen vor sich und Pflaster aus Porphyr, eine Pracht, die weit über der mühsam nachgeholfenen von Prinz Kittycats Saal stand. Würde es Gilla gefallen, in einem Palast zu wohnen?

»Aber warum sollten wir die paar Wochen vergeuden, die ich hier zubringen muß ...«

Eine kalte Hand legte sich um Lalos Herz, als Lord Raximander fortfuhr.

»Als kleine Vorführung Eures Könnens wäre es doch nett, wenn Ihr hier im Palast ein Bild von mir malen würdet.«

Noch ehe Raximander ausgeredet hatte, schüttelte Lalo den Kopf. »Jemand muß Euch falsch beraten haben – ich male nie Porträts!«

Angezogen von den erhobenen Stimmen, waren einige andere wieder zu dem Wandgemälde getreten. Zanderei beobachtete alles mit leichtem Lächeln.

Coricidius deutete mit knochigem Finger auf die Wand. »Und wer steht für alle Eure Bilder Modell?«

Lalo suchte verzweifelt nach einer Antwort, die die Anwesenden nicht gegen ihn aufbringen würde ... Nur die Wahrheit durfte er nicht sagen, nämlich, daß der Zauber eines Magiers ihn befähigte – nein, zwang! –, das wahre Ich, die Seele eines Menschen zu zeichnen. Nach ein paar verhängnisvollen Versuchen, die Wohlhabenden von Freistatt zu porträtieren, hatte Lalo gelernt, seine Modelle unter den Armen zu suchen, die noch nicht verdorben waren.

»Mein Lord, das hier malte ich nach meiner Phantasie«, antwortete Lalo wahrheitsgetreu, denn das Bild des ilsiger Königs verdankte er seiner Erinnerung an seine eigene Flucht durch das Labyrinth als kleiner Junge, als größere, stärkere Jungen hinter ihm hergewesen waren. Er erwähnte jedoch nicht, daß er den Höllenhund Quag dazu gebracht hatte, ihm von seinen Heldentaten auf dem Schlachtfeld zu erzählen, während er für das Bild des rankanischen Kaisers Modell gestanden hatte.

Ein Eunuchenbote eilte herbei, und Coricidius beugte sich zu ihm hinab, um die Botschaft zu hören. Von seinem Blick befreit, trat Lalo erleichtert ein paar Schritte zurück.

»Ihr seid zu empfindsam, Meister Maler«, sagte Zanderei sanft. »Ihr müßt lernen anzunehmen, was Euch geboten wird. In diesen Zeiten sind Ideale ein teurer Luxus.«

»Wollt Ihr vielleicht auch, daß ich Euch male?« fragte Lalo verbittert.

»Oh, ich wäre die Mühe nicht wert«, entgegnete Zanderei lächelnd. »Außerdem weiß ich, wie andere mich sehen.«

Tschinellen klirrten, und als Lalos Pulsschlag sich allmählich beruhigte, wurden ihm am anderen Saalende die farbigen Seidenschleifer der Tänzerinnen bewußt. Er hätte es erwarten müssen, schließlich hatte er ihnen fast jeden Nachmittag bei der Probe zugesehen, während er am Gemälde gearbeitet hatte.

Welch ein Getue ein paar Fremder wegen, dachte er, die sich Notizen über Freistatt machen werden wie die meisten Maler Porträts – oberflächliche nur –, um dann wieder zu verschwinden.

Freudig ihre seichten Gespräche aufgebend, ließen die Gesandten sich von purpurgewandeten Pagen zu den Diwanen unterhalb des Podests bringen, auf dem der Prinz bereits thronte. Die Tänzerinnen – aus den begabteren von Kadakithis' Unterkonkubinen ausgewählt – bewegten sich geschmeidig und anmutig zum Klang der Musik und nahmen dann und wann einen weiteren ihrer Schleier ab.

Von seinem kaum überstandenen Schrecken noch zitternd, ging Lalo auf die Säulenreihe zu, die die Kuppeldecke stützte. Jemand hatte auf einer Marmorbank einen noch fast vollen Kelch stehenlassen. Lalo nahm einen tiefen Schluck Wein und zwang sich, den Kelch wieder abzustellen. Sein Herz pochte so heftig wie die Trommeln.

Warum habe ich solche Angst? fragte er sich. Doch dann sagte er sich, wie könnte es in einer Stadt anders sein, in der einem die Taschendiebe tagsüber bei jedem Schritt folgten, und in der man nachts, wenn man einen Schrei hörte, nicht zu Hilfe rannte, sondern hastig eine Tür verschloß. In der Hauptstadt muß es besser sein; es muß doch irgendeinen Ort geben, wo Gilla und ich sicher und in Frieden leben können!

Wieder griff er nach dem Wein, doch nun schmeckte er sauer, und er setzte den Kelch halbvoll ab. Coricidius war es bestimmt egal, wenn er den Empfang jetzt verließ, nachdem er sowohl das Gemälde als auch seinen Schöpfer bereits vorgeführt hatte. Lalo sehnte sich nach daheim.

Er stand auf, ging um die Säule herum und blieb erschrocken stehen, als sich etwas vor ihm zu bewegen schien. Einen Augenblick später lachte er, denn er erkannte, daß es sein Spiegelbild auf der glänzenden Marmorwand war. Leicht benommen schaute er auf die glitzernde Stickerei seines Festwamses und den Glanz seines vornehmen Beinkleides, doch sie vertuschten weder seine schmalen hängenden Schultern noch den Bauch, der sich in letzter Zeit gerundet hatte. Selbst daß sein helles rötliches Haar sich gelichtet hatte, verheimlichte die Spiegelung nicht. Doch durch den dunklen Marmor bedingt oder den Lichteinfall wirkte Lalos Gesicht so beschattet wie das des iliger Königs.

Um die Empfangshalle herum stahl Lalo sich zur Seitentür. Der Korridor schien nach der lauten Musik und der weinangespornten Unterhaltung der Gäste geradezu totenstill zu sein; und die anschließenden Amtsräume, zwischen dem Empfangssaal und der Außenseite des Palastes, waren dunkel und leer. Wie befürchtet war die Tür zum Innenhof verschlossen. Seufzend nahm Lalo die andere Richtung. Er hastete vorbei an der Gerichtshalle, die unmittelbar am Statthalterpalast anschloß, und durch eine der großen Flügeltüren auf die Freitreppe.
Am Kopf- und Fußende der Treppe brannten Fakkeln, die ihren flackernden Schein auf die Rüstungen der Wachen warfen, die steif auf jeder der vier breiten Stufen standen, Fackeln, die die Wimpel an den Speeren purpurn aufleuchten ließen und die Streifen von Licht in die Dunkelheit des Vorhofes warfen – durch sie wirkten die Soldaten wie zum Palast gehörende Skulpturen.

Lalo blieb kurz stehen, weil ihm dieser Eindruck auffiel. Er bemerkte, daß der erste Wächter Quag war. Er nickte ihm zu und erhielt als Gegengruß ein Zucken des Augenlids im ansonsten reglosen, geduldigen Gesicht des Höllenhunds.

Lalos Sandalen knirschten auf Sandkörnern, während er die Steinplatten des Hofes überquerte. Begeistertes Klatschen klang aus dem Empfangssaal, doch aus dieser Entfernung so gedämpft wie an den Strand spülende Wellen. Er nahm an, daß die Konkubinen nun ihre letzten Schleier abgeworfen hatten, und erinnerte sich daran, daß er Gilla die Entwürfe zeigen wollte, die er von ihren Proben gemacht hatte.

Einer von Honalds zahlreichen Neffen stand Posten im Wachhäuschen am Tor der dicken Außenmauer. Heute waren beide Flügel weit geöffnet, und Lalo konnte ungehindert passieren. Sehr wohl entsann er sich der Zeit, da sein gesamter Besitz nicht gereicht hätte, den Torhüter zu bestechen, ihn hier einzulassen. Er fühlte sich leicht schwindelig, obwohl er doch bloß wenig Wein getrunken hatte.

Warum kann ich nicht mit dem zufrieden sein, was ich habe? fragte er sich. Was ist nur los mit mir?

Er überquerte den breiten Vashanka-Platz schnelleren Schrittes in Richtung des Westtors und Statthalterwegs. Einen Augenblick lang trug ein Windstoß aus dem Osten den Geruch aus dem Tiergarten herbei, und er spürte eine kühle Meeresbrise im Gesicht.

Außerhalb des Westtors blieb er kurz stehen und wendete seufzend seinen Umhang, so daß die unauffälligere Innenseite seinen Festtagsstaat verbarg. Es war zwar wohlbekannt in den richtigen Kreisen, daß Lalo nie Geld bei sich trug – früher, weil er keines gehabt hatte, und jetzt, weil Gilla es aufbewahrte –, aber er wollte nicht, daß es im Dunkeln zu einem Versehen kam.

Ein abnehmender Mond erhellte bereits den Himmel, und die Dächer der Stadt hoben sich unregelmäßig gegen die Sterne ab. Um diese Stunde hatte Lalo Freistatt nicht mehr nüchtern gesehen, seit er sich als Junge von seinem Lager hinter seines Vaters Werkbank hervorgestohlen hatte, um mit seinen Freunden auf Abenteuersuche zu gehen. Im Augenblick kam die Stadt ihm geradezu ehrbar vor, da die nächtlichen Schatten alle Armseligkeit und Häßlichkeit verbargen.

Seine Füße hatten ihn fast bis zur Schattengasse getragen, ohne daß es ihm bewußt gewesen wäre, als er bei einem flüchtigen Blick auf den Boden etwas Weiches vor sich liegen sah. Hastig sprang er zur Seite, um nicht in diesen ehemaligen Inhalt eines Nachttopfs zu treten, den jemand auf die Straße ausgeleert hatte, wo er jetzt dampfte und stank und liegenbleiben würde, bis der Regen ihn in das unterirdische Labyrinth der Kanalisation schwemmte, von wo er mit der Flut ins Meer getragen würde. Er war einmal in dieses Abwassernetz hinuntergestiegen, aufgrund einer Wette, durch einen Geheimschacht nahe dem »Wilden Einhorn«. Er fragte sich, ob es ihn wohl noch gab …

Was soll das? dachte er verärgert. Wieso werde ich bei dem Gedanken an Freistatt rührselig? Er betrachtete seine Sandalensohlen, ob er nicht vielleicht doch in den Kot getreten war. Das bißchen Wein, das ich getrunken habe, muß stärker gewesen sein, als ich dachte! Er hatte gehört, daß es in Ranke ganze Armeen von Straßenkehrern gab, die alle Straßen und Gassen des Nachts von dem Unrat des Tages reinigten …

Er entsann sich der Schmeicheleien von Lord Raximander und dieses seltsamen Mannes, Zanderei. Und er erinnerte sich der Zeit, da sein einziger Wunsch gewesen war, Freistatt verlassen zu können. Ihm erschien jetzt sein bisheriges Leben wie eine ständige Wiederholung von Träumen der Flucht, der neuen Hoffnung in Freistatt, der Feststellung, daß diese Hoffnung unbegründet war, und dann wieder neuerlicher Träume, die Stadt verlassen zu können.

Dieses letzte Mal, als ihm klargeworden war, daß er Enas Yorls Gabe zu einem Segen machen konnte, wenn er Phantasieszenen malte oder Bilder aus der Vergangenheit und seine Modelle sorgfältig wählte, war er sicher gewesen, daß die Zeit seiner Schwierigkeiten vorüber war. Und nun spazierte er hier dahin und beklagte wieder einmal sein Schicksal.

Ich hätte aus meinen Fehlern lernen müssen, dachte er stumpf. Aber was kann ich schon lernen? Kann irgend etwas außer dem Tod dieses sich ständig drehende Rad anhalten oder es auf einen anderen Pfad lenken?

Über ihm lehnten die Häuser sich nun einander entgegen und verbargen die Aussicht auf den Himmel. Hinter einigen Fenstern brannte Licht, die meisten aber hatten die Läden geschlossen, und nur durch die Spalten und Ritzen fielen vereinzelte Lichtflecken auf das abgetretene Kopfsteinpflaster. Lalo zuckte zusammen, als aus einem Stimmengemurmel plötzlich wilde Verwünschungen wurden. Ein räudiger Hund, der an etwas in der Gosse geschnüffelt hatte, blickte zu dem Geschimpfe hoch, dann wandte er sich wieder seiner Suche nach etwas Freßbarem zu.

Lalo erschauderte. Er stellte sich den Tod als ausgehungerten Schakal vor, der auf sein Opfer lauerte. Es mußte doch einen anderen Weg geben, sagte er sich. Denn so sehr er sein Leben auch verabscheute, war seine Furcht vor dem Tod doch noch größer.

Menschliche Schatten glitten aus den Häuserschatten hinter ihm. Er zwang sich, ruhigen Schrittes dahinzuschlendern, denn er wußte, daß es zu dieser Stunde und in diesem Viertel von Freistatt den Tod bedeuten konnte, wenn man sich seine Furcht anmerken ließ. Im Tageslicht erfreute diese Gegend sich der Quasi-Ehrbarkeit des Basars, doch des Nachts gehörte sie zum Labyrinth.

Von weit vorne erklang der grölende Gesang einiger Betrunkener und lautes Lachen. Fackelschein fiel um die Ecke. Ihm folgten die Johlenden, ein Trupp Söldner, furchtlos durch ihre Zahl, auf dem Weg zu den Bierfässern des »Wilden Einhorns«.

Als das Fackellicht in ihre Nähe kam, huschten jene, die Lalo verfolgt hatten, zurück in Nebengassen und Eingänge, während Lalo selbst hastig unter dem Erker eines Wohnhauses Deckung suchte, bis die Söldner vorüber waren. Er hatte die Glibbgasse und damit die Sackgasse, in der er seit zwanzig Jahren wohnte, fast erreicht.

Nun endlich wagte Lalo zu laufen, um heimzukommen, denn in all dem Auf und Ab seines Lebens hatte es wenigstens etwas Dauerhaftes gegeben: die Gewißheit, daß er ein Zuhause hatte und Gilla dort auf ihn wartete.

Die dritte Treppenstufe knarrte, genau wie die siebte und achte. Als Lalos Malerei in Mode gekommen war und er zum erstenmal im Leben mehr Geld gehabt hatte, als er von einem Tag zum anderen brauchte, hatten er und Gilla sich das Haus gekauft, in dem sie schon immer wohnten, und es instand gesetzt, unter anderem auch die Treppe, trotzdem knarrten diese drei Stufen nach wie vor. Gilla, die ihrem jüngsten Kind ein Wiegenlied sang, hatte bei diesem Geräusch kurz innegehalten, und so wußte er, daß sie ihn gehört hatte.

Nach dem Treppensteigen ein wenig schneller atmend, als ihm lieb war, öffnete er die Tür.

»Du kommst aber früh nach Haus!« Der Boden zitterte unter ihren Schritten, als Gilla durch die Tür der ehemaligen Nachbarwohnung kam. Hinter ihr sah Lalo den Lockenkopf ihres Jüngsten, den sie immer noch Baby nannten, obgleich er nun schon fast zwei Jahre alt war, und die ausgestreckten Arme eine älteren Kindes.

»Ist alles in Ordnung?« Lalo nahm den Umhang ab und hängte ihn an den Wandhaken.

»Er hatte nur einen schlimmen Traum ...« Sanft schloß sie die Tür. »Aber was ist mit dir? Ich war sicher, daß du bis zum frühen Morgen im Palast bleiben und Paradieswein mit all den hohen Herrschaften und schönen Damen trinken würdest.« Der geschnitzte Stuhl ächzte schwach, als sie sich setzte und die kräftigen Arme hob, um über die Löckchen und Wellen ihrer kunstvollen Frisur zu streichen.

»Es waren keine Damen da ...« Taktvoll überging er die Tänzerinnen. »... nur eine unwahrscheinliche Mischung von Offizieren und Priestern und Staatsherren, schlimmer als im Basar.«

Sie stützte die Ellbogen auf den Tisch und legte den Kopf auf die Hände. »Wenn es so langweilig war, warum bist du dann trotzdem so lange geblieben? Sag mir nicht, daß sie dich nicht gehen lassen wollten.« Ihre Augen verengten sich ein bißchen, und er errötete ein wenig unter ihrem durchdringenden Blick. Hastig begann er sein Wams aufzuhaken und wartete darauf, daß sie wieder sprechen würde.

»Etwas ist geschehen ...«, sagte sie. »Etwas beunruhigt dich.«

»Gilla, was würdest du zu der Überlegung sagen, daß wir Freistatt verlassen?« Hinter ihr hing der erste Entwurf für sein Bild der Sabellia, das nun den großen Tempel zierte. Gilla war dafür sein Modell gewesen, und einen Augenblick lang sah er das Doppelbild einer Frau und Göttin, und Gillas Masse erschien ihm von monumentaler Würde.

Sie senkte die Arme und richtete sich gerade auf. »Jetzt, wo wir endlich Geld und dadurch Sicherheit haben?«

»Wie sicher kann man denn hier sein?« Mit hängenden Schultern beugte er sich vor und strich sich mit seinen kurzen Malerfingern durch das dünne Haar. Dann erzählte er ihr, wie man sein Bild gelobt und welche Zukunft Lord Raximander ihm angeboten hatte.

»Ranke!« rief sie aus, als er geendet hatte. »Saubere Straßen und ruhige Nächte! Aber was würde ich dort tun? All die feinen Damen würden mich auslachen ...« Für einen Augenblick sah sie erstaunlich verwundbar aus, trotz ihrer gewaltigen Größe. Dann begegneten sich ihre Augen. »Aber du hast gesagt, daß er ein Porträt haben wollte! Lalo, das kannst du nicht tun – du würdest in den kaiserlichen Kerkern enden, nicht am Hof!«

»Selbst dort, meinst du? Aber es muß doch wenigstens einige ehrliche Männer und tugendhafte Frauen in der Hauptstadt des Reiches geben!« Lalos Stimme klang fast sehnsüchtig.

»Wirst du denn nie erwachsen? Es geht uns hier doch jetzt gut – du bist angesehen, den Leuten gefällt, was du malst, und unsere Kinder werden die Lehrstellen bekommen, die sie gerne möchten, und sich gut verheiraten, wenn es erst soweit ist. Und jetzt willtst du hinter einem anderen Traum herjagen? Warum kannst du dich nicht einmal fest für etwas entscheiden?«

Er drückte die Fingerspitzen auf die schmerzenden Augen und schüttelte den Kopf. Wenn er es nur wüßte – da war etwas, das ihm abging, etwas, das er in allem Neuen suchte, das er begann ... Was hat es mir genutzt, meinen Herzenswunsch erfüllt bekommen zu haben? dachte er. Wenn ich selbst immer noch der Alte bin?

Nach einer kurzen Weile hörte er den Stuhl scharren und spürte, daß sie zu ihm kam. Er seufzte tief und erleichtert, als die Kraft und Weichheit ihrer Arme ihn umschlossen. Sie hatte ihre Haut mit Sandelholzöl betupft, und er spürte die großzügige Üppigkeit ihres Körpers durch die dünne Seide ihres Nachtgewands.

Es änderte nichts, aber in ihren Armen konnte er seine verwirrende innere Unruhe zumindest eine Weile vergessen. Gilla küßte ihn auf seine kahle Stelle und ließ ihn los. Mit dem Gefühl, Waffenstillstand mit dem Schicksal geschlossen zu haben, folgte er ihr in das andere Zimmer.

»Diebe!«

Lalo sprang auf, aus dem Schlaf gerissen von Gillas Schrei und einem Krachen, das das Zimmer erschüttert hatte. War es schon Morgen? Nein, überall schien es noch dunkel zu sein. Er rieb sich die Augen, immer noch benommen von seinem Traum von Marmorterrassen und klatschendem Beifall.

Schatten bewegten sich, und Füße, die sich nicht länger bemühten, lautlos zu sein, rannten durch das Zimmer ... Grobe Händen faßten Lalos Schultern, und er schrie auf. Dann traf etwas hart seine Schläfe, und er sackte gegen die kräftigen Hände, die ihn festhielten.

»Mörder! Attentäter!«

Trotz seiner halben Betäubung erkannte Lalo Gilla an der Stimme und der dunklen massigen Form, die sich vom Bett hob, um noch einen Angreifer gegen die Wand zu schmettern. Wasser spritzte ihm ins Gesicht, und er roch Rosen, als die Vase, die am Nachttisch gestanden hatte, an ihm vorbeiflog und an jemandes Kopf zerbrach. Männer stießen fluchend gegeneinander, während Gilla sich vorwärtstastete. Von den Nachbarn rührte sich niemand – er hatte es auch nicht erwartet –, sie würden ihre Neugier befriedigen, wenn es hell war.

»In Vashankas Namen, bringt die fette Sau endlich zum Schweigen!« In der Düsternis schimmerte ein blankes Schwert.

»Nein!« krächzte er, schnappte nach Luft und rief: »Gilla, hör auf! Es sind zu viele! Gilla – bitte!«

Flüchtig war noch ein Ächzen zu hören, dann setzte Stille ein. Feuerstein scharrte auf Stahl, und ein kleines Licht flammte auf. Gilla lag wie ein gestürztes Monument auf dem Boden. Einen Augenblick war Lalo, als zerdrücke eine eisige Hand sein Herz. Doch dann rührte sich etwas in dem Durcheinander von Gliedmaßen. Gilla rollte herum und stemmte sich auf die Füße, ohne dem Mann, der ihren Sturz gemildert hatte, auch nur einen Blick zu widmen.

»Savankala, hilf mir! Sie hat mich plattgedrückt ... Herr, laßt mich nicht hier ...«

Herr? Der Mann auf dem Boden war ein Höllenhund! Lalo erkannte ihn jetzt.

»Das verstehe ich nicht ...«, murmelte er. Als er sich umdrehte, wurde das Licht gelöscht, und er blinzelte in die Dunkelheit.

»Tragt ihn!« befahl eine tiefe Stimme. »Und du, Weib, sei still, wenn du ihn heil zurückhaben willst!«

Lalo, dem von dem Schlag auf die Schläfe ganz übel war und den von der groben Behandlung alles schmerzte, leistete keinen Widerstand, als sie ihm die

Füße in die Sandalen steckten, ihm einen alten Kittel über den Kopf zogen und ihn durch die leeren Straßen zurück zum Palast brachten. Doch statt um die Außenmauer herum zu den Verliesen zu gehen, wie Lalo befürchtet hatte, führten sie ihn durch das Palasttor, an der Seite des Gebäudes entlang und eine schmale Treppe in den Keller hinunter.

Ohne ein Wort der Erklärung stießen sie ihn in ein klammes, modrig riechendes Loch, in dem er schaudernd über alles Mögliche stolperte. Er fragte sich, weshalb sie ihn hierhergebracht hatten, und kaute an den Nägeln seiner farbbefleckten Finger, während er auf den Morgen wartete.

»Wach auf, Winderabschaum! Der Lord will dich sprechen, du ...«

Lalo kam stöhnend aus einem Traum zu sich, in dem er gefangengenommen und durch die Nacht gezerrt worden war, bis ...

Etwas stieß ihn heftig in die Rippen, und er öffnete die Augen.

Es war Morgen, und es war kein Traum gewesen. Er sah abblätternde, weißgetünchte Wände, geborstene Kisten und aufeinandergestapelte alte Möbelstücke auf dem kahlen Lehmboden. Das hier war also kein Kerker. Bleiches Licht drang durch ein vergittertes Fenster hoch oben in der Wand.

Er zwang sich, sich aufzusetzen und seinen Peinigern zuzuwenden.

»Quag!«

Bei Lalos Ausruf nahm das ledernarbige Gesicht des Höllenhunds, wenn möglich, einen noch tieferen Braunton an, und seine Augen wichen dem Blick des Malers aus. Lalo wandte sich der Tür zu. Nun wußte er zumindest, welche Macht ihn hatte hierherbringen lassen, doch noch lange nicht, weshalb.

Coricidius stand geduckt wie ein kranker Adler an der Tür, wobei er den Umhang in der morgendlichen Kühle vorn zusammenhielt, und mit einem Gesicht wie saure Milch. Er beäugte Lalo finster, räusperte sich und spuckte aus, dann trat er steif in die Kammer.

»Mein Lord, bin ich verhaftet? Ich habe nichts getan – weshalb habt Ihr mich hierher schaffen lassen?« brabbelte Lalo.

»Ich möchte ein paar Porträts in Auftrag geben.« Das faltige Gesicht verzog sich zu einem kaum merklichen, boshaften Lächeln.

»Was?«

Coricidius schnaubte verärgert und bedeutete einem der Wächter, einen Klappstuhl in die Mitte der Kammer zu stellen.

Vorsichtig und mit einem Seufzen ließ der alte Mann sich darauf nieder.

»Ich habe keine Zeit, mich mit Euch herumzustreiten, Kleckser. Ihr sagt, Ihr malt keine Porträts, aber für mich werdet Ihr es tun!«

Lalo schüttelte den Kopf. »Mein Lord, ich kann keine Bilder von richtigen Menschen malen – sie hassen sie – ich mache es nicht gut.«

»Ihr macht es zu gut«, verbesserte Coricidius ihn. »Ihr müßt wissen, ich kenne Euer Geheimnis. Ich ließ Eure Modelle beschatten und unterhielt mich mit ihnen. Ich könnte Euch töten, aber wenn Ihr Euch weigert, mir zu Gefallen zu sein, brauche ich bloß mit einigen Eurer früheren Kunden zu reden, dann nehmen sie mir die Mühe ab.«

Lalo krallte die Finger in die Falten seines Kittels, um das Zittern seiner Hände zu verbergen. »Dann bin ich verloren! Wenn ich Porträts für Euch male, kommt mein Geheimnis auf, sobald man sie sieht.«

»Ah, aber diese Bilder sind nicht für die Öffentlichkeit bestimmt!« Coricidius beugte sich vor. »Ich möchte, daß Ihr jeden der Gesandten von Ranke malt. Ich werde ihnen sagen, es sei eine Überraschung für den Kaiser – und daß niemand das Gemälde sehen darf, ehe es fertig ist. Ehe es soweit ist, passiert ganz sicher etwas mit dem Bild.« Ein leichtes Zittern durchfuhr den Minister und endete in einer Grimasse. Lalo brauchte Minuten, bis ihm klarwurde, daß es ein unterdrücktes Gelächter gewesen war.

»Doch nicht, ehe ich es gesehen habe«, fuhr der alte Mann fort, »und erkannte habe, welche Schwächen diese Laffen vor mir verbergen ... Sie sind nach mir am Hof zu Macht gekommen, doch wenn ich erst einmal ihre Seelen kenne, wird es mir gelingen, sie dazu zu bringen, daß ich wieder in Gnade aufgenommen werde.«

Lalo erschauderte.

Diesem Vorhaben mangelte es nicht an einer gewissen oberflächlichen Logik, doch es gab so vieles, das schiefgehen konnte.

»Vielleicht habe ich den richtigen Stock noch nicht gefunden, um den Esel auszutreiben ...« Coricidius blickte Lalo zweifelnd an. »Man sagt, daß Ihr Eure Frau liebt. Sollen wir sie blenden und in die Straße der Roten Laternen schicken, während wir Euch hier gefangenhalten?«

Ich hätte von hier weggehen sollen, dachte Lalo düster. Ich hätte Gilla und die Kinder von hier fortbringen müssen, sobald ich das Geld dazu hatte ... Einmal hatte er gesehen, wie ein Kaninchen reglos erstarrt war, als es bloß den Schatten eines Habichts gesehen hatte. Ich bin dieses Kaninchen, dachte er, und ich bin verloren ...

Aber, fuhr er in seinem gedanklichen Selbstgespräch fort, was gehen mich diese Komplotte und Intrigen an? Wenn ich diesem rankanischen Geier helfen kann, in sein eigenes besudeltes Nest zurückzukehren, wird zumindest Freistatt von ihm befreit sein!

»Also gut ... Ich werde tun, was Ihr sagt«, erklärte Lalo laut.

Mit gerunzelter Stirn und einem extra Pinsel zwischen den Zähnen, beugte Lalo sich näher zur Leinwand und konzentrierte sich auf die Linie, die der weiche Pinsel zog. Wenn er malte, wurden Hand und Auge ein Organ, durch das die Eindrücke den Fingern und dem Pinsel übermittelt wurden, die seine Verlängerung waren, ohne daß das Bewußtsein daran beteiligt war. Linie, Masse, Form und Farbe, sie alle waren Bestandteil eines Musters, das auf die Leinwand übertragen werden mußte. Das Auge überprüfte die Arbeit der Hand und verbesserte sie ohne Auslegung oder überhaupt einer Reaktion des Gehirns.

»... dann wurde ich zum Unterhüter des großen Savankalatempels in Ranke befördert.« Der Erzpriester Arbalest machte es sich in dem Sessel noch ein wenig bequemer, und Lalos feinfühlige Finger reagierten sofort und besserten eine Linie aus.

»Eine ausgezeichnete Stellung, wahrhaftig, mitten im Herzen der Dinge. Jeder, der jemand ist, kommt irgendwann einmal dorthin. Und wer die Bittgesuche an den Gott weiterleitet, erfährt im Lauf der Zeit eine Menge Nützliches.« Mit selbstzufriedenem Lächeln strich der Erzpriester die Falten seines safrangelben Brokatgewandes zurecht.

»Mhm – sehr richtig ...«, murmelte Lalo mit dem Teil seines Ichs, das nicht ausschließlich mit seiner Arbeit beschäftigt war.

»Ich wollte, Ihr würdet mich sehen lassen, was Ihr malt«, sagte der Priester nörglerisch. »Schließlich ist es ja mein Gesicht, das Ihr verewigt!«

Erschrocken und wieder bei vollem Bewußtsein machte Lalo ein paar Schritte von der Staffelei zurück und blickte ihn an.

»O nein, mein Lord, das geht nicht! Es wurde ausdrücklich befohlen, daß dieses Bild eine Überraschung sein soll. Keiner der Porträtierten darf das Gemälde sehen, ehe es nicht dem Kaiser gezeigt wurde. Wenn Ihr versucht, einen Blick darauf zu werfen, müßte ich die Wache rufen. Tatsächlich könnte es mich das Leben kosten, ließe ich jemanden das Bild sehen, ehe die Zeit dafür gekommen ist.«

Und das zumindest ist die reine Wahrheit, dachte Lalo. Nun wagte er endlich, bewußten Blickes auf die Leinwand zu schauen. Gegen den Hintergrund der Säulenhalle waren die einstweilen noch groben Umrisse von fünf Gestalten zu sehen. Die eine ganz links war gestern mit dem Bild Lord Raximanders ausgefüllt worden, dem ersten der Gesandten, die hierzu Modell sitzen sollten. Er sah aus wie ein Schwein – selbstgefällig und genußsüchtig, mit einer Spur verbissener Grausamkeit in den kleinen Augen.

Lalo wunderte sich, daß die Gesandten sich so bereitwillig einverstanden erklärt hatten, obgleich sie seit ihrer Ankunft hier ständig mit Inspektionstouren, Treffen und dem Anhören endloser Berichte beschäftigt waren. Vielleicht waren sie froh, wenn sie einmal Gelegenheit hatten, eine Weile ruhig sitzen zu dürfen. Oder möglicherweise fürchteten sie auch die Folgen, wenn sie es ablehnten, zu einem Geschenk für den Kaiser beizutragen. Natürlich konnte es auch sein, daß es ihnen schmeichelte, ihren Besuch in diesem Vorposten des Reichs verewigt zu sehen. Raximander zumindest hatte das Modellsitzen als unausgesprochenes Einverständnis Lalos angesehen, ihn auch noch für ein anderes Bild für sich selbst zu porträtieren.

Nun war das Bild des Erzpriesters neben Lord Raximanders fast vollendet. Wäre es als richtiges Gemälde gedacht gewesen, hätte Lalo noch auf ein paar Stunden länger bestanden, um Haar und Gewand genau auszuführen. Doch so wie es war, genügte es für die Zwecke des Ministers. Als Lalo nun auch Arbalests Bild betrachtete, mußte er ein Seufzen unterdrücken.

Wieso hatte er zu hoffen gewagt, daß der Mann, nur weil er ein Priester war, auch tugendhaft sein würde? Arbalest war allerdings kein Schwein, sondern eher ein Wiesel. Lalo bemerkte eine gerissene Verschlagenheit in den Augen seines Bildes.

»Wenn es Euch angestrengt hat, braucht Ihr nicht länger Modell zu sitzen.« Lalo verbeugte sich vor dem Priester. »Den Rest kann ich auch so fertigmachen.«

Als der Priester gegangen war, schenkte sich Lalo seinen Krug aus der Kanne mit Bier nach, die Coricidius ihm hatte bringen lassen. Abgesehen von der sehr unfeinen Art, wie er ihn hierhergeholt hatte, behandelte ihn der Minister nicht schlecht. Nachdem er ihn erpreßt hatte, das Gemälde für ihn zu malen, gestattete er ihm nun, es in Ruhe und unter angenehmen Umständen zu tun. Sie hatten ihm dazu ein hübsches Gemach im ersten Stockwerk des Palasts zur

Verfügung gestellt, unmittelbar an den Dachgarten anschließend, mit Fenstern an drei Seiten, so daß er ausreichend Licht hatte – die Arbeitsbedingungen zumindest waren ideal.

Doch das Gemälde war grauenvoll. Lalo mußte sich zwingen, es noch einmal anzusehen. Er hatte Säulen und eine reichverzierte Decke eingezeichnet, lediglich als Vorsichtsmaßnahme; falls jemand aus einiger Entfernung imstande sein sollte, einen Blick darauf zu werfen. Doch die Gesichter, die er in den Vordergrund einfügte, machten das prunkvolle Drumherum zur Travestie.

Jeder im Palast glaubte offenbar die Geschichte, daß das Gemälde als eine Art Bestechung des Kaisers dienen sollte, und einige, die davon überzeugt waren, daß Lalo dadurch Einfluß gewinnen würde, liebdienerten ihm bereits. Selbst Gilla gegenüber hatte Lalo behaupten müssen, daß die mitternächtliche Verhaftung ein Versehen gewesen und der Auftrag echt sei. Auch wenn sie ihm nicht glaubte, war sie diesmal doch so vernünftig, sich nicht näher mit dieser Behauptung zu befassen.

Doch würden andere es ebenfalls sein? Was war, wenn man ihn mit soviel Vorschußlorbeeren bedachte, daß die Leute darauf bestanden, das Bild zu sehen? Was, wenn einer der Porträtierten so flink war, einen guten Blick darauf zu erhaschen, ehe Lalo die Wache zu rufen vermochte?

Wieder seufzte Lalo tief, leerte seinen Krug und ersuchte den diensthabenden Höllenhund, den nächsten Gesandten hereinzubitten.

Lalo saß auf dem niedrigen Hocker neben dem Tisch, auf dem er sein Arbeitszeug liegen hatte, und wartete auf den vierten Gesandten, der nun Modell sitzen sollte. Er sollte eigentlich dankbar sein, daß er gestern sowohl mit Arbalest wie mit dem kaiserlichen Verwandten fertig geworden war. Voll Abscheu betrachtete er das dritte Gesicht auf dem Gemälde. An den Namen des Mannes konnte er sich nicht erinnern, nur daß er mit ... axis endete. Er wollte es aber auch gar nicht – sein Porträt verriet eine träge Selbstgefälligkeit, die lediglich aus Mangel an Energie nicht in Verruchtheit ausartete.

Und diese Leute sind der Stolz von Ranke! dachte Lalo. Er war Coricidius jetzt geradezu dankbar. Ohne ihn hätte er es nie erfahren. Er verzog das Gesicht bei einem weiteren Blick auf das Gemälde. Ich hätte meine Familie aus ihrer heimischen Umgebung gerissen, um mein Glück in der Hauptstadt zu suchen, weil ich in meiner Arglosigkeit überzeugt war, daß die Menschen dort redlicher sein mußten als in Freistatt. Dabei ist die Schlechtigkeit dort bloß besser getarnt ...

Aus dem Hof klangen die Marschschritte von Rindsledersandalen – die Leibgarde des Prinzen exerzierte wieder einmal. In dieser Zeit hielt sogar der Standort Übungen ab und sorgte für blankgeputzte Rüstungen, doch ob in der Hoffnung, in den Krieg geschickt zu werden, oder aus dem Gegenteil, wußte er nicht. Momentan interessierte es ihn auch keineswegs.

Er konnte sich nicht vorstellen, daß die Dinge in Freistatt durch einen neuen Eroberer schlimmer werden könnten.

Trotzdem machte ihn das ständige Marschieren nervös, als wäre seine Sicherheit nur Trug, und um die Ecke lauerte bereits eine neue Bedrohung. Unruhig schritt er zum Fenster und drehte sich gerade um, als die Wache den nächsten Gesandten hereinbegleitete.

»Mein Lord Zanderei!« Lalo verbeugte sich vor dem Mann, der sich während des Empfangs mit ihm unterhalten hatte. »Bitte nehmt Platz ...« Er deutete auf den bequemen Sessel.

»Es tut mir leid, daß ich Euch warten ließ, Meister Maler«, entschuldigte Zanderei sich mit fast kläglicher Miene. »Ich wurde in den Getreidespeichern aufgehalten. Es scheint einige Unstimmigkeiten zu geben, was den Weizenanteil betrifft, der als Kriegszuschuß abgeliefert werden soll ...«

Lalo beschäftigte sich mit seinen Farben, um ein Grinsen zu verbergen. Bei dem Netz von Bestechungen, Schiebungen und Betrug, das für alle Geschäfte in Freistatt galt, durfte die Bezeichnung Unstimmigkeiten eine Untertreibung sein. Warum hatte man wohl eine so unscheinbare graue Maus zur Bereinigung der Zustände hierhergeschickt? Während er ihn nun näher betrachtete, wurde ihm erst richtig bewußt, daß Zanderei eines der unauffälligsten Gesichter besaß, die er je gesehen hatte.

Es kommt wohl von einer lebenslangen Untertänigkeit, dachte er. Der Mann hatte keine eigene Persönlichkeit. Zum erstenmal seit Beginn dieses Auftrags konnte Lalo es kaum erwarten, den Pinsel an die Leinwand zu setzen, denn nichts vermochte dann noch die Wahrheit über diesen Mann zu verheimlichen.

»Sitze ich richtig? Ich kann meinen Kopf auch nach der anderen Seite drehen, wenn Ihr möchtet, oder meine Hände falten ...«

»Ja, verschränkt Eure Finger – aber Eure Kopfhaltung ist so genau richtig. Doch müßt Ihr Euch entspannen, mein Herr, denkt daran, daß Ihr mit Eurer

Arbeit hier bald fertig seid ...« Lalo goß Verdünner in den Becher und tauchte den Pinsel ein.

»Ja«, sagte Zanderei sanft. »So ist es. In einer Woche oder in zwei wird sich herausstellen, ob ich alles geschafft habe, weswegen man mich hierhersandte. Die Auseinandersetzung kommt immer näher.« Seine dünnen Lippen verzogen sich zum Hauch eines Lächelns.

Lalo kniff die Augen zusammen, zog den Pinsel durch das helle Ocker und begann.

Eine halbe Stunde verstrich, eine ganze. Lalo arbeitete unentwegt, ohne sich wirklich bewußt zu sein, wieviel Zeit verging oder was er tat. Zanderei war Licht und Schatten, Farbe und Struktur und Linie – ein Problem der Übertragung. Der Künstler paßte sich dem wechselnden Licht an und erlaubte seinem Modell sogar, sich hin und wieder zu bewegen, ohne sich aus der Entrückung zu lösen, die seine Kunst und der Zauber auf ihm bedingte.

Da schlug der Gong der Gerichtshalle unten zur vierten Wache. Zanderei stand auf, und das graue Gewand verschob sich wie ein Schatten. Lalo, der seinen Weg in die Wirklichkeit zurückkämpfen mußte wie einer, der aus dem Schlaf gerissen wurd, bemerkte, daß die Schatten der Abenddämmerung sich bereits in den Ecken des Gemachs sammelten.

»Es tut mir leid, aber ich muß jetzt gehen.« Zanderei machte ein paar Schritte vorwärts, geschmeidiger als Lalo erwartet hätte, wenn er bedachte, wie lange der Mann stillgesessen hatte.

»Oh, natürlich – verzeiht, daß ich Euch so lange aufgehalten habe.«

»Seid Ihr fertig geworden? Oder wollt Ihr, daß ich wiederkomme?«

Lalo blickte auf das Bild und fragte sich, ob er die

Wirklichkeit dieses Mannes richtig eingefangen hatte. Einen Moment verstand er nicht, was er sah. Schnell blickte er auf die anderen Porträts, doch die hatten sich nicht verändert, und die Farbe glänzte noch feucht, wo er Zandereis Haar gerade den letzten Schliff gegeben hatte. Doch noch nie zuvor hatte er das Modell eines seiner Porträts überhaupt nicht mehr erkannt ...

Er sah ein Gesicht wie aus Stein oder Stahl, ein Gesicht völlig ohne Leben, außer in den Augen, und dort las er nur eine alte Qual.

Und die Hände dieses Porträts umklammerten ein blutiges Messer.

Coricidius wollte die Schwächen dieser Männer sehen – doch das hier ist der Tod! dachte Lalo.

Und wie bei den Bildern auf der Leinwand mußte Lalos Gesicht jetzt seinen inneren Aufruhr verraten haben, denn Zanderei stürmte mit der Flinkheit des Fechters herbei und an Lalo vorbei. Er verstand das Bild in einem einzigen forschenden Blick. Ohne in der Bewegung innezuhalten, wirbelte er herum und warf dem herankommenden Wächter ein Messer in die Kehle, das er im Ärmel verborgengehalten hatte.

»Zauberei!« rief Zanderei aus, und dann bedächtiger: »Seht Ihr mich so?«

Lalo riß den entsetzten Blick von dem roten Rinnsal, das sich einen Weg vom Hals des Wächters zum Boden bahnte. Jetzt hatte Zanderei die Haltung eines Raubtiers angenommen, und sein Gesicht glich wirklich dem auf dem Bild.

»Hat man Euch eingesetzt, um mich in die Falle zu locken? Wurden die Pläne meiner Auftraggeber verraten?« Geschmeidig näherte er sich Lalo, der am ganzen Leib zitternd den Kopf schüttelte. »Ah, natürlich – Coricidius steckt dahinter, er stellte die Falle für alle. Ich bezweifle, daß er erwartete, mich darin zu fangen!« fügte er weicher hinzu.

»Wer seid Ihr? Warum täuscht Ihr vor, ein Versorgungsbeauftragter zu sein?« Lalo starrte Zanderei an und sah eine flüchtige Bewegung in den stillen Augen, als hätte die Maske, die er durchschaut hatte, lediglich einen Schleier bedeckt, der eine noch tiefere Wahrheit verbarg.

»Ich bin der Schicksalsvollstrecker – oder auch nicht ... Es kommt ganz darauf an. Meine Auftraggeber möchten, daß der Prinz seinen Teil zu dem Krieg beiträgt, andererseits aber wäre es nicht gut für ihn, wenn er es zu wirkungsvoll täte. ›Beobachte ihn, aber laß ihn nicht zum Helden werden, Zanderei ...‹ Solange er es nicht wird, werde ich ihm dienen.« Seine Stimme floß ruhig wie ein unbehinderter Strom, doch Lalo wußte, daß das, was er hörte, ihm noch mehr zum Verhängnis werden konnte als das, was er gesehen hatte.

»Ihr werdet den Prinzen töten ...« Lalo wich zurück, bis er gegen den Tisch prallte, auf dem seine Farben und Pinsel lagen.

»Vielleicht ...« Zanderei zuckte die Schulter.

»Werdet Ihr mich töten?«

Der Mann seufzte, und aus dem anderen Ärmel flog ihm ein zweites Messer geradezu in die Hand. »Habe ich eine Wahl?« fragte er bedauernd. »Ich bin Berufsmörder. Doch niemand wird die Untat des Barbaren, der Euch tötet und das Gemälde vernichtet, mehr beklagen als ich. Vielleicht werdet Ihr es ja selbst gewesen sein, der es in einem Anfall von Ekel zerstörte – denn ich bin sicher, daß Coricidius Euch zu dieser Arbeit zwang. Doch wie auch immer, das Gemälde muß zerstört werden ...« Zanderei betrachtete die Bilder der anderen, und zum erstenmal regte sich etwas wie Belustigung in seinen Augen. »Ihr seid viel zu genau!

Nehmt Abschied von Eurem Leben, Meister Maler«, seine Stimme klang nun weitaus sanfter. »Denn sobald das Gemälde vernichtet ist, müßt auch Ihr gehen.«

Lalo schluckte. Er befürchtete, daß sein aufbegehrender Magen ihm noch im Tod die Würde rauben würde. Und was war sein Leben anderen schließlich schon wert gewesen?

Zanderei nahm Feuerstein und Stahl aus einem Beutel in seinem Gewand, und einen Augenblick später flammte Licht in der Düsternis des Gemaches auf. Dann zündete der Attentäter einen fleckigen Mallappen an und hielt ihn unter die Leinwand.

Lalo tastete nach einer Stütze, und seine Hand schloß sich um die glatte Seite eines Farbtopfs. Seine Kehle schmerzte, während er den Drang unterdrückte, den Mann anzuflehen, doch damit aufzuhören. Er haßte das Gemälde – er wünschte sich, es wäre nie gemalt worden. Aber warum spürte er dann fast denselben Schmerz wie letztens, als der Höllenhund Gilla niedergeschlagen hatte? Seine Augen brannten aus unterdrückter Trauer um seine Arbeit, um sich selbst, um seine Familie, die ohne Ernährer sein würde.

Die Leinwand hatte Feuer gefangen und begann nun fast fröhlich zu prasseln. Helle Flammen nährten sich von dem farbdurchtränkten Stoff und warfen einen gespenstisch flackernden Schein auf Zandereis Gesicht.

»Nein!« Der Aufschrei barst von Lalos Lippen, und als Zanderei sich aufrichtete, schloß Lalos Hand sich um den Farbtopf und schleuderte ihn auf den Attentäter.

Er traf Zandereis Schulter, und rote Farbe spritzte wie Blut auf das graue Gewand.

Der Mann stürmte auf ihn zu. Lalo rannte verzweifelt um den Tisch, griff nach weiteren Farbtöpfen, Pinseln und allem, was sich werfen ließ. Ein Farbtopf prallte gegen Zandereis Stirn, und als die Farbe über sein Gesicht rann, zögerte er gerade so lange, um sich die Augen auszuwischen.

In diesem Moment stieß Lalo den Tisch um und rannte.

Lalo drückte die Hände auf die Brust, als könnte er dadurch das Hämmern seines Herzens dämpfen, und starrte um sich.

Es war alles so schnell gegangen, daß er sich nur noch verworren erinnerte, den Korridor entlanggelaufen zu sein, der an der oberen Hälfte des Empfangssaals vorbeiführte, auf die hintere Palastseite zu, dann die Treppe beim Thronpodest hinunter und immer weiter durch einen Teil des Palasts, den er nicht kannte. Obgleich auch hier der Boden noch aus Marmor bestand, waren die Fliesen gesprungen, und der Stuck bröckelte von den Wänden ab. Er hörte Geschirr klappern und nahm an, daß er der Küche nahe sein mußte.

Zumindest, dachte er dankbar, würde der Gesandte Zanderei hier noch auffälliger sein als er. Vorsichtig bog er in einen anderen Gang ein und lief weiter. Doch als er leise die Tür an seinem Ende öffnete, hörte er etwas hinter sich – Schritte von einem, der durch die lange Übung so leichtfüßig rannte, daß seine Ledersohlen sich auf dem polierten Steinboden kaum lauter als ein Wispern anhörten.

Ein Stöhnen unterdrückend, barst Lalo durch die

Tür, raste über den Holzboden und die Plattform, die auf den Küchenhof führte, und warf sich in das erstbeste Versteck, das er fand.

Es hatte wie ein großer Karren ausgesehen, und nun, da Lalo in die Ladung sank, wurde ihm klar, aus was sie bestand. Glücklicherweise nicht aus den Exkrementen, wohl aber aus den Küchenabfällen und den Speiseresten der Hoftafel von mehreren Tagen. Würgend grub Lalo sich tiefer in die Massen von Kartoffel- und Rübenschalen, sauer gewordenen Nachspeisen, klebrigem Reis, Kuchenresten, Fleischanschnitten und Knochen.

Grimmig dachte er: Solange ich würgen kann, lebe ich zumindest noch ...

Der Wagen bewegte sich leicht, und das Stampfen von Hufen auf Stein war zu hören. Ihm wurde bewußt, daß er nicht nur noch lebte, sondern vielleicht sogar entkommen konnte, denn wenn das Pferd eingespannt war, mußte es wohl an der Zeit sein, den Müll fortzufahren. Er wagte kaum zu atmen und wartete endlose Minuten, bis er Stimmen vernahm und der Wagen unter dem Gewicht von jemandem schwankte, der auf den Kutschbock geklettert war. Und dann setzte der Wagen sich in Bewegung.

Schneller! Schneller! betete Lalo und sank tiefer in die nicht gerade wohlriechende Masse. Das Klappern der Holzräder auf Stein war entsetzlich. Für einen Augenblick hörte es auf, eine fremde Stimme wechselte ein paar Worte mit Honald am Außentor, dann war das Klappern erträglicher, während der Wagen über den festgestampften Lehmboden des Vashanka-Platzes rollte.

Unerwartet hielt der Wagen an. Lalo strengte die Ohren an, um die abendlichen Geräusche von Freistatt zu vernehmen, aber statt dessen hörte er Brüllen und alarmschlagende Gongs.

»Ist das nicht Rauch? Bei Theba, im Palast brennt es! Steig ab, Tam! Wir können die Abfälle auch morgen noch abladen!« Wieder schwankte der Wagen, und Lalo hörte die Schritte zweier Männer, die sich in der Richtung verloren, aus der der Wagen gekommen war.

Lalo setzte sich zurück und staunte, daß er zumindest für den Augenblick gerettet war.

Aber was tue ich jetzt? fragte er sich. Zanderei würde allen erzählen, daß Lalo den Wächter getötet und das Feuer gelegt hatte. Wenn sie ihn erwischten, würden sie ihn ins Verlies werfen, sofern sie ihn nicht sofort töteten. Und wenn er zu seiner Verteidigung anbot, seine Fähigkeit zu beweisen, würde er sich vermutlich wünschen, es lieber doch nicht getan zu haben ...

Er konnte nicht zum Palast zurückkehren, um den »Versorgungsbeauftragten« zu beschuldigen. Erreichte er jedoch das Labyrinth, könnte er sich auf unbeschränkte Zeit verstecken – dort schuldete ihm noch so mancher einen Gefallen.

Und dann? Zanderei würde entweder den Prinzen töten oder friedlich nach Hause zurückkehren. Ersteres erschien wahrscheinlicher, denn man steckte nicht eine gut gewetzte Klinge zurück in die Scheide, ohne daß sie Blut gesehen hatte. Und in diesem Fall würde auch Coricidius den Tod finden.

Was würde aus Freistatt werden? Dieser Gedanke störte die Zufriedenheit, die er ansonsten empfand. Welche Art von Tyrannen würde das Reich schicken, um seinen Sohn zu rächen? Trotz all seiner Tolpatschigkeit meinte Prinz Kittycat es doch gut, und wenn Freistatt schon von Ausländern regiert werden mußte, waren doch die, an die man sich inzwischen gewöhnt hatte, immer noch die besten.

Es liegt alles in meinen Händen, dachte Lalo nunmehr. Dann wurde ihm bewußt, wie komisch es war. Er versuchte sein Lachen zu unterdrücken, indem er tief einatmete, zu tief, woraufhin er husten mußte. Hier suhle ich mich in des Prinzen Abfällen und entscheide sein Geschick! Die Macht perlte in seinen Adern wie Wein aus Caronne. Ich könnte Coricidius eine Nachricht schicken – er hat das Ganze ja angefangen, da glaubt er mir vielleicht ... Oder – er erinnerte sich an Gerüchte, die er über Nachtschatten gehört hatte – ich kann dem Prinzen selbst eine Botschaft zukommen lassen ...

Doch zuerst muß ich hier heraus!

Vorsichtig spitzte Lalo über den Karrenrand. Es hing noch Rauch in der Luft, und über der Mauer leuchteten Fackeln wie Glühwürmchen hinter den Palastfenstern des oberen Stockwerks. Doch von einem Feuer war nichts zu sehen – vielleicht war es gelungen, es rechtzeitig zu löschen. Der Karren, in dem er kauerte, stand außerhalb des Tiergartens, ein paar Fuß vom Tor an der Hauptstraße entfernt.

Erleichtert seufzend kletterte Lalo über die Karrenseite und begann so gut es ging, den Schmutz von seinem Kittel zu steifen. Erschrocken hielt er inne, als er einen Blick auf sich spürte, der keineswegs von den gleichgültigen, mageren Löwen hinter ihren Gitterstäben kam. Er drehte sich um und schaute über den Platz zum Palasttor, aus dem soeben eine ihm nur zu bekannte graugewandete Gestalt trat. Einen Moment erstarrte Lalo vor Furcht, doch noch glühte er innerlich in seinem Gefühl der Macht. Er ließ seine Kittel auf den Boden fallen.

Zandereis Gewand war aus glänzender, kostbarer

Seide, seine Kleidung dagegen – das abgetragene Hemd und das fleckige Beinkleid – war unauffällig. Wenn er den Rankaner in die Stadt locken könnte, wäre er, Lalo, auf vertrautem Boden, und die Stadt würde vielleicht ohne sein Zutun ihn und den Prinzen von ihrem Feind befreien.

Nervös grinsend ging Lalo so über den Platz, daß er gesehen werden mußte, und dann zwang er seine steifen Beine zu einem Sprint durch das Tor, als auch schon Zanderei und ein halbes Dutzend Höllenhunde über den Platz hinter ihm herjagten.

So schnell er konnte, rannte Lalo, bei fast jedem zweiten Schritt über die Schulter blickend, die Hauptstraße abwärts. Als die Gardisten näherkamen, tauchte er zwischen den großen Häusern von Kaufleuten hindurch, Richtung Westtorstraße, dann lief er zur Gerberstraße und auf den Schlangenweg zu. Während er lief, begann sein Blut wieder freier durch seine Beine zu fließen, und so, wie er zuvor seinen Kittel abgeworfen hatte, warf er jetzt sein gesetztes Alter, seine Unbeholfenheit und seine Furcht ab.

Er sprang über einen Leiterwagen, den jemand mitten auf der Straße abgestellt hatte, dann hielt er kurz an und drehte ihn quer herum. Das würde sie zwar nicht lange aufhalten, aber er hörte bereits Söldner auf der nächsten Straße Wetten für einen Hundekampf abschließen. Lachend wie der Junge, der vor so langer Zeit durch diese Gassen geeilt war, führte er seine Verfolger um die Ecke, wand sich aalgleich durch die Menge, und lachte erneut, als das Klirren von Wafffen ihm verriet, daß die Höllenhunde und die Söldner aufeinandergestoßen waren.

Doch wo blieb Zanderei? Lalo drückte sich in einen dunklen Torweg und behielt den Zugang zur Gasse im Auge. Der nun fast volle Mond war inzwischen aufgegangen. Er löste sich aus dem entstellenden Rauch der Stadt und verwandelte die Gasse und ihre Schatten mit seinem trügerischen Schein. Wie sollte Lalo da erkennen …

Ah, aber dort bewegte ein Schatten sich von selbst. Sein Feind war hier, daran zweifelte Lalo nicht.

Aber so bald! Schrecken durchzog ihn, und er fröstelte. Ich muß weglaufen, sagte er sich. Der Mann ist zu flink, zu geschmeidig. Ehe jemand, der sich für seine Seide interessieren könnte, ihn überhaupt bemerkt, ist er schon wieder fort. Es ist mein Tod, wenn ich ihm nicht irgendwie eine Falle stellen kann. Das herrliche Machtgefühl, das er gekostet hatte, erschien ihm jetzt so unbeständig wie der Mondschein.

Und doch war ihm, als hätte er das alles schon einmal erlebt – er erinnerte sich an seine frühe Jugend, als er einmal mit seinen Freunden auf Abenteuersuche ins Labyrinth gekommen und dort gejagt worden war. Er war entkommen, indem … Er blickte hoch und sah, daß auch dieses Haus eine Außentreppe hatte. Ohne sich Zeit zum Überlegen zu nehmen, ob es nicht schiefgehen könnte, eilte Lalo hoch.

Die morsche Holztreppe schwankte beängstigend. Lalo griff nach dem Geländer und wäre fast hinuntergefallen, als sie unter seiner Hand nachgab. Er hörte laute Stimme im Haus – ein Fenster schwang auf und wurde wieder zugeschlagen, als man ihn sah, und eine Weile verstummte der Streit. Dann war er auf dem Dach, sprang über Tabletts mit dörrenden Früchten und duckte sich unter Wäscheseilen hindurch. Er sah die dunkle Gestalt hinter sich. Hastig riß er ein Ende eines Seils los, so daß die aufgehängte Wäsche sich feucht um seinen Verfolger schlang.

Etwas flog wie ein Strahl weißen Feuers dicht an

seiner Wange vorbei. Lalo warf sich über den Zwischenraum zum nächsten Haus, bekam das Sims einer Dachbrüstung zu fassen und zog sich daran hinauf. Keuchend starrte er auf die dort steckende noch zitternde Klinge, die der im Hals des getöteten Gardisten glich. Dann zog er sich den Rest der Brüstung in den zweifelhaften Schutz des Giebelendes.

Zwei Höllenhunde rannten unten durch die Straße. An der Ecke blieben sie kurz stehen und pfiffen. Ein anderer Pfiff etwa zwei Straßen entfernt antwortete ihnen. Lalo fragte sich, was mit den Söldnern geschehen war. Da erhob sich ein Schatten auf dem gegenüberliegenden Dach und schimmerte silbrig, als der Mond voll auf ihn fiel.

»Maler!« rief Zanderei. »Die Soldaten werden Euch töten, wenn sie Euch vor mir erwischen. Ergebt Euch jetzt mir!«

Lalo dachte an die Klinge, die recht unbequem in seinem Gürtelbund steckte, und biß die Zähne zusammen. Sie nennen uns Winder, erinnerte er sich. Also werde ich zusehen, daß ich mich ganz schnell winde! Vorsichtig kroch er auf dem Bauch über die Dachplatten. Eine leichte Erschütterung unter ihm verriet ihm, daß Zanderei ebenfalls auf diesem Dach gelandet war. Hastig kletterte er zur hinteren Treppe.

Doch da war keine. Aber Lalo konnte nicht mehr anhalten. Er landete krachend inmitten zerbrechender Tontöpfe auf einem Balkon, schwang sich über ein Geländer und sprang auf die Straße hinunter. Der Weg über die Dächer konnte ihn nicht retten, doch während er keuchend auf der Brüstung gelegen hatte, war ihm ein anderer Gedanke gekommen, dunkler und gefährlich, sowohl für seinen Verfolger als auch für ihn selbst.

Tonscherben krachten und zersplitterten auf der Straße hinter ihm, als der Besitzer des Balkons Zanderei erspähte und ihn mit seiner zerbrochenen Ware bewarf. Lalo raste die Straße entlang, vorbei an einer Gruppe leicht torkelnder Zecher, die aus Richtung des »Wilden Einhorns« kamen.

Ich wollte ein Held sein, dachte Lalo, während er seine Beine noch mehr anstrengte, aber wie erkennt man den Unterschied zwischen einem toten Helden und einem toten Toren? Das Grölen und Gejohle hinter ihm stockte, und jemand schrie. Ganz deutlich sah Lalo Zanderei kurz im Mondschein. Der Mann hatte sein graues Seidengewand ausgezogen, und sein Hemd war zerrissen. Er benahm sich, als wäre er auf den Straßen von Freistatt aufgewachsen. Er schien Lalos Blick zu spüren, denn er wandte sich in seine Richtung, und sein Zähne blitzten in einem flüchtigen Lächeln.

Lalo holte tief Atem und schaute sich um. Er durfte jetzt nicht hasten, damit er die Stelle nicht übersah, obgleich alles in ihm danach schrie, zu laufen. Ah, dort am Ende der Gasse – ein hölzerner Deckel auf einem Ring bröckelnder Steine. Lalo zog ihn zur Seite – die Deckel wurden nicht befestigt, in der Hoffnung, daß die Leute die Abfälle selbst in den Schacht warfen. Dann biß er die Zähne zusammen und ließ sich hinunter.

Der Schacht war nicht so tief wie der eines Brunnens. Lalo landete platschend im träge fließenden Abwasser, das glitschig von Dingen war, die er lieber nicht beim Namen nennen wollte. Gegen seinen aufbegehrenden Magen ankämpfend, wurde ihm bewußt, daß die Abfälle aus dem Statthalterpalast geradezu wohlriechend gewesen waren, verglichen mit den Abwässern hier, die seine letzte Hoffnung waren, gegen seinen Feind zu bestehen.

Er watete grimmig voran, zählte die Schritte und streckte widerstrebend eine Hand zu der glitschigen Wand aus, um ihr besser folgen und sich daran abstützen zu können, und lauschte auf mögliche Geräusche, die ihm verraten würden, daß Zanderei ihm sogar hierher gefolgt war. Atemholend tastete er nach dem Messer, doch bei all der Kletterei hatte er es verloren.

Auch gut, sagte er sich, ich hätte es sowieso nicht benutzen können!

»Ihr – Maler, Ihr habt Euch gar nicht so dumm angestellt. Aber wie konntet Ihr glauben, Ihr kämt in diesem Spiel gegen mich an?« Die Stimme echote dumpf von den feuchten Wänden. »Ich habe Euch bald eingeholt – wäre es Euch denn nicht lieber gewesen, sauber zu sterben?«

Lalo schüttelte den Kopf, auch wenn der andere es nicht sehen konnte. Was er getan hatte, war nicht genug gewesen, das erkannte er jetzt, doch wenn er nun sterben mußte, konnte er sich wenigstens sagen, daß er wie ein Mann gehandelt hatte. Er plagte sich weiter, und seine Finger suchten nach dem Spalt in der Wand. Was war, wenn er sich irrte? Hatte sein Gedächtnis ihn im Stich gelassen? Oder hatte sich in den vergangenen dreißig Jahren etwas am Abwassernetz geändert?

»Ihr werdet staunen, wißt Ihr? Das war Eure letzte Zuflucht! Hier ist Euer Ende!«

Ein Ende für uns beide, dachte Lalo stumpf. Mir macht es nichts mehr aus. Da fanden seine Finger den Riß in der Wand, und er tastete sich weiter, immer noch die Schritte zählend: sechsundsechzig, siebenundsechzig ... Lieber Gott Ils, laß es hier sein ... Achtundsechzig ... Shalpa, hilf mir ... Neunundsechzig, siebzig!

Seine Finger schlossen sich um einen rostenden Halbkreis aus Eisen. Ein Stöhnen der Erleichterung unterdrückend, zog er sich daran hoch, obgleich seine Hände auf den Sprossen ausrutschten. Das Platschen hinter ihm hielt kurz an – zweifellos war Zanderei stehengeblieben, um zu lauschen –, dann wurde es viel lauter, als sein Feind zu laufen anfing.

Lalo kam oben an, schob den Holzdeckel zur Seite und rollte hämmernden Herzens über den Rand in die frische Luft. Aber er durfte sich nicht ausruhen, nicht jetzt, nicht bis die Falle geschlossen war. Mit aller Kraft – und er hatte schon befürchtet gehabt, er hätte keine mehr übrig – zog er den Deckel wieder über das Loch und schob den hölzernen Riegel in die Halterungen. Ohne zu warten, ob er auch halten würde, schwankte er zurück zum ersten Senkloch und tat dort das gleiche.

Dann sank er daneben auf den Boden, seine letzte, gottgegebene Kraft war erschöpft, und er konnte nun nichts mehr tun. Diese Gasse hier war die einzige, wo zwei Gullys so dicht beieinander zur Kanalisation führten. Und dort saß Zanderei jetzt fest.

Wie süß die Luft hier für seine Lungen war. Durch ein Fenster im Obergeschoß klangen Gitarrenklänge und das weiche Lachen einer Frau. Ein sanfter Wind, der Seewind, kühlte seine brennenden Wangen. Da erinnerte Lalo sich, was das bedeutete. In einem Zwiespalt aus Genugtuung und Schrecken wurde ihm bewußt, daß Zanderei nun doppeltem Verhängnis ausgesetzt war. Der Seewind würde eine Flut dunklen Wassers aus dem Sumpf der nächtlichen Geheimnisse mit sich bringen, verstärkt durch die brandende Flutwelle.

»Ihr – Attentäter, Ihr habt Euch gar nicht so dumm angestellt. Aber wie konntet Ihr glauben, Ihr kämt in diesem Spiel gegen mich an?« wisperte Lalo durch aufgesprungene Lippen. Lachen kratzte in seinem Hals, und er saß schaudernd auf dem verschlossenen Gully, während der übelriechende Schmutz auf seiner Haut trocknete. Ein vorüberkommender Taschendieb machte hastig das Zeichen gegen den Wahnsinn und sah zu, daß er weiterkam.

Lalo hörte ein Pfeifen und das flüchtige Klirren eines Schwertes, als ein Höllenhund kurz in die Gasse schaute, aber offenbar schien er ihn, so wie er hier kauerte, nicht für einen Menschen zu halten.

»Maler, seid Ihr da?«

Lalo zuckte heftig zusammen, als er die Stimme so dicht unter sich hörte. Der Deckel erzitterte, als von unten dagegen geschlagen wurde. Lalo lehnte sich auf den Riegel. Mit einer Hand an den Sprossen hängend, konnte Zanderei ganz gewiß nicht genügend Hebelkraft aufbringen, um den Deckel aufzustemmen. Lalo dachte an die gruseligen Geschichten, die sich seine Freunde in der Kindheit erzählt hatten und die er später beim Wein des öfteren im »Wilden Einhorn« gehört hatte. Wenn er am Leben blieb, würde er jetzt auch etwas zu erzählen haben.

»Mörder, ich bin hier, und du bleibst, wo du bist«, krächzte Lalo, als das stumpfe Hämmern endete.

»Ich gebe Euch Gold – ich habe nie mein Wort gebrochen … Ihr könntet Euch in der Hauptstadt einrichten …«

»Ich will dein Gold nicht.« Ich will nicht einmal mehr nach Ranke, dachte er.

»Ich helfe Euch Euer Leben zu behalten …«, versprach Zanderei. »Coricidius wird Euch nicht glauben, wißt Ihr? Und die Höllenhunde werden aus

Eurem Schädel einen Weinbecher machen. Zumindest aber werden sie Euch die Hände abschlagen ...«

Unwillkürlich umschlossen Lalos Finger schützend die Handgelenke, als sause bereits eine blanke Kinge herab.

Es stimmte, alles, was er sich geschaffen hatte, war für ihn verloren. Gewiß war es besser, sich Zandereis Messer zu stellen, als zu leben, ohne je wieder einen Pinsel führen zu können. Wenn ich nicht mehr malen kann, bin ich nichts! dachte er. Es wäre auf jeden Fall mein Tod.

Aber er rührte sich nicht vom Fleck, und obwohl er vor Erschöpfung und Verzweiflung zitterte und seine eigenen Gründe nicht mehr verstand, wollte er jetzt seines schwer errungenen Sieges nicht entsagen.

»Maler, ich werde Euch Eure Seele geben ...«

»Du kannst mir nur den Tod geben, Fremder. Ich lasse mich von dir nicht hereinlegen!«

»Das brauche ich nicht ...« Die Stimme klang unendlich müde. »Ich brauche Euch bloß eine Frage zu stellen: Habt Ihr schon mal ein Selbstporträt gemalt, aus des Zauberers Sicht?«

Das Schweigen streckte sich zur Ewigkeit, während Lalo zu verstehen suchte. Er spürte ein feines Erzittern des Bodens. Es verriet ihm, daß die Gezeiten zu wechseln begannen. Was meinte Zanderei? Dutzendweise hatte er Selbstporträts gemalt, wenn er niemanden finden konnte, der ihm Modell stand ...

... damals, vor der Zeit, als Enas Yorl ihn gelehrt hatte, die Seele zu malen ...

Ich war beschäftigt, beantwortete er in Gedanken die Frage, und dann gestand er es sich selbst ein: Ich hatte Angst davor.

»Was werdet Ihr auf der Leinwand sehen, wenn

Ihr meinen Tod verursacht habt?« Die Stimme echote seine Furcht.

»Hör auf! Laß mich in Ruhe!« schrie Lalo laut. Er hörte, wie eine tiefe Stimme auf der Straße, in die die Gasse mündete, Befehle brüllte, und sah kurz das Flackern vorbeieilender Laternen, deren Schein im Mondlicht bleich wirkte.

In wenigen Minuten würde das giftige Sumpfwasser durch den unaufhaltsamen Druck der Flut aus seinem Bett getrieben werden und durch die Kanalisation Freistatts zischen, wie aufgescheuchte Schlangen, die sich auf ihr Opfer stürzen. Nur eine kurze Weile noch, dann würde Zanderei tot sein.

Wenn er verschwindet, halten sie vielleicht ihn für den Brandstifter. Und wenn die Aufregung sich gelegt hat, werde ich wieder ungestört malen können! Lalos Hand zuckte, als hielte sie einen Pinsel, doch diese Bewegung löste die Erinnerung an Zandereis Worte in ihm aus.

»Habt Ihr schon mal ein Selbstporträt gemalt?«

Lalo zitterte plötzlich heftig. Vielleicht konnte nicht einmal Enas Yorl den Fluch von ihm nehmen, den dieser Mann seiner Seele auferlegte! Er hörte die nicht ganz regelmäßigen Schritte von Männern, die versuchten, dicht beisammen auf einem holprigen Pflaster zu marschieren. Sie wurden lauter – in wenigen Augenblicken würden sie an der Gassenmündung vorbeimarschieren. Und in wenigen Augenblicken würde auch das Sumpfwasser hier sein.

»Was werdet Ihr auf der Leinwand sehen, wenn Ihr meinen Tod verursacht habt?« quälte ihn die Erinnerung.

Ohne sich seiner Entscheidung bewußt zu sein, rannte Lalo steif zum Schlangenweg.

»He – ihr! Wächter! Er hat sich im Senkloch versteckt! Hier in der Gasse!« Lalo blieb stehen, während sie berieten. Er wußte, daß sie ihn in der nassen Kleidung und unter dem Schmutz nicht erkennen konnten. Drängend winkte er ihnen, ihm zu folgen.

Schon raste er die Gasse zurück, zog mühsam den Riegel aus der Halterung und rannte weiter, bis er sich unter einer Stiege verkriechen konnte. Unter sich spürte er Erschütterungen und hörte das Rauschen und Zischen gewaltiger Wassermassen, gerade als der hölzerne Gullydeckel geöffnet wurde. Und schon war das hohle Brausen von Wasser zu vernehmen, das durch einen schmalen Schacht hochgedrängt wurde.

Etwas Dunkles klammerte sich an den Gullyrand wie eine Ratte, die aus ihrem Loch geschwemmt wird, dann kletterte Zanderei ganz aus dem Schacht, als das Toben des Wassers nachließ. Doch inzwischen umzingelten ihn bereits die Höllenhunde. Lalo hörte Fluchen und einen Schmerzensschrei. Unter den Stimmen vernahm er den weichen Tonfall des kaiserlichen Versorgungsbeauftragten.

»Ah, Ihr seid das also«, sagte die tiefe Stimme Quags. »Nun, wenn wir schon den Maler verloren haben, habenwir zumindest Euch. Mein Lord Prinz wird staunen, welch scharfzähnige Ratten sein Bruder sich hält, um seine Getreidespeicher zu schützen. Marsch, kommt mit!«

Lalo lehnte sich gegen die Stiegenstütze zurück. Es war vorbei. Die Höllenhunde zerrten Zanderei mit sich, so wie sie ihn vor einiger Zeit durch die Nacht geschleppt hatten.

Er würde eine Möglichkeit finden, Coricidius wissen zu lassen, was das Gemälde aufgedeckt und was Zanderei ihm mitgeteilt hatte. Würden sie ihn vor Gericht rufen, um es zu beweisen? Würden sie sich des Attentäters heimlich entledigen? Oder ihn nach Ranke zurückschicken, um sein Versagen einzugestehen? Lalo wunderte sich dumpf, daß es ihn überhaupt nicht mehr interessierte.

Gilla würde ihn mit rauhen Worten empfangen, wenn er heimkehrte, doch dann würden ihre Arme weich und tröstlich sein …

Aber noch blieb er sitzen, denn unter den oberflächlichen Fragen in seinem Kopf regte sich eine weitere, verwirrende: Warum habe ich Zanderei aus dem Schacht gelassen?

Heute hatte er dem Tod gegenübergestanden, um sein Leben gekämpft und die Furcht bezwungen. Er hatte erkannt, daß das Böse auf der Welt nicht auf Freistatt beschränkt war. Wenn ihm all das möglich war, konnte er nicht mehr der Mensch sein, den zu kennen er geglaubt hatte.

Er streckte seine magischen Hände aus, seine Malerhände, daß der Mondschein sie mit Silber überzog, und betrachtete sie, als enthielten sie seine Antwort. Vielleicht stimmte das auch, denn obgleich er über Zanderei gesiegt hatte, hatte dessen letzte Frage ihn doch bezwungen. Und er konnte sie nur beantworten, indem er sich mit dem Pinsel in der Hand einem Spiegel stellte.

Der Mond ruhte sich über den krummen Dächern von seiner Arbeit aus, die Flut anzuziehen. Wie ein Silberspiegel segnete er die finsteren Straßen von Freistatt und den Mann, der mit tränenüberströmtem Gesicht zu ihm hochblickte und in ihm die Pracht der verborgenen Sonne sah.

Walegrin

Stahl

Lynn Abbey

1

Walegrin lauschte angespannt auf die Geräusche, die der Nachtwind mit sich brachte. Sein Überleben hing von seiner Fähigkeit ab, diese nächtlichen Laute zu entwirren – und von der Klinge, die er blank umklammerte. Jemand schlich in der Finsternis an sein kleines Lager heran.

Zwei bunte Enlibarwagen standen unbewacht und auffällig im rötlichen Schein eines niederbrennenden Feuers. Ihre Ladung lag in verlockendem Durcheinander herum. Brocken Aquamarinerzes schimmerten im Mondlicht. Walegrins Umhang bedeckte einen Armvoll Dornenreiser – eine List, die Räuber zu überzeugen, daß er und seine Männer zu müde für Wachsamkeit waren und sie ihren Schlaf scheinbar wichtiger nahmen als ihr Leben.

Sie hatten sich wahrhaftig nur wenig ausruhen können, seit sie die halb eingefallene Mine mit dem kostbaren Erz verlassen hatten, und von den fünfundzwanzig Männern, die Freistatt verlassen hatten, waren nur noch sieben übrig. Aber Walegrin war überzeugt, daß seine sechs Unerschrockenen es mit viermal so vielen Männern aus den Bergen aufnehmen konnten.

Seine Gedanken wurden durch den Warnschrei eines Bergfalken unterbrochen. Malm, dem das Auge eines Hirten für bedrohliche Bewegungen eigen war, hatte den Feind erspäht. Walegrin blieb in seinem

Versteck, bis das Lager von huschenden, dunklen Gestalten überrannt wurde und eine von ihnen, als sie auf einen Umhang einstach, das Splittern von Holz, nicht von Knochen hörte. Da erst führte er mit erhobenem Schwert seine Männer aus den Schatten.

Diese Gesetzlosen waren besser bewaffnet und kühner als alle, mit denen die Soldaten es bisher zu tun gehabt hatten. Doch Walegrin hatte jetzt keine Zeit, darüber nachzudenken. Ohne ihre übliche Überlegenheit über die Kämpfer aus den Bergen wurden seine Männer arg bedrängt. Sein Schwert stahl das Lebensblut von zwei Angreifern, doch dann wurde er selbst verwundet und konnte seinen Gegner nur noch abwehren. Er hatte keine Ahnung, wie es seinen Leuten erging oder wie der Kampf stand. Erneut wurde er einen Schritt zurückgedrängt, und die offene Rückseite eines Wagens preßte sich gegen seine Hüfte. Der Bursche, der auf ihn einhieb, war selbst noch unverletzt. Nun war wohl die Zeit für das letzte Gebet eines Soldaten gekommen.

Der Angreifer fletschte die Zähne und nahm sein Schwert in beide Hände, um zum köpfenden Streich auszuholen. Walegrin wappnete sich, den Schlag mit seinem Schwert abzufangen, das er schräg im unverletzten Arm hielt. Die Waffe entglitt seiner plötzlich tauben Hand, aber sein Hals war unversehrt. Das erschütterte den Räuber nicht. Er lächelte – schließlich war Walegrin jetzt unbewaffnet.

Der Soldat richtete sich auf, um dem Tod mutig ins Auge zu blicken. Doch da stützten seine bleiernen Finger sich auf etwas, das vergessen im Wagen liegengeblieben war: das alte Enlibarschwert, das sie im Staub der Mine gefunden hatten. Der silbergrüne Stahl wies nicht den geringsten Rost auf, doch niemand hätte seine gewohnte, rankanische Klinge gegen eine austauschen wollten, die fünfhundert Jahre vor seiner Geburt geschmiedet war – bis jetzt. Mit Kampfgebrüll schwang Walegrin das uralte Schwert.

Blaugrüne Funken sprühten, als die Klingen sich trafen. Das Klirren des Enlibarmetalls erhob sich über alle anderen Kampfgeräusche. Des Räubers Klinge zerbrach, und mit einem Streich, der dem Reflex der Erfahrung zu verdanken war, nicht der Überlegung, trennte Walegrin dem Gegner den Kopf von den Schultern.

Der sagenhafte Stahl von Enlibar!

Diese Erkenntnis überwältigte ihn. Er hörte weder, wie die Angreifer die Flucht ergriffen, noch sah er, daß seine Leute sich um ihn scharten.

Der Stahl von Enlibar!

Drei Jahre verzweifelter, oft gefährlicher Suche hatten ihn zu der Mine geführt. Sie hatten zwei Wagen mit dem kostbaren Erz beladen und es mit ihrem Leben verteidigt. Aber Walegrin hatte nicht wirklich geglaubt, daß er den echten Stahl gefunden hatte: einen Stahl, der andere Klingen zerschmettern konnte; ein Stahl, der ihm Ruhm und Ehre bringen würde.

Er fand sein Militärschwert im Staub zu seinen Füßen und streckte es seinem Unterführer entgegen.

»Nimm es«, befahl er, »und schlag nach mir!«

Thrusher zögerte, dann hieb er halbherzig zu.

»Nein! Schlag richtig!« brüllte Walegrin mit erhobener Enlibarklinge.

Mit dem gleichen nachklingenden Klirren wie zuvor, traf Metall auf Metall. Das Kurzschwert brach nicht, bekam jedoch eine tiefe Kerbe in der Schneide, die nicht mehr auszuwetzen sein würde. Walegrin strich fast zärtlich über den makellosen Enlibarstahl und stieß einen Jubelschrei aus.

»Rankes Geschick liegt in unseren Händen!« rief er begeistert.

Seine Männer blickten einander an, dann lächelten sie, ohne seine Begeisterung teilen zu können. Sie glaubten an ihren Hauptmann, hielten jedoch nicht allzuviel von seiner besessenen Suche. Und nun waren sie nicht übermäßig erfreut, ihren sonst so mürrischen Offizier eines alten Schwertes wegen so verwandelt zu sehen – so gut die Klinge auch sein mochte und obwohl sie ihm das Leben gerettet hatte. Walegrins Begeisterung hielt allerdings nicht lange an.

Sie fanden Malms Leiche zwanzig Schritte vom Feuer entfernt, mit einer tiefen Wunde am Hals. Walegrin schloß seinem Freund die Augen und empfahl ihn seinen Göttern – nicht Walegrins Götter, denn er erkannte keine Götter an. Malm war ihr einziger Gefallener, aber ein unersetzlicher Verlust.

In grimmigem Schweigen verließ Walegrin Malm und kehrte zu der kopflosen Leiche beim Wagen zurück, um sie zu durchsuchen. An ihrem Gürtel hing ein Beutel, prall mit Goldmünzen, ganz frisch erst in der rankanischen Hauptstadt geprägt. Walegrin dachte an die Briefe, die er seinem reichen Gönner in der Reichshierarchie geschickt hatte und auf die er keine Antwort bekommen hatte. Wütend und mißtrauisch riß er dem Toten die Kleidung vom Leib, bis er fand, was er vermutet hatte: ein fettiges Stück Pergament mit dem vertrauten Siegel seines vermeintlichen Gönners. Während seine Männer schliefen, las er dieses verräterische Schreiben, bis es sich ihm unauslöschlich eingeprägt hatte.

Fast von Anfang an hatte ihm Kilites Gold seine

Suche überhaupt erst ermöglicht. Der ehrgeizige Edle hatte gesagt, daß der Enlibarstahl, falls er gefunden werden konnte, rasche, endlose Siege ermöglichen würde – und raschen, endlosen Reichtum jenem brächte, der die Legende zur Wirklichkeit machte. Walegrin hatte den kaiserlichen Ratgeber pflichtbewußt über jeden seiner Schritte auf dem laufenden gehalten und ihm natürlich auch sofort von seinem Erfolg berichtet. Fluchend warf er den Pergamentfetzen ins Feuer. Er hatte Kilite seinen genauen Weg von Enlibar nach Ranke angegeben!

Er hätte es eigentlich schon wissen müssen, nachdem sein erster Mann getötet worden war – oder spätestens nach dem zweiten. Die Bergstämme waren auf dem Hinweg durchaus friedlich gewesen, und sie konnten mit dem Erz ja auch nichts anfangen. Er zählte das Gold des Toten in seinen eigenen Beutel und rechnete aus, wie weit er und seine Männer damit wohl kämen.

Aber die Dinge hätten schlimmer kommen können. Kilite mochte es zwar gelungen sein, die Bergsöhne zu bestechen, aber es war unwahrscheinlich, daß er die verlassene Mine finden würde. Dieses Geheimnis hatte Walgrin dem Papier nicht anvertraut. Und Kilite hatte nicht gewußt, daß sein Ziel nicht die Hauptstadt, sondern Freistatt war. Auch hatte er Kilite den Namen des häßlichen kleinen Metallkünstlers in den dortigen Hintergassen nicht genannt, der aus dem Erz den feinsten Stahl schmieden konnte.

»Wir werden es schaffen!« erklärte er in der Dunkelheit, ohne zu bemerken, daß Thrusher herangekommen war und sich neben ihn gesetzt hatte.

»Was werden wir schaffen?« fragte der kleine

Mann. »Wir können es doch jetzt nicht mehr wagen, in die Hauptstadt zu reisen, oder?«

»Von nun an geht es zurück nach Freistatt!«

Thrusher konnte seine Verwunderung kaum verbergen. Daß Walegrin einen regelrechten Abscheu vor seiner Geburtsstadt empfand, war wohlbekannt. Nicht einmal seine eigenen Männer hätten vermutet, daß sie je wieder dort hinkommen würden. »Nun, ich nehme an, in Freistatts Gosse kann man sich geradezu vor allem und jedem verstecken«, sagte Thrusher, weil ihm nichts anderes einfiel.

»Nicht nur verstecken, auch unseren Stahl können wir dort bekommen. Wir werden am Morgen gleich nach Süden aufbrechen.«

»Durch die Wüste?«

»Dort wird uns niemand auflauern.«

Nachdem er seine Befehle erteilt hatte, von denen er sicher sein konnte, daß sie ausgeführt wurden, stapfte Walegrin durch die Dunkelheit. Er war schlaflose Nächte gewöhnt, ja er zog sie sogar dem alptraumgequälten Schalf vor. Und nun, da die Gedanken an Freistatt ihn so sehr beschäftigten, wäre der Schlaf ihm ohnehin unerwünscht.

Thrusher hatte recht – in Freistatt konnte man sich verstecken. Walegrins Vater hatte es getan, aber das hatte auch nichts besser gemacht. Er hatte sein Leben schmachvoll in einer Stadt beendet, die fast alles zuließ, verstümmelt und verflucht von den S'danzo des Basars. Es war seines Vaters Tod und die Erinnerung an den Fluch, der Walegrins Nächte mit Alpträumen heimsuchte.

Im Grunde genommen war es gar nicht sein Fluch, sondern der seines Vaters. Sein alter Herr war ständig mit irgendwelchen Weibern herumgezogen. Rezzel war lediglich die letzte einer langen Reihe von

Frauen während Walegrins Kindheit gewesen – eine S'danzo-Schönheit, wild selbst nach ihren Zigeunermaßstäben. Ihre eigenen Leute hatten ihren gewaltsamen Tod vorausgesehen, als sie sie verließ, um vier Jahre in der Freistätter Garnison zu leben, wo Walegrins heftiges Wesen dem ihrem in nichts nachstand.

Dann besoff sein Vater sich eines Nachts, und seine Eifersucht wurde noch schlimmer, als sie ohnedies üblicherweise war. Man fand Rezzel, oder vielmehr das, was von ihr übriggeblieben war, unter den Tierkadavern außerhalb des Schlachthauses. Die S'danzo holten sich zurück, was sie verstoßen hatten, und schlichen sich in finsterster Nacht in die Garnison. Sieben vermummte, messerstechende S'danzo zerstückelten seinen Vater bei lebendigem Leibe und besiegelten ihre Flüche mit seinem Blut. Zwei Kinder hatten sie vorgefunden – Walegrin und Rezzels Tochter Illyra –, die sich in die Ecke verkrochen hatten. Die S'danzo hatten auch sie mit Flüchen bedacht und mit Blut gezeichnet.

Er war noch in derselben Nacht, lange vor Morgengrauen, davongerannt – und er rannte immer noch. Jetzt rannte er zurück nach Freistatt.

2

Walegrin tätschelte sein Pferd und achtete nicht auf die ständige Staubwolke um sie herum, die von den Hufen stets aufs neue aufgewirbelt wurde. Jeder und alles war mit einer feinen Schicht Wüstensand überzogen, nur sein Haar schien davon nicht betroffen zu sein, aber es war ja auch so schon von der Farbe sonnengedörrten Strohs. Er hatte seine Männer sicher durch die Wüste nach Freistatt geführt.

Doch nun hüllte Müdigkeit sie ein wie der Staub, und obgleich das Ende ihrer Reise in Sicht war, warteten sie stumm auf Thrushers Rückkehr.

Walegrin hatte nicht gewagt, die Stadt selbst zu betreten. So wie er war, groß und bleich, trotz der Wüstensonne, das geflochtene Haar mit einem Bronzereifen gebändigt, würden zu viele ihn wiedererkennen, und deshalb war er als Kundschafter ungeeignet. Außerdem galt er als Gesetzloser; er wurde wegen Fahnenflucht vom Prinzen gesucht, da er die Garnison ohne Erlaubnis verlassen hatte.* Zwar hatte er Kilites Begnadigung – das Pergament bewahrte er sorgfältig zusammengerollt im Sattelbeutel auf –, doch falls er sie benutzte, würde Kilite schon nach kurzer Zeit erfahren, daß er noch lebte. Da war es schon besser, ein Gesetzloser zu bleiben.

Thrusher dagegen, mit seiner fast zierlichen Gestalt und der Hakennase, wirkte so unauffällig, daß sich bestimmt niemand an ihn erinnern würde. Bei seiner Klugheit, Geschicklichkeit und Entschlossenheit würde er sich nicht in Gefahr begeben und sich auch nicht von den ohnehin nicht gerade aufregenden Verlockungen der Stadt in Versuchung führen lassen.

Bis zum Einbruch der Nacht würde Walegrin ein Dach über den Köpfen seiner Männer haben und mehr Wasser, als sie trinken konnten. Wein ebenfalls, dachte Walegrin. Er selbst hatte schon fast vergessen, wie Wein schmeckte.

Als die Schatten länger wurden, tauchte Thrusher auf einem Dünenkamm auf. Walegrin winkte ihm zu, daß alles in Ordnung sei. Der kleine Leutnant gab seinem Pferd die Fersen und galoppierte das letzte

* siehe »FRÜCHTE VON ENLIBAR« von Lynn Abbey in *Zum Wilden Einhorn*, Bastei-Lübbe 20093

Stück durch Sand. Sowohl Mensch wie Tier waren von den gelben Sandkörnchen befreit. Wie sehr Walegrin ihn darum beneidete!

»Ho, Thrusher!« rief ihm einer der Männer entgegen. »Können wir heute nacht in der Stadt schlafen?«

»Mit vollem Bauch und einer hübschen Dirne«, entgegnete Thrusher lachend.

»Bei den Göttern, ich dachte, wir reiten nach Freistatt, nicht ins Paradies.«

»Fast ein Paradies, wenn man nicht zu wählerisch ist«, versicherte Thrusher ihnen allen. Er saß ab und ging zu Walegrin hinüber.

»Du scheinst mir ja recht zufrieden zu sein. Hat sich in der Stadt denn soviel geändert, seit wir weggeritten sind?« fragte ihn Walegrin.

»Ja, allerdings. Man könnte meinen, die Nisibisi seien auf dem Weg hierher. Es gibt in Freistatt jetzt mehr Söldner als in Ranke. Wir werden überhaupt nicht auffallen. Das gemeine Volk fürchtet sich, seine Löcher zu verlassen – und wenn man sein Schwert zu benutzen versteht, gibt es viele, die bereit sind, einen anzuheuern. Mit Kittycats Gold ist es nun schon seit einigen Monaten nicht mehr zum besten bestellt. Er muß sich auf eine Bürgerwehr verlassen, denn mit den nachlässigen Höllenhunden ist es nicht mehr getan. Winder sind es – allesamt eingebildet und ...«

»Was sind es für Söldner?« unterbrach Walegrin ihn.

»Von den Heiligen Trupps«, gestand Thrusher sichtlich widerstrebend.

»Vashankas Bastarde! Wie viele? Und wer führt sie – wenn sie überhaupt von einem Menschen geführt werden?«

»Ich kann schlecht sagen, wie viele. Sie haben ihr

Lager bei Abwind. Die Trupper sind schlimmer als Hunde, und eine Handvoll von ihnen ist ärger als die Pest. Einige meinen, sie gehören zum Prinzen, jetzt, da ihr Priester tot ist.*

Die meisten glauben jedoch, daß Tempus dahintersteckt. Sie bilden sich für den Kampf gegen die Nisibisi aus, aber Tempus baut eine neue Festung bei Abwind.«

Walegrin blickte zur Seite. Er hatte nichts gegen Tempus Thales. Gewiß, er neigte zu Hochmut und Grausamkeit und war niederträchtig, aber er bewegte sich in höchsten Kreisen, unter Leuten mit Macht, und deshalb bewunderte ihn Walegrin. Wie alle anderen hatte auch er die Gerüchte über Tempus' Fähigkeit der Selbstheilung** gehört und auch, daß er eine Art Halbgott sein sollte. Doch er zog es vor, ihnen nicht zu glauben. Aber würde Tempus auf die Suche nach Enlibarstahl gehen, so gäbe es niemanden, der es wagen würde, sich ihm in den Weg zu stellen.

»Sie nennen sich Stiefsöhne – oder so ähnlich«, fuhr Thrusher fort. »Und sie sind alle auf Jubals Anwesen. Jubal wurde seit Monaten nicht mehr gesehen. Auch Falkenmasken sieht man nicht mehr auf den Straßen, außer denen, die man da und dort an Pfosten oder eine Wand genagelt findet.«

»Heilige Trupps! Stiefsöhne! Hurensöhne!« Walegrin teilte die Abneigung und das Vorurteil der meisten in der kaiserlichen Armee gegenüber irgendwelchen einzelnen Elitetruppen. Freistatt galt schon als

* siehe »EIN MENSCH UND SEIN GOTT« von Janet Morris in *Die Götter von Freistatt,* Bastei-Lübbe 20098

** siehe »DER VIVISEZIERER« von Andrew Offutt in *Die Götter von Freistatt,* Bastei-Lübbe 20098

Ende der Welt, solange man sich erinnern konnte. Kein vernünftiger rankanischer Bürger hielt sich dort aus freiem Willen auf. Es war kein gutes Zeichen, wenn Freistatt nun nicht nur zum Zuhause für Tempus geworden war, sondern auch noch für die Angehörigen eines Heiligen Trupps. Das Reich befand sich offenbar in einer schlimmeren Verfassung, als irgend jemand glaubte.

Was jedoch schlecht für Freistatt und ganz Ranke war, mußte nicht unbedingt schlecht für die Wiederentdeckung von Enlibarstahl sein. Mit etwas Glück würde Walegrin gute Männer in der Stadt finden oder gutes Gold oder wenigstens genügend Hektik, in der er sich verbergen konnte. Aber wann immer Walegrin an Glück dachte, mußte er an die S'danzo denken. Sie hatten ihm Pech gewünscht. Wenn er einmal doch Glück hatte, so hätte es besseres sein können, und wenn er Pech hatte, zog er vor, nicht darüber zu sprechen.

»Was ist mit dem Haus, nach dem du dich erkundigen solltest?« frage Walegrin, als eine kurze Stille eintrat.

Der Kundschafter war erleichtert, von etwas anderem sprechen zu dürfen. »Keinerlei Schwierigkeiten – es lag nicht versteckt, obwohl niemand viel davon wußte. Dicht bei der Straße der Waffenschmiede, genau wie du sagtest. Dieser Metallmeister Balustrus muß schon ein komischer Mensch sein. Alle hielten ihn für tot, bis Fackel ...« Thrusher hielt abrupt inne und schlug sich auf die Stirn.

»Ihr Götter, was bin ich für ein Dummkopf! *Nichts* ist mehr so wie früher in Freistatt. Die *Götter* haben es festgestellt. Vashankas Name wurde unter den anderen aus dem Pantheon über dem Palasttor weggebrannt! Der Sturmgott des Heiligen Trupps ist dahin.

Der Stein dampfte und rauchte einen ganzen Tag und eine Nacht. Der Gott erschien höchstpersönlich am Himmel – und Azyuna ebenfalls!«

»Winder? Zauberer? Hatten die Hurensöhne etwas damit zu tun?« fragte Walegrin, unterbrach Thrusher dabei aber nicht bei seinem Klatsch über die Götter.

»Fackelhalter kam fast ums Leben. Einige munkeln, die Hauptgemahlin habe einen neuen Gott geboren, und der Krieg des Kataklysmus habe begonnen. In der Öffentlichkeit geben die Priester den Nisibisi an allem die Schuld – sagen jedoch nicht, weshalb die Nisibisi einen Krieg mit magischen Mitteln in Freistatt führen sollten. Die Winder behaupten, Ils-mit-den-tausend-Augen erwache. Und die Zauberer sagen herzlich wenig, denn die Hälfte ist tot, und der Rest hat sich verkrochen. Die einheimischen Unheilspropheten verdienen sich ein Vermögen.

Aber unser Prinz Kittycat, mögen die Götter seinen leeren Kopf segnen, hatte einen Einfall. Er stellte sich auf seinen Balkon und erklärte der Öffentlichkeit, daß Vashanka erzürnt sei, weil man seiner Gemahlin und ihrem Kind nicht mit der nötigen Achtung begegne; und er seinen eigenen Namen vom Pantheon gelöscht habe, weil er nichts mehr mit der Stadt zu tun haben wolle. Dann erlegte Kittycat eine neue Schenkensteuer auf – ein Kupferstück pro Krug –, als Opfer für Vashanka. Freistatt wird sich durch eine neue Glocke für ihn entschuldigen!«

Walegrin versetzte sich in die Lage von Freistatts arglosem, etwas unbeholfenem Statthalter. Im Grunde genommen war sein Einfall gar nicht so dumm. Er war viel besser, als die Zauberergilde ins Spiel zu bringen oder die Winder herauszufordern, damit sie über die zahlenmäßig unterlegenen Rankaner herfielen. Das war eben Kittycats Problem: Seine

Einfälle und Vorstellungen waren nicht schlecht, aber er war nun einmal nicht der Mann, auf den die Leute hörten, ohne sich über ihn lustig zu machen.

Da kam Walegrin ein neuer Gedanke. Der Prinz hatte sich an Balustrus, den Metallmeister, gewandt, um die Glocke für Vashanka zu gießen. Nun würde er, Walegrin, sich an Balustrus wenden, damit er Enlibarstahl herstelle – für den Prinzen, vielleicht, aber nicht für Vashanka. So mochte er doch noch sein Glück machen – das vielleicht stärker war als der S'danzofluch. Er sah sich schon Seite an Seite mit dem Prinzen, und gemeinsam konnten sie eine unschlagbare Macht sein.

»Hast du diese Glocke des Metallmeisters gesehen? Ist sie geeignet?« fragte er Thrusher.

»Wofür?« entgegnete Thrusher, der Walegrins Gedankengang verständlicherweise nicht gefolgt war.

3

Das erste Licht des neuen Morgens durchdrang die Schatten und ließ die Nachtlichter nach Hause eilen. Es war still auf den Straßen von Freistatt. Scharen von Seevögeln schwärmten lautlos über der Stadt oder stoben plötzlich davon, als sich ein Fenster nach dem anderen öffnete und die Nachttöpfe auf die Straßen geleert wurden. Ein beladener Mönch mit tief ins Gesicht gezogener Kapuze kletterte aus einem Obergeschoßfenster eines Gasthofs und verschwand durch eine noch dunkle Gasse. Der kurze Augenblick beschaulichen Zaubers verschwand; der Tag hatte begonnen.

Die Werkstatt des Metallmeisters Balustrus war die

erste im Waffenschmiedviertel, in der sich etwas regte. Eine junge Frau öffnete die obere Hälfte einer Haustür und plagte sich, einen riesigen, schmutzigbraunen Abfalleimer auf die Schulter zu heben. Sie erstarrte und hätte den übelriechenden Kübel fast fallengelassen, als ein Mann aus der Düsternis trat. Er trug eine Mönchskutte, doch die Kapuze war ihm vom Kopf gerutscht. Ein Kriegerreifen hielt sein strohblondes Haar aus der Stirn.

Walegrin hatte sich drei Tage ausgeruht und längst den Wüstenstaub vom Gesicht gewaschen, trotzdem war er immer noch eine beeindruckende Figur, die einem leicht Furcht einflößen konnte. Die Frau japste unwillkürlich, als er ihr den Eimer abnahm und ein Stück forttrug, ehe er ihn ausleerte. Dann kehrte er zur Tür zurück, und nun stand der Metallmeister selbst dort.

»Walegrin, nicht wahr?«

Wenn der junge Soldat furchteinflößend war, so wirkte Balustrus zweifellos dämonisch. Seine Haut war von der Farbe fleckiger Bronze – nicht braun, nicht gold, nicht grün – ja scheinbar nicht einmal menschlich. Sie war schrumpelig wie Dörrobst, glänzte jedoch wie Metall. Er war haarlos, und seine Züge verloren sich in der faltigen Haut. Wenn er lächelte – als er Walegrin ansah –, verschwanden seine Augen beinahe.

Walegrin schluckte schwer. »Ich komme mit einem Auftrag zu Euch.«

»So früh?« tadelte der bronzene Mann. »Aber da Ihr schon einmal da seid, tretet ein. Ein Soldat in Mönchskutte ist auch zum Frühstück eingeladen.« Er humpelte von der Tür zurück.

Walegrin hob seinen abgestellten Sack auf und folgte Balustrus in die Werkstatt. Eine einsame Öllampe über einem Tisch warf flackernde Schatten auf das Gesicht des Metallmeisters. Er lehnte seine eisernen Krücken an die Wand hinter dem Tisch und schien nun regelrecht zu schweben. Walegrins Augen paßten sich dem gedämpfteren Licht an. Er sah die an die Wand geheftete Preisliste und Muster aus Bronze, Eisen, Zinn und Stahl. Nun sah er auch den sattelähnlichen Sitz, in dem der Metallmeister thronte. Trotzdem blieb sein erster Eindruck dieses ihm unheimlichen Ortes, und er hätte ihn am liebsten verlassen.

»Sagt mir, was Ihr in Eurem Sack habt und weshalb es mich interessieren sollte«, forderte Balustrus ihn auf.

Walegrin zwang sich, ihn nicht anzustarren, sondern den Sack auf die Tischplatte zu heben. »Ich habe das Geheimnis des Stahls von Enlibar gefunden ...«

Der Bronzemann schüttelte sich vor Lachen. »Welches Geheimnis? Es gibt kein Geheimnis des Enlibarstahls, mein Junge. Jeder Narr kann Enlibarstahl herstellen – wenn er Enlibarerz hat und etwas von ilsiger Alchimie versteht.«

Walegrin öffnete die Sackverschnürung und leerte das blaugrüne Erz auf den Tisch. Balustrus hörte zu lachen auf. Aufgeregt griff er nach einem Erzklumpen und unterzog ihn einer Untersuchung, bei der er ihn nicht nur mit einem kleinen Holzhammer abkopfte, sondern ihn auch mit der Zungenspitze beleckte.

»Ja!« Der greise Metallmeister gurrte schier. »Das ist es! Erhitzt und gehämmert und gehärtet wird es zu *Stahl!* Seit der letzte Alchimist von Ilsig zur Ruhe gebettet wurde, gab es keinen Stahl mehr wie den, den ich machen werde!«

Was immer Balustrus sonst sein mochte, wahnsinnig war er bestimmt. Walegrin hatte seinen Namen zum erstenmal in der Bibliothek von Coombs erfahren, aus der auch die enlibrische Tonscherbe stammte. Illyra hatte sie ihm gedeutet. Kemren, der Purpurmagier, der die Inschrift für ihn hätte lesen sollen, und Balustrus, der den Stahl herzustellen vermochte, lebten beide in Freistatt. Kemren allerdings war bereits tot gewesen, als Walegrin in der Stadt anlangte, Balustrus glücklicherweise nicht.

Man erzählte sich, daß der Metallmeister schon wahnsinnig gewesen war, als er sich in der Stadt niederließ, und in Freistatt war noch niemand besser geworden. Er behauptete, alles über jede Art von Metall zu wissen, aber er verdiente sich seinen Unterhalt damit, Rüstungen zu flicken und gestohlenes Gold zu schmelzen und neu zu gießen.

»Ich habe noch weitere zehn Säcke voll«, erklärte Walegrin und nahm Balustrus den Erzklumpen aus der Hand. »Ich möchte Schwerter für meine Männer und mich. Ich habe nicht viel Gold und noch weniger Freunde, aber ich gebe Euch ein Viertel meines Erzes, wenn Ihr die Schwerter für uns schmiedet.« Er machte sich daran, das Erz in den Sack zurückzutun.

»Es wird mir eine Ehre sein«, versicherte ihm der Krüppel und berührte die Steine ein letztesmal, ehe sie im Sack verschwanden. »Wenn Ihr die Schwerter habt, vielleicht verratet Ihr mir dann, wo Ihr das Erz gefunden habt. Zumindest jedoch könnt Ihr Euren Freunden, welche es auch immer sein mögen, erzählen, daß es der Graue Wolf war, der ihre Waffen schmiedete.«

»Ihr braucht nicht zu wissen, wo die Mine ist«, entgegnete Walegrin fest und blickte dabei durchdringend auf Balustrus' Beine. »Ihr selbst könntet ohnehin nicht dorthin. Ihr müßtet andere hinschicken, und dadurch würde mein Geheimnis verbreitet. Es wissen sowieso schon zu viele davon.« Der Sack polterte auf den Boden. »Wann kann ich meine Schwerter bekommen?«

Der Metallmeister zuckte die Schulter. »Das ist nicht, als gäbe man bei einem Schneider ein Gewand in Auftrag, mein Junge. Die Formel ist uralt, das Erz neu. Es wird seine Zeit brauchen. Ich muß es sorgfältig schmelzen und hämmern und härten. Das mag Jahre dauern.«

Walegrins blaue Augen flammten grimmig auf. »Es wird keine Jahre dauern! Im Norden herrscht Krieg. Der Kaiser ruft bereits nach Männern für seine Legionen. Ich werde meine Schwerter bis zum Ende dieses Sommers haben, wenn Euch Euer Leben lieb ist.«

»Ich wurde schon öfter von Fachleuten bedroht«, sagte der Metallmeister mit bitterer Ironie. »Ihr werdet Eure Schwerter bekommen, mein Junge, sobald ich sie fertig habe.«

Der blonde Soldat hatte eine Antwort bereit, hielt sie jedoch zurück, als Lärm auf der Straße laut wurde und jemand heftig an die verschlossene Tür hämmerte.

»Macht auf! Macht auf in des Prinzen Namen! Öffnet die Tür, Kaufmann!«

Walegrin griff nach seinem Sack. Er schaute sich in der Werkstatt um, und erst jetzt wurde ihm bewußt, daß es hier kein Versteck gab.

»Ihr seht aus, als hättet Ihr ein Gespenst erblickt, Junge. Wenn Ihr vom Beauftragten des Prinzen nicht gesehen werden wollt, dann geht ganz einfach hinter den Vorhang. Nehmt Euer Erz mit. Ich brauche nur einen Augenblick für diese Narren.«

Walegrin, der kein vernünftiges Wort mehr aus seiner wie zugeschnürten Kehle hervorbrachte, nickte.

Ohne den Sack zu vergessen, drückte er sich hinter den Vorhang und auf einen dunklen Gang. Er konnte in die Werkstatt sehen und hoffte nur, daß das nicht auch umgekehrt der Fall war.

Balustrus plagte sich mit den schweren Riegeln. Er war gerade soweit, sie zu öffnen, als der Beauftragte des Prinzen drohte, sie einzubrechen. Drei Männer eilten sofort an ihm vorbei: zwei kräftige Schläger in schmutzigen Lumpen und der dritte in einfachem Gewand.

»Balustrus? Metallmeister?« fragte dieser dritte.

Der Mann mochte zwar einfach gewandet sein, aber er war gewiß kein einfacher Mann. Sobald Walegrins Mißtrauen geweckt war, fielen ihm weitere Unstimmigkeiten auf: sauberes, frisch gelocktes Haar, feine Stiefel mit Goldschnallen, Hände, die nie wirklich dreckig gewesen waren.

Unerklärliche Furcht erfaßte ihn. Er brauchte gar nicht zu überlegen, weshalb ein rankanischer Edler, denn das war der Besucher zweifellos, den Metallmeister in einer solchen Tarnung aufsuchte – er wußte es. Der S'danzofluch und seine falschen Freunde in Ranke hatten sich gefunden. Bei Sonnenuntergang würde er hilflos auf der Streckbank eines Foltermeisters zerquält daliegen. Sie würden seine Geheimnisse erfahren, seinen Stahl bekommen und, wenn er Glück hatte, auch sein Leben.

»... ist ohne den geringsten Riß gekühlt«, sagte Balustrus gerade, als Walegrin seine Furcht wieder soweit in der Gewalt hatte, daß er wieder lauschen konnte.

»Meine Männer werden sie heute nachmittag abholen«, sagte der Lord und stützte den Unterarm auf den Tisch, wo Walegrin seinen Sack ausgeleert hatte.

»Wie Ihr wollt, Hierarch Fackelhalter. Ich werde meine Gesellen anweisen, sie aufzuladen. Ihr werdet aber einen sehr festen Wagen brauchen, mein Lord. Sie ist so schwer wie der Gott selbst.«

Beide Männer lachten laut. Plötzlich richtete der Hohepriester Vashankas sich auf und rieb sich sichtlich verärgert den Arm. Etwas Winziges fiel auf den Boden. Walegrin stieß es bitter auf, als der Rankaner sich danach bückte und sowohl es wie seinen Arm betrachtete.

»Es hat mir die Haut aufgeschnitten«, erklärte er.

»Abfallsplitter«, sagte der Metallmeister und nahm den Splitter aus der Hand des Priesters.

»Ziemlich scharf. Wir sollten so etwas an unsere Schwertschneiden schmieden.« Fackelhalter lachte und griff wieder nach dem Splitter, der ihn verletzt hatte. »Hm, auch kein Glas ... Arbeitet Ihr an etwas Neuem?«

»Nein ...«

Walegrin konnte den Rest von Balustrus' Antwort nicht hören. Sein furchtbenommener Verstand hatte den Lord und seinen Namen endlich richtig eingereiht. Es war die Fackel persönlich, der Kriegsgott-Priester. Als ob es nicht schon genügte, die kaiserliche Hierarchie hinter sich herschnüffeln zu haben! Nun war da auch noch der Kriegsgott – und die Heiligen Trupps?

Walegrin war von den Hüften abwärts wie gelähmt. Er konnte weder näher an den Vorhang heranschleichen noch davonlaufen. Die verdammten S'danzo und ihr Fluch! Sein verdammter Vater! Warum hatte er Rezzel bloß umbringen müssen und sich dadurch den übernatürlichen Fluch zugezogen?

Aber Molin Fackelhalter lachte jetzt, reichte dem Metallmeister einen kleinen prallen Münzbeutel und sagte einen flüchtigen Segen für seine Arbeit. Walegrin, dessen Gedanken in seiner Panik immer schneller als sein nüchterner Verstand waren, wußte, daß er verkauft war.

Als der Priester mit seiner Leibwache aus der Tür war, stellte Walegrin sich vor den verschrumpelten, lächelnden Balustrus.

»Hat es sich gelohnt?« fragte er scharf.

»Der Palast hat das beste Gold in der Stadt. Einiges davon ist wirklich in Ranke geprägt und seither nicht schon dreimal eingeschmolzen und mit Blei oder Zinn vermischt worden.« Balustrus blickte vom Zählen hoch und studierte Walegrins Gesicht. »Also, Sohn, was immer Ihr auch getan habt, daß Ranke hinter Euch her ist, Ihr braucht nicht zu glauben, daß ich auf ihrer Seite bin. Eure Geheimnisse sind bei mir vor Ranke sicher.«

Walegrin versuchte zu lachen, aber es gelang ihm nicht. »Und ich soll glauben, daß Fackel höchstpersönlich ganz zufällig hier hereinspaziert – und daß er sich ganz zufällig mit einem Erzsplitter sticht – und daß er Euch zufällig eine Doppelhand voll Gold gibt?«

»Walegrin! Walegrin!« Balustrus schwang sich auf seinem Sitz herum und wollte sich dem zornigen Soldaten nähern, doch Walegrin wich ihm mit Leichtigkeit aus. »Molin Fackelhalter hat mir lediglich bezahlt, was er mir schuldet – für die Herstellung von Vashankas Glocke. Es mag Euch vielleicht seltsam erscheinen, daß ein Mann wie er deshalb selbst hierherkommt – aber der Hierarch hatte von Anfang an ein persönliches Interesse an dieser Arbeit. Das kann Euch jeder in der Stadt bestätigen. Außerdem, wußte ich vielleicht, daß Ihr heute morgen hierherkommen würdet? Oder ahnte ich etwa, daß ich heute enlibrisches Erz in den Händen halten dürfte? Nein!

Nun, ich nehme an, Ihr werdet das glauben, was Ihr wollt, aber es war tatsächlich alles reiner Zufall. Und Fackelhalter hat keineswegs Verdacht geschöpft, denn hätte er das, dann wäre er noch hier, das könnt Ihr mir glauben. Und seid versichert, ich kenne ihn und den Rest besser, als Ihr Euch vorstellen könnt!«

Es war nicht das erste Mal, daß Balustrus andeutete, mehr zu wissen, als er durchblicken ließ. Doch das trug nicht gerade zu Walegrins Beruhigung bei. Kilite hatte häufig genau das gleiche getan – und Kilite hatte ihn schließlich betrogen. »Also, Metallmeister, wann kann ich meine Schwerter bekommen?« fragte er mit etwas ruhigerer Stimme.

»Das weiß ich wirklich nicht, Junge. Die Glocke ist fertig. Andere Aufträge habe ich für meine Gießerei im Augenblick nicht. Ich kann demnach mit Eurem Erz anfangen, sobald der Priester seine Glocke abgeholt hat. Aber, Walegrin, selbst wenn ich sofort über die richtigen Temperaturen stolpere, wird die Arbeit ihre Zeit brauchen. Ich habe nur zwei Gesellen, die mir helfen können. Wie gesagt, ich bin damit einverstanden, als Bezahlung Erz zu nehmen – aber mit ungeschmiedeten Schwertern kann ich keine Gehilfen anstellen. Außerdem kann ich mir nicht vorstellen, daß es Euch gefallen würde, heuerte ich Tagelöhner aus den Schenken an.«

Walegrin schüttelte den Kopf. Er hatte sich etwas beruhigt, schon deshalb, weil sein Körper die Anspannung nicht viel länger durchgehalten hätte. Er war erschöpft und wußte, daß seine Hände zittern würden, bewegte er sie. Was Balustrus sagte, stimmte natürlich, aber … Er machte eine Pause, und ein wenig seines Selbstvertrauens kehrte zurück. »Ich habe fünf Männer, gute Männer, bestimmt besser als Tagelöhner. Sie würden nur untätig herumsitzen, bis die Schwerter fertig sind. Sie sollen für Euch arbeiten.«

Nun war es der Metallmeister, der zögerte. »Ich werde sie nicht bezahlen«, erklärte er. »Aber ich kann sie in den Nebengebäuden der Gießerei unterbringen. Und Dunsha wird für sie mitkochen.« Er setzte sich wieder auf seinen Sitz und lächelte. »Na, was haltet Ihr davon, Sohn?«

Walegrin wand sich innerlich, nicht wegen des Angebots, das genau dem entsprach, was er sich erhofft hatte, sondern weil Balustrus ihn als Freund und Vertrauten behandelte. Sicher, der Schmied hatte nicht in Freistatt gewohnt, als Walegrin noch ein Junge war. Er hatte Walegrins Vater nicht gekannt und konnte schließlich nicht wissen, daß Walgrin niemandem erlaubte, ihn »Sohn« zu nennen. Also beherrschte er sich und nickte lediglich bestätigend.

»Ich gebe Euch noch einen Rat – da Ihr Euch ohnedies bereits in meiner Schuld befindet. Von Euch geht eine Ausstrahlung von Haß und Furcht aus, die Schwierigkeiten geradezu wie ein Magnet anzieht. Ihr denkt immer gleich das Schlimmste, und Ihr denkt es zu schnell. Ihr werdet weder Euch selbst noch Euren Männern einen Gefallen tun, wenn Ihr nordwärts zieht. Hört mir nun gut zu: Der Heilige Trupp der Stiefsöhne, und die Höllenhunde vermutlich ebenfalls, werden nordwärts ziehen *müssen* – und dann wird niemand mit Macht und Befähigung mehr hier sein. Jubal ist verschwunden, das wißt Ihr doch, nicht wahr?«

Walegrin nickte. Gerüchte vom nächtlichen Überfall auf das Anwesen des Sklavenhändlers in Abwind machten in den verschiedensten Varianten die Runde, doch es bestand kein Zweifel bei irgend jemandem, daß Jubal seither nicht mehr gesehen worden war. »Aber ich möchte nicht mein Leben in Freistatt verbringen, um mich um den Abschaum hier zu kümmern!« schnaubte er den Mann an, der es nur gut mit ihm meinte.

»Hört mir doch zu – und laßt mich zu Ende reden. Ihr seid erst seit kurzem wieder zurück. Die Dinge hier haben sich geändert. Keine Falkenmasken machen die Straßen mehr unsicher. Was natürlich nicht heißt, daß jene, die die Masken trugen, verschwunden sind – jedenfalls nicht alle, noch nicht. Nur Jubal ist mit Sicherheit von der Bühne abgetreten. Seine Männer und seine Macht warten nur auf eine feste Hand. Selbst wenn er nach Freistatt zurückkehren sollte, wird er nicht in der Verfassung sein, seine Armee der Nacht gleich wieder aufzubauen. Laßt doch Tempus, Zalbar ...« Er spuckte abfällig aus. »... und ihresgleichen für Ranke kämpfen. Wenn sie fort sind und Ihr Euren Stahl habt, könnt Ihr der Herr hier sein, Euer Leben lang – und Eure Kinder nach Euch. Kittycat würde sich binnen eines Tages ergeben.«

Walegrin antwortete nicht. Er erinnerte sich nicht, die Riegel zurückgezogen zu haben, ehe er die Tür öffnete, vielleicht hatte er es auch gar nicht. Natürlich verlangte es ihn nach Ruhm, aber er hatte bisher kaum über seine Zukunft nachgedacht. Balustrus hatte ihm den Mund wässerig gemacht, aber noch mehr hatte er ihn erschreckt.

Die Morgensonne brachte dem jungen Mann keine Wärme. Er fröstelte unter der geborgten Mönchskutte. Es waren noch nicht viele Leute auf den engen

Straßen, und die paar, denen er begegnete, machten ihm bereitwillig Platz. Wenn der Wind mit der vorne offenen Kutte spielte, war der Lederharnisch des Soldaten darunter zu sehen, doch niemand hielt ihn auf, um ihm Fragen zu stellen.

Die Schenken waren geschlossen, um auch den Wirten, Schankburschen und -dirnen ein paar Stunden Schlaf zu ermöglichen. Walegrin stapfte hocherhobenen Hauptes und mit harten Augen daran vorbei. Er erreichte den Breitenweg, ohne eine willkommenheißende Tür zu sehen. Dort wandte er sich westwärts zu den Piers und den Fischern, deren Tag lange vor dem Morgengrauen begann und die deshalb jetzt zu einem kleinen Imbiß bereit sein würden.

Er betrat eine windschiefe Hütte, die sich Weinfaß nannte. Fischfaß wäre allerdings zutreffender gewesen. Es stank entsetzlich nach Tran. Walegrin achtete nicht auf den durchdringenden Geruch und ging auf den einfachen Schanktisch zu. In der Gaststube waren alle verstummt, und obwohl ein Soldat wie er nichts von einer Handvoll Fischern zu befürchten hatte, fühlte er sich doch nicht sonderlich behaglich.

Selbst das Bier schmeckte nach Fischöl, trotzdem würgte er es hinunter. Das erstaunlich starke Gebräu brachte ihm die Stumpfheit, nach der er sich gesehnt hatte. Er bestellte nacheinander drei weitere Krüge des scheußlichen Gesöffs und rülpste ausgiebig, während die Fischer seine Anwesenheit hinnahmen.

Ihre sanftmütigen, gekränkten Blicke vertrieben ihn, ehe er auch bloß halb so betrunken war, wie er es gern sein wollte. Die scharfriechende Luft des Hafens bekam ihm nicht. Er übergab sich ins Wasser und war sofort wieder nahezu nüchtern. In düsterer Stimmung zog er die Kapuze tief ins Gesicht und hielt die Kutte mit verkrampfter Hand geschlossen. Sein Weg führte ihn zum Basar, wo Illyra wohnte und in den S'danzokarten die Zukunft sah.

Es war Markttag auf dem Basar, und auf jedem der zusätzlichen Marktstände häuften sich Köstlichkeiten für den Winter: Marmeladen und Gelees, eingelegtes Obst und süßes Gebäck. Er ging daran vorbei, ohne daß ihn etwas verlockt hätte. Bald näherte er sich dem Basarteil mit den Buden, die immer hier aufgebaut und zum Teil auch bewohnt waren. Aus all dem Lärm hob sich Dubros Hämmern hervor. Illyra hatte wenigstens einen fähigen Beschützer gefunden. Er blieb vor dem Mann stehen, der von gleicher Größe war wie er und ebenso alt, doch dessen gemächliche Kraft unübertroffen war.

»Ist Illyra drinnen?« fragte er höflich. Er wußte, daß er erkannt werden würde. »Liest sie gerade für jemanden, oder wäre es möglich, daß ich mit ihr spreche?«

»Du bist hier nicht willkommen«, antwortete Dubro ruhig.

»Trotzdem möchte ich meine Schwester sehen. Ich habe ihr noch nie etwas getan und beabsichtige nicht, jetzt damit anzufangen. Stell dich neben sie, wenn du willst, aber ich *werde* mit ihr sprechen!«

Dubro seufzte und legte das Werkzeug an seinen richtigen Platz. Er dämpfte das Feuer und stellte ein paar Wassereimer dicht vor die Stofftür der einfachen Bude, die ihm und Illyra als Zuhause dienten. Walegrin wollte vor Ungeduld bereits aufbrausen, als der bedächtige Riese den Stoff hob und ihm bedeutete einzutreten.

»Wir haben Besuch«, rief Dubro.

»Wer ist es?«

»Sieh selbst.«

Walegrin erkannte die Stimme, doch nicht die

Frau, die durch das Halbdunkel herbeikam. Er war es von Illyra gewöhnt, daß sie ihre Jugend durch dicke Schminke und formlose Kleidung vertuschte – trotzdem erschien ihm die Frau, die sich ihm näherte, viel zu dick, um seine Halbschwester sein zu können. Da sah er ihr Gesicht – das Gesicht seines Vaters, denn sie hatte viel von seinem Aussehen geerbt –, und nun gab es keinen Zweifel mehr.

Schwerfällig sank sie tief in Dubros Sessel, und Walegrin nahm an – obwohl er davon wahrhaftig kaum etwas verstand –, daß sie in anderen Umständen war.

»Du kriegst ein Kind!« platzte er heraus.

»Nun, nicht sofort«, antwortete sie lachend. »Mondblume ist sicher, daß es noch ein paar Wochen dauern wird, ehe es soweit ist. Und ich bin sicher, daß es ein Junge wird wie Dubro, denn so groß könnte ein Mädchen gar nicht sein.«

»Und es geht dir gut?« Walegrin hatte immer angenommen, daß sie keine Kinder würde haben können – verflucht, wie sie beide waren. Darum erschien es ihm jetzt fast unglaubhaft, daß sie in gesegneten Umständen und so kräftig war.

»O ja«, versicherte sie ihm. »Meine Figur leidet zwar darunter, aber ich habe noch alle meine Zähne.« Wieder lachte sie. »Hast du gefunden, was du suchtest?«

»Ja, und mehr.« Walegrin traute dem Schmied nicht, der dicht hinter ihm stand, aber Illyra würde ihm ohnedies alles erzählen, was sie von ihrem Bruder erfuhr. »Ich habe das Erz nach Freistatt gebracht. Doch durch gemeinen Verrat verlor ich alle meine Männer, bis auf fünf. Mit meiner Entdeckung schuf ich mir mächtige Feinde. Ich brauche deine Hilfe,

Illyra, wenn es mir gelingen soll, meine Männer und mich zu beschützen.«

»Du hast den Stahl von Enlibar gefunden?« wisperte Dubro ehrfürchtig, während Illyra sich um eine würdigere Haltung im Sessel bemühte.

»Ich habe das Erz gefunden«, verbesserte ihn Walegrin. Plötzlich wurde ihm bewußt, daß dieser stämmige Ochse wahrscheinlich hoffte, die Schwerter schmieden zu dürfen.

»Was erwartest du von mir?« fragte Illyra. »Ich würde eher meinen, du brauchst Dubros Hilfe, nicht meine.«

»Nein«, entgegnete Walegrin hastig. »Ich habe schon einen, der den Stahl für mich macht – der Metallmeister Balustrus. Er kennt sich mit Schmelzen, Schmieden und Härten aus ...«

»Und mit ilsiger Alchemie«, fügte Dubro hinzu. »Seit er die Gottesglocke des Prinzen goß, scheint das Glück ihm zu lachen.«

Walegrin dachte lieber nicht daran, daß Dubro Balustrus und seine Fähigkeiten kannte. So versuchte er dieses Wissen zu verdrängen und nicht auf den Schmied zu achten. »Lyra, ich brauche deine Hilfe: dein Gesicht. Durch deine Karten kannst du mir sagen, wem ich vertrauen und was ich ungefährdet tun kann.«

Sie runzelte die Stirn und streifte die Röcke über dem geschwollenen Bauch glatt. »Nicht jetzt, Walegrin, selbst wenn ich die Karten dafür benutzen könnte. Das Ungeborene nimmt mir viel Kraft. Ich habe das Gesicht nicht. Mondblume warnte mich davor, so kurz vor der Entbindung die Gabe zu benutzen, da sich das als schädlich erweisen könnte.«

»Mondblume? Wer oder was ist Mondblume?« fragte Walegrin verärgert und hörte Dubros Lachen.

»Sie ist eine S'danzo und kümmert sich jetzt um mich ...«

»S'danzo?« Walegrins Ton verriet Unglauben. »Seit wann helfen dir S'danzo?«

Illyra zuckte die Schultern. »Selbst die S'danzo vergessen einmal, weißt du? Die Frauen haben das Gesicht, und so glauben die Männer, sich mit dem Wind treiben lassen zu können. Die Frauen bleiben ihr Leben lang an einem Ort; die Männer .. Es ist vergessen.«

»Vergessen?« Walegrin beugte sich herab und flüsterte: »Illyra, diese Mondblume, die dir rät, deine Gabe nicht zu benutzen – empfängt sie jene, die sonst zu dir kamen?«

»Sie – oder ihre Tochter«, antwortete Illyra.

»Illyra, das Baby verschleiert dir den Verstand. Sie nehmen dich aus! Sie werden nie vergessen!«

»Wenn das stimmte, um so schlimmer für sie. Seit die Söldner in der Stadt sind, ist das Wahrsagen ungut, Walegrin. Ich blicke nicht gern in die Zukunft von Soldaten, und es schmerzt mich, wie es sie mitnimmt, wenn ich ihnen die Wahrheit sagen muß.«

Sie rutschte unruhig im Sessel umher. »Aber dein Verdacht ist unbegründet. Wenn mein Sohn erst auf der Welt ist, ist auch die Gefahr vorüber, und ich kann meine Gabe unbesorgt wieder anwenden. Mondblume und Mignureal werden nicht behalten, was rechtmäßig mir zusteht«, sagte sie mit ruhigem Selbstvertrauen. »Du brauchst dir wirklich keine Sorgen um mich zu machen. Ich werde dich auch nicht zu Mondblume schicken, sondern deine Fragen selbst beantworten, wenn ich es vermag, aber erst, wenn mein Sohn geboren ist – falls du so lange warten kannst.«

Es sah allerdings so aus, als würde sie längst entbunden haben, bevor Balustrus mit den Schwertern fertig war. Also erklärte sich Walegrin einverstanden, zu warten.

4

Balustrus' Landhaus-Gießerei hatte ihre besten Zeiten gesehen, noch bevor die ersten Rankaner in Freistatt eingedrungen waren. Unkraut wucherte unbeirrt in Shipris Mosaikgesicht im Vorhof. Es gab keinen einzigen Raum, in dem die Decke ganz war, und einige hatten überhaupt keine mehr. Walegrin und Thrusher warfen ihre Sachen in ein Gemach, das einst mit dem Innenhof verbunden, jetzt aber nur noch durch ein klaffendes Loch in der Wand zugänglich war. Trotzdem war es immer noch eine bessere Unterkunft als die meisten bisher.

Die Arbeit war hart und schmutzig und ließ wenig Zeit für Vergnügungen, obgleich Freistatt unterhalb der sanften Hänge gar nicht so weit entfernt war. Balustrus behandelte Walegrin und seine Leute wie andere Gesellen auch, was bedeutete, daß sie reichlich zu essen und mehr als genug Schelte bekamen. Wenn Walegrin seinen Teil nicht so gleichmütig hingenommen hätte, wäre es vermutlich zu Schwierigkeiten gekommen, aber er war entschlossen, für die Schwerter Opfer zu bringen.

Drei Wochen lebten sie hier in fast völliger Abgeschiedenheit. Ein Bauer lieferte die Lebensmittel und kostenlos dazu den neuesten Klatsch; und einmal kam ein Söldner, um Balustrus' Dienste zu beanspruchen, wurde jedoch von ihm abgewiesen. Einmal suchte jemand aus der Stadt auch Walegrin auf, das war kurz nachdem Illyra Zwillinge geboren hatte: einen Jungen und ein Mädchen. Ihr Onkel schickte der Mutter ein Goldstück für die Eintragung der Kinder in der Bürgerliste im Palast.

»Ist es das wirklich wert, Hauptmann?« Thrusher rieb vorsichtig Salbe auf Walegrins verbrannte Schulter. »Seit drei Wochen sind wir hier, und das einzige, was wir vorzuweisen haben, sind frische Narben.«

»Und was ist mit vollen Bäuchen und keinen Schwierigkeiten von Kittycat? Ja, es ist es wert! Es ist gut, daß wir wissen, wie Stahl gemacht wird. Früher dachte ich immer, daß die Schmiede das Erz bloß zu nehmen brauchten, um daraus Schwerter zu machen. Ich hatte keine Ahnung, daß so viele Schritte dazwischen erforderlich sind.«

»Ja, wirklich viele! Es sind bereits zwei Säcke leer, und was haben wir bisher davon? Drei einigermaßen ordentliche Messer, einen Riesenhaufen schlechten Stahl und einen Dämon, der wie ein Wahnsinniger in dem Schuppen dort hämmert. Vielleicht sollten wir lieber weit fortlaufen. Ich habe manchmal das Gefühl, daß wir Freistatt nie mehr verlassen werden!«

»Er ist wahnsinnig, aber kein Dämon. Und ich glaube, er ist dem Stahl, den wir brauchen, ziemlich nah. Er ist so scharf auf den Stahl wie wir – es ist sein Leben.«

Der kleine Mann schüttelte den Kopf und legte behutsam Walegrins Kittel über die Brandwunde. »Ich hab' was gegen Magie!«

»Er hat nur ein bißchen ilsiger Silber hinzugefügt, wirklich nicht der Rede wert. Wir müssen mit ein wenig Magie rechnen, schließlich haben wir ja auch die Mine mit Hilfe von Magie gefunden, oder nicht? Balustrus ist kein Zauberer. Er sagte, er kann keinen Zauber auf das Metall legen, wie die Winder es bei ihrem Stahl getan hatten, also meinte er, er würde dem Stahl etwas hinzufügen, das bereits mit einem Zauber bedacht ist.«

»Ja – die Halskette der Einigkeit!«*

»Du selbst warst im Tempel und hast dir die Ilsstatue angesehen! Du selbst hast gesagt, daß sie eine Silberkette um den Hals trug. Du selbst hast gesagt, daß es keine Gerüchte in der Stadt gibt, daß die Halskette berührt oder gar gestohlen worden sei. Es ist nicht die Halskette der Einigkeit!«

Thrusher biß sich auf die Lippe und starrte gedankenverloren vor sich hin. Es war auch ganz gut, daß er die Miene seines Hauptmanns jetzt nicht sah. Walegrin war dabei gewesen, als der Schmied dem geschmolzenen Metall ein paar Silberglieder hinzugefügt hatte. Es entsprach der Wahrheit, wenn er sagte, daß er nicht glaubte, das Silber käme von der sagenhaften Halskette, doch nachdem er gesehen hatte, wie die weißglühenden Flammen hochschossen, glaubte er auch nicht mehr, daß es sich bei der Kette um ein gewöhnliches Schmuckstück handelte.

Das Wimmern von Balustrus' Wetzscheibe war das lauteste Geräusch auf dem Hof. Der Schmelzofen war nicht mehr in Betrieb. Die Haufen zertrümmerten Erzes glitzerten in der Sonne. Alle warteten auf das Ergebnis des letzten Schleifens. Als Walegrin sich von dem Geräusch abwandte, schien es ihm plötzlich anders zu klingen. Das Metall schrillte wie ein gequältes lebendes Wesen.

* siehe »ISCHADE« von C. J. Cherryh in *Die Rache der Wache*, Bastei-Lübbe 20095

Thrusher stupste ihn an. Es war nun ganz still auf dem Hof geworden, und ein Lehrling rannte auf sie zu.

In seiner Eile keuchend, bestellte er Walegrin, daß er zum Zuschauen beim Härten der Klinge herbeikommen möge.

»Viel Glück«, wünschte Thrusher, und Walegrin stand auf.

»Ja, das können wir brauchen. Wenn es uns wirklich hold ist, können wir allmählich an unseren Aufbruch denken.«

Balustrus polierte die frisch geschliffene Klinge, als Walegrin in den heißen, staubigen Schuppen trat. Der Kittel des Bronzemanns war schweißgetränkt und schmutzig vom Staub der Schleifscheibe. Seine fleckige Haut glitzerte stärker als Metall.

»Ist sie nicht herrlich?« Er gab Walegrin die Klinge und tastete nach seinen Krücken.

Feine, wellige schwarze Linien wechselten mit breiteren Streifen silbrigen Metalls ab. Das alte Enlibarschwert, das er gut eingewickelt unter seiner Matratze aufbewahrte, wies keine Maserung auf, aber Balustrus meinte, ein eiserner Kern würde einen besseren Stahl ergeben, das zumindest ließe sich von den rankanischen Waffenschmieden lernen. Walegrin schlug die Klinge flach auf die Hand und wünschte sich, er wüßte, ob der Metallmeister recht hatte oder nicht.

»Wir haben es geschafft, Sohn!« strahlte Balustrus und griff wieder nach der Klinge. »Ich wußte, daß das Geheimnis in dem Silber liegt.«

Walegrin folgte ihm aus dem Schuppen zu einem der kleineren Schmelzöfen, in dem die Lehrlinge inzwischen Feuer gemacht hatten.

»Aber auf der Tonscherbe war kein Silber erwähnt.

Und in gewöhnlichem Stahl ist doch auch kein Silber, oder?«

Der Metallmeister spuckte auf das Unkraut. »Winder taten niemals was ohne Magie, Junge. Sie hatten ihre Zauber, wenn es ums Kochen ging oder wenn sie sich mit einer Hure ins Bett legten. Große Zauber, kleine Zauber und besondere Zauber für Stahl. Und wir haben jetzt den Stahlzauber.«

»Verzeiht, aber das sagtet Ihr schon das letztemal, und die Klinge zersprang beim Tempern.«

Balustrus kratzte sich das furchige Kinn. »Hm, das habe ich wohl. Aber diesmal *fühlt* es sich richtig an, Junge. Anders kann ich es nicht erklären. Es muß das Silber sein – das ist der einzige Unterschied diesmal.«

»Hatte das Silber einen ›Stahlzauber‹ in sich?« fragte Walegrin.

Der Metallmeister stieß die Klinge in die glühenden Kohlen.

»Ihr seid klug, Walegrin. Schade, daß es dazu zu spät ist. Ihr hättet lernen, hättet Euren eigenen Stahl herstellen können.« Wieder spuckte er auf dasselbe Unkraut, und es neigte sich. »Nein, es war kein Stahlzauber – nichts dergleichen. Ich weiß nicht, was die Winder in oder auf dieses Silber gaben. Fackelhalter brachte die Halskette hierher, gleich nachdem der Prinz die Glocke verkündet hatte. Ich sah sofort, daß die Kette alt war, doch von einfachem Silber und scheinbar ohne großen Wert. Ich dachte, er wollte, daß ich es für die Inschrift benutze. Silber in Bronze geprägt macht sich gut. Aber nein, der Hierarch behauptete, es sei die Halskette der Einigkeit, noch warm von Ils' Hals. Natürlich sagte er nicht, wie er zu ihr gekommen war. Er wollte, daß ich sie schmelze und das Silber zum Glockenmetall gebe. ›Möge Ils erzittern, wenn Vashankas Name gerufen wird!‹ sagte er mit seiner priesterlichen Stimme ...«

»Aber Ihr habt es nicht getan«, unterbrach ihn Walegrin.

»Glaubt nicht, daß ich es nicht versuchte, Junge. Zum Kupfer habe ich es getan, dann zum Zinn – aber das verfluchte Zeug schwamm jedesmal an die Oberfläche. Ich hatte nur die Wahl, die Glocke mit dem Silber im Metall steckend zu gießen, doch dann wäre sie sofort zersprungen, wenn der Fackelhalter sie schlug – aber Ihr könnt Euch vorstellen, als welches Omen man das angesehen und was es mir eingebracht hätte! Oder ich konnte das Silber zur Seite legen und dem Hohenpriester sagen, alles sei genau nach seiner Anweisung geschehen.«

»Und Ihr habt das Silber zur Seite gelegt?« Walegrin legte die Hände vors Gesicht und wandte sich sowohl vom Metallmeister als auch dem Schmelzofen ab.

»Natürlich, Junge. Glaubt Ihr vielleicht, der Himmel würde sich öffnen und Vashanka den Kopf herausstrecken, um Molin Fackelhalter zu verraten, daß Ils' Silber nicht in der Glocke ist?«

»Seltsame Dinge sind in letzter Zeit geschehen«, sagte Walegrin in Balustrus' Schweigen hinein. »Das Silber hätte doch in der Bronze schmelzen müssen, oder nicht?« fragte er fast leise.

»Ja – und ich legte es sehr sorgfältig zur Seite, als es das nicht tat. Ich bin froh, wenn ich nichts mehr davon sehe! Ich weiß nicht, was es war, was Fackelhalter mir da gab – und ich wette, er weiß es ebensowenig. Aber es ist Winderarbeit. Und es muß verzaubert sein, denn sonst wäre es geschmolzen, versteht Ihr? Und dann kommt Ihr daher und wollt enlibrischen Stahl haben. Ihr habt das Erz, und da alle

Dinge gleich sind, ist Stahl eben Stahl. Nur stimmt das nicht. Da wurde mir klar, daß wir einen Zauber brauchen, einen Zauber zum Härten des Stahls, zum Tempern. Aber es gibt niemanden mehr, der diesen Zauber kennt. Doch hatte ich da dieses Silber, das mit einem mächtigen Zauber behaftet sein muß ...

Und oh, es fühlt sich richtig an, Walegrin! Genau richtig! Die Klinge wird eine Härte und Schneide haben, wie Ihr es noch nie erlebt habt!«

Walegrin zuckte die Schultern und blickte den Metallmeister wieder an. »Wenn Ihr recht haben solltet – wie viele Schwerter könnt Ihr machen?«

»Mit dem, was von Eurem Erz und meiner Halskette noch übrig ist, etwas fünfzig, würde ich sagen. Und da es mein Silber ist, Junge, möchte ich auch mehr für mich haben. Also fünfundzwanzig für Euch und genau so viele für mich.«

Wieder zuckte der blonde Soldat die Schultern. Es war nicht schlimmer, als er erwartet hatte. Er sah zu, wie Balustrus das jetzt stumpfrote Metall aus dem Feuer holte.

Es gab unterschiedliche Meinungen, wenn es um das Tempern von Schwertstahl ging. Einige erklärten überzeugt, eine Schneewehe wäre das Beste zum Abkühlen des Metalls, andere waren ebenso überzeugt, daß einfaches Wasser genügte. Die meisten glaubten, das Günstigste sei ein lebender Mensch. Tatsächlich wurden nur kaiserliche Schwerter auf diese Weise getempert. Balustrus war für Wasser aus dem Hafen, das so lange in der Sonne stehen mußte, bis es zur Hälfte verdunstet war. Er tauchte die Klinge also in solches Wasser und war in dem aufsteigenden Dampf nicht mehr zu sehen.

Die Klinge blieb heil.

»Holt das alte Schwert!« rief Balustrus. Mit einem Nicken schickte Walegrin Thrusher danach.

Sie verglichen die Klingen auf Gewicht und Gleichgewicht, dann, vorsichtig zunächst, probierten sie sie gegeneinander aus. Walegrin hielt das alte Schwert, und Balustrus schwang das neue. Die ersten Streiche waren fast sanft, und Walegrin spürte sie kaum, als er sie parierte. Dann wuchs die Zuversicht des Metallmeisters. Er führte das neue Metall mit zunehmender Kraft und unheimlicher Geschicklichkeit. Tiefgrüne Funken blitzten im Licht des Spätnachmittags, doch Walegrin machte sich plötzlich viel mehr Gedanken um den alten Mann, der auf einmal keine Krücken mehr zu benötigen schien. Walegrin wich aus seiner Reichweite. Balustrus hielt inne, seufzte und zog die Klinge durch den Staub.

»Wir haben es geschafft, Junge!« flüsterte er.

Er schickte die Lehrlinge nach Freistatt, um ein Faß Bier zu kaufen. Die Soldaten sowie die Lehrlinge sprachen ihm begeistert zu, doch nicht Balustrus. Er blieb, die neue Klinge quer über die verkrüppelten Beine gelegt, auf dem Hof sitzen. Es war schon dunkel, als Walegrin zu ihm hinaustrat.

»Ihr seid wahrhaftig ein Meister der Metalle«, sagte der jüngere Mann lächelnd und stellte einen Krug Bier neben Balustrus.

Der Metallmeister schüttelte den Kopf und lehnte das Bier wie auch das Lob ab. »Ich bin ein Schatten dessen, was ich einst war«, murmelte er zu sich selbst. »Jetzt werdet Ihr also Eure enlibrischen Schwerter bekommen, Sohn. Und was werdet Ihr mit ihnen tun?«

Walegrin kauerte sich neben ihn ins Mondlicht. Das BIer hatte ihn unempfindlich gegen die nächtliche Brise und sowohl gesprächiger als auch optimistischer gemacht, als er üblicherweise war. »Da mir die Schwerter nun sicher sind, kann ich Männer anwerben – anfangs nur ein paar. Wir werden nordwärts reiten und uns als Trupp anbieten. Unterwegs will ich noch mehr aufnehmen. Wir werden voll beritten und gerüstet am Hexenwall ankommen, uns gegen die Nisibisi auszeichnen, zu Ruhm und Ehre gelangen und zum Elitetrupp und der Vorhut einer Legion werden.«

Lachend den Kopf schüttelnd, nahm der Metallmeister endlich doch einen Schluck Bier. »Ruhm und Ehre, Walegrin, mein Junge – was wollt Ihr mit Ruhm? Was bringt Euch Ehre ein? Was wird aus Euren Männern, wenn der Hexenwall und die Nisibisi vergessen sind?«

Ruhm und Ehre waren die Belohnung für einen rankanischen Soldaten, und was den Krieg betraf – ein Soldat konnte immer irgendwo Unruhen finden, wo er gebraucht und angeworben wurde.

Bisher hatte er allerdings weder Ruhm noch Ehre erworben, und sein Militärdienst hatte daraus bestanden, Streife in Freistatt zu gehen, wo wahrhaftig weder Ruhm noch Ehre zu erwerben war. »Ich werde bekannt werden!« fuhr er nach kurzer Überlegung fort. »Man wird mich achten, solange ich lebe, und wenn ich tot bin, werde ich auf der Ehrentafel stehen ...«

»Ihr seid bereits bekannt, Junge, oder habt Ihr das vergessen? Ihr habt den Enlibarstahl wiederentdeckt. Und deshalb könnt Ihr es nicht wagen, Euch sehen zu lassen. Wieviel Ruhm und Ehre, glaubt Ihr, werdet Ihr brauchen, ehe Ihr wieder durch die Straßen von Ranke spazieren könnt? Fünfundzwanzig Schwerter? Fünfzig Schwerter? Denkt Ihr, sie werden Euch glauben, wenn Ihr erzählt, daß wir den Stahl mit ein paar Stückchen einer alten Winderhalskette machten?«

Walegrin stand auf und stapfte im Kreis um den sitzenden Krüppel herum. »Ich werde Erfolg haben! Ich werde es jetzt schaffen oder sterben!«

Mit einer flinken, unmerklichen Bewegung einer Krücke brachte Balustrus Walegrin zum Sturz in den Staub. »Es ist unhöflich, zu meinem Hinterkopf zu sprechen! Euer Leben hat sich verändert und könnte sich wieder verändern. Das Reich hat Euch nie etwas gegeben und wird es auch in Zukunft nicht. Aber für Freistatt bedeutet das Reich nichts.

Hier ist Macht, Junge, nicht Ruhm oder Ehre, nein, reine Macht! Macht, mit der Ihr Euch all die Ehre und allen Ruhm, die Ihr wollt, erkaufen könnt. Ich sage Euch, Walegrin – Jubal kehrt nicht zurück. Ihr braucht bloß zu übernehmen!«

»Das sagtet Ihr schon mal. Also verwest Jubal unter seinem Landhaus. Wie viele blutige Falkenmasken wurden bereits an die Abwindbrücke genagelt? Selbst wenn ich versucht wäre, glaube ich nicht, daß noch etwas übrig ist.«

»Tempus besorgte eine Auslese für Euch. Die klügeren sind in Sicherheit, daran zweifle ich nicht. Sie haben gehört, daß Jubal nicht tot ist, und sie warten auf seine Rückkehr – nur wissen sie nicht alles.«

Aus Balustrus' Ton sprach eine ungute Vertraulichkeit, die Walegrin wachsam machte. Er hatte dem Metallmeister nie ganz getraut, und er traute ihm noch weniger, wenn er in Rätseln sprach.

»Ich war nicht immer Balustrus. Einst nannte man mich den Grauwolf. Erst fünfundzwanzig Jahre sind es her, da führte ich die Reichslegionen in die Berge und brach den letzten Widerstand der Ilsiger. Das konnte ich, weil ich in diesen Bergen geboren und aufgewachsen bin. Das Blut von Königen und Zauberern fließt durch meine Adern, oder tat es zumindest. Aber mir war klargeworden, daß die Tage der Könige vorbei und die des Reichs gekommen waren. Ich vernichtete mein eigenes Volk, weil ich Ruhm und Ehre unter den Eroberern erhoffte …«

Walegrin räusperte sich laut. Es gab keinen Reichsbürger, der nicht schon vom Grauwolf gehört hatte. Damals ein junger Mann, in Tierfellen gekleidet, der trotz seiner Windervergangenheit als Held in Ranke gefeiert wurde – und der auf tragische Weise durch einen Sturz vom Pferd ums Leben gekommen war. Die ganze Hauptstadt hatte sich zu seiner Bestattung eingefunden.

»Vielleicht waren meine Freunde in Ranke die Väter Eurer Freunde«, sagte Balustrus in Walegrins ungläubiges Gesicht. »Ich durfte bei meiner eigenen Beerdigung zuschauen, von den Gladiatorenrängen aus, wohin man mich betäubt, nackt und gebrandmarkt hingebracht hatte, um zu sterben oder meinen ehemaligen Freunden zu mehr Geld zu verhelfen.« Er lachte bitter. »Ich war keiner von den üblichen rankanischen Generälen, das hatten sie vergessen. Ich konnte kämpfen, aber auch Waffen schmieden, wie sie nie bessere gesehen hatten. Von meinem verratenen Volk habe ich gelernt, mit Metall umzugehen.«

»Und Jubal – was hat er damit zu tun?« fragte Walegrin schließlich.

»Er kam später. Ich hatte so oft gekämpft und getötet, daß meine Besitzer mich nicht mehr einsetzten, und dann kaufte der Kaiser mich höchstpersönlich – Kittycats Vater. Ich bildete die neuen Sklaven aus, und Jubal war einer von ihnen. Er schien zum Gladiator geradezu geboren zu sein. Ich lehrte ihn jeden Trick, den ich kannte. Er war für mich wie ein Sohn.

Ich sah, welche Summen jedesmal den Besitzer wechselten, wenn er kämpfte. Bald gehörten wir beide dem Kaiser. Wir tranken zusammen, hurten zusammen – das Leben eines erfolgreichen Gladiators ist gar nicht so übel, wenn einen das Brandzeichen und der Eisenkragen nicht stören. Ich erzählte ihm die Wahrheit über mich.

Zwei Tage später stand ich in der Arena, um gegen ihn zu kämpfen. Ich hatte seit fünf Jahren nicht mehr gekämpft, und selbst damals wäre ich ihm unterlegen gewesen. Wir kämpften mit Streitkeule und Kette – es war seine Waffenwahl. Schon mit dem zweiten Schwung traf er meine Beine. Das hatte ich erwartet, aber ich hatte auch einen schnellen, gnädigen Tod erwartet. Ich dachte noch, wir wären beide Sklaven, Gleichgestellte und Freunde. Er sagte: ›Eine abgekartete Sache!‹ Dabei deutete er auf den kaiserlichen Balkon und schlug wieder nach meinen Beinen.

Das war im Sommer gewesen. Im Winter öffnete ich meine Augen wieder. Ein lizerenischer Heiler stand neben mir und beglückwünschte sich zu meiner Wiederherstellung. Aber ich war – *das* geworden!«

Der Metallmeister riß seinen Kittel hoch und entblößte das, was aus seinen Beinen geworden war. Der Mondschein milderte das Grauen, trotzdem konnte Walegrin allzu deutlich die verdrehten Reste von Muskeln erkennen, die offenen Knochen, die rauhen Verdickungen, die einst Knie gewesen waren. Er schaute weg, noch ehe Balustrus den Kittel wieder darüberzog.

»Der Lizerener sagte, er sei mit Gold bezahlt worden. Ich kehrte langsam in die Hauptstadt zurück, wie Ihr Euch vorstellen könnt, und schmerzvoll, wie ihr Euch nicht vorstellen könnt. Jubal hatte am Tage nach dem Kampf seine Freiheit erhalten. Jahre suchte ich ihn und fand ihn schließlich in Abwind, gut geschützt von seinen ›Falkenmasken‹. Ich konnte ihm nicht angemessen für mein Leben danken, so wurde ich zu Balustrus, seinem Freund. Ich schmiedete ihm seine Schwerter und Masken.

Jubal hatte Feinde, die meisten fähiger als ich. Ich befürchtete, jemand würde mir die Rache abnehmen und sein Tod schnell sein. Als Tempus kam, dachte ich, es wäre unser beider Ende. Doch Tempus ist grausam, grausamer als Jubal, grausamer als ich. Saliman kam eines Nachts hierher und sagte, sein Meister läge lebend zwischen den Kadavern am Schlachthof, mit einer Pfeilspitze in jedem Knie. Saliman fragte, ob ich seinem Herrn Unterschlupf bieten könnte, bis er sterben würde, wovon er überzeugt war. ›Selbstverständlich‹, sagte ich. ›Aber er muß nicht sterben. Wir schicken ihn zum Lizerener.‹«

Jetzt wärmte selbst das Bier Walegrin nicht mehr. Haß und Rache waren ihm nicht fremd. Und er konnte auch nicht behaupten, daß er den Sklavenhändler sonderlich mochte. Aber Balustrus' Stimme troff vor Bosheit. Dieser Mann hatte sein eigenes Volk an Ranke verraten – und war seinerseits von Ranke betrogen worden. Er hatte Jubal seinen Sohn genannt, ihm die Wahrheit über sich erzählt und geglaubt, daß dieser »Sohn« ihn sofort verraten habe. Walegrin wußte, daß Balustrus nun ihn als »Sohn« sah. Erwartete der Metallmeister, verraten zu werden – oder würde zuerst er zum Verrat schreiten?

Balustrus vertiefte sich in seine Befriedigung und sagte nichts, als Walegrin mit seinem Bierkrug über den Hof zu den Schatten ging, wo Thrusher saß.

»Trusher – kannst du heute nacht noch in die Stadt gehen?«

»So viel habe ich noch nicht getrunken, daß ich mich im Labyrinth nicht mehr zurechtfände.«

»Dann geh. Schau dich nach Männern um.«

Trusher schüttelte die leichte Bierbenebelung ab. »Was ist passiert? Ist irgendwas schiefgegangen?«

»Noch nicht, aber Balustrus benimmt sich merkwürdig. Ich weiß nicht, wie lange wir ihm noch trauen können.«

»Was hat dich dazu gebracht, ihn plötzlich so zu sehen wie ich?«

»Er erzählte mir seine Lebensgeschichte. In zehn Tagen, wenn der Mond wieder zunimmt und sie sich vom Wochenbett erholt hat, wird Illyra mir die Karten lesen. Gleich danach, am folgenden Tag brechen wir auf, und wenn wir bis dahin die Schwerter noch nicht haben, nehmen wir zumindest das Erz und das Silber mit.«

Trusher gehörte nicht zu jenen, die es einem ständig unter die Nase rieben, wenn sie recht gehabt hatten. Er holte sich seinen Umhang und stieg über die Außenmauer.

Niemand außer Walegrin wußte, daß er sich in die Stadt begab.

5

Der Metallmeister ging in seiner Innenhofschmiede mit militärischer Planung und Genauigkeit vor. Innerhalb von sechs Tagen nach dem erfolgreichen Tempern waren zehn weitere Schwerter hergestellt. Walegrin rechnete sich aus: Noch einmal so viele Tage, bis er Illyra besuchen konnte, und einen zusätzlichen Tag, bis die restlichen Schwerter fertig waren, dann noch einen, um sich mit den Männern zu treffen, die Thrusher in der Stadt ausgewählt hatte. Danach konnten sie aufbrechen.

Er behielt Balustrus wachsam im Auge. Obgleich dem Metallmeister kein Verrat nachzuweisen war, wuchs Walegrins Besorgnis. Immer häufiger kamen Fremde, und der Krüppel besuchte Orte, die nicht einmal Thrusher finden konnte. Auf Walegrins Fragen sprach Balustrus von dem Lizerener, der Jubal pflegte, und von Bestechungsgeldern, die er bezahlen mußte.

Am Morgen des achten Tages – ein regnerischer Tag, an dem die Männer froh waren, daß sie nicht schon im Morgengrauen aufstehen mußten – beendete Walegrin seine Planung. Er wollte gerade Thrusher aufwecken, als er Geräusche jenseits der Mauer hörte, wo sich eigentlich nichts rühren sollte.

Mit dem Finger vor dem Mund weckte er Thrusher, und die beiden Männer schlichen zur Mauer. Walegrin zog sein Schwert – das erste aus Enlibarstahl seit fünfhundert Jahren.

»Ihr habt das Geld und die Botschaft?« hörten sie Balustrus' Stimme.

»Ja, mein Herr.«

Die Krücken des Metallmeisters schabten gegen den bröckeligen Stein. Walegrin und Thrusher drückten sich an die Mauer und ließen ihn vorbei. Von ihm würden sie die Wahrheit nie erfahren, bei dem Boten war es vielleicht etwas anderes. Sie krochen um die Mauer herum.

Der Fremde trug dunkle Kleidung ungewohnter Machart. Er hantierte an seinem Steigbügel, als Walegrin sich auf ihn stürzte und ihn zu Boden warf. Die Hand fest auf dem Mund des Fremden und seinen Arm umklammernd, zerrte Walegrin ihn ein Stück vor seinem Pferd weg.

»Was haben wir denn für einen Fang gemacht?« erkundigte sich Thrusher nach einer flüchtigen Untersuchung der Satteltaschen.

»Noch zu früh zu sagen«, antwortete Walegrin. Er drehte dem Gefangenen den Arm um, bis der Mann stöhnte, dann rollte er ihn ganz herum. »Aus Freistatt ist er nicht, und so wie er aussieht, ist er auch kein Nisibisi.«

Die Züge des jungen Mannes waren weich, fast weibisch, und seine Gegenwehr war geradezu lachhaft. Walegrin versetzte ihm einen Stoß und riß ihn auf den Hintern.

»Ich glaube, du hast uns was zu erzählen!«

Mit verschreckten Augen blickt der junge Mann von einem zum anderen, dann blieb sein Gesicht Walegrin zugewandt, aber er schwieg.

»Du wirst ihn durchsuchen müssen«, meinte Thrusher und schaute den Burschen drohend an.

»Ja – ah, da ist sein Beutel.«

Walegrin riß ihn vom Gürtel und bemerkte dabei, daß der Jüngling offenbar keine Waffen trug, nicht einmal ein Messer. Allerdings hatte er unter seinem Wams etwas Festes, Schweres. Walegrin warf Thrusher den Beutel zu und langte unter das Wams nach dem versteckten Ding. Es erwies sich als scheibenförmiger Anhänger, der mit unbekannten Schriftzeichen bedeckt war. Walegrin war mit ihnen noch nicht klargekommen, als Thrusher überrascht aufjapste und Walegrin zwischen ihnen einen blendenden Lichtstrahl sah.

Ehe er den Kopf noch ganz dem Freund zuwenden konnte, leuchtete ein zweiter Blitz auf. Mehr brauchte der Gefangene nicht, um sich die Flucht zu ermöglichen. Die beiden Soldaten hörten den jungen Mann aufsitzen und davongaloppieren. Doch bis ihre geblendeten Augen sich wieder umgestellt hatten, war er schon verschwunden, und nicht einmal eine Spur war in dem frischen Schlamm mehr zu erkennen.

»Zauberei!« murmelte Thrusher, als er sich hochplagte.

Walegrin schwieg, bis er fest auf den Beinen stand. »Also, Thrusher, was ist in dem Beutel?«

Der Leutnant betrachtete den Inhalt noch einmal eingehend. »Eine ordentliche Menge Gold und das!« Er händigte seinem Hauptmann ein winziges Stück Silber aus.

»Offenbar ein Glied der ilsiger Halskette«, flüsterte Walegrin. Er blickte zum Landhaus. »Er hat was vor.«

»Der Magier war kein Rankaner«, stellte Thrusher wie zum Trost fest.

»Das bedeutete nur, daß wir auch noch neue Feinde haben! Komm, gehen wir zu meiner Schwester. Was sie sagt, kann kaum rätselhafter sein als der Metallmeister.«

Durch den Regen tat sich auf dem Basar nicht viel, und es waren nur wenige Käufer unterwegs. Durch seine Hafennähe herrschte hier noch Nebel, und Walegrin verirrte sich zweimal, ehe Dubros Hämmern ihm den Weg wies. Zwei Söldner, ein Paar Hurensöhne offenbar, warteten unter dem Stoffvordach. Dubro besserte einen Schild für sie aus.

»Du schlägst ja mehr Dellen hinein, als du aushämmerst, Tölpel«, beschwerte sich der jüngere, größere des Paars, doch Dubro kümmerte sich nicht um ihn.

Walegrin und Thrusher kamen näher, ohne bemerkt zu werden. Eine Kordel war vor den Inneneingang gespannt, gewöhnlich das Zeichen, daß Illyra Karten las. Walegrin schnupperte nach dem

Duft ihres Räucherwerks in der Luft, roch jedoch nur das Schmiedefeuer.

Aus dem Inneren war ein Schrei zu hören, dann ein Krachen. Dubro ließ den Hammer fallen und rempelte an der Tür gegen Walegrin. Ein dritter Stiefsohn riß die Kordel los und versuchte vergebens, sich einen Weg an Dubro und Walegrin vorbei zu bahnen. Die Hände des Schmiedes schlossen sich um des Stiefsohns Schultern. Das Paar griff nach den Waffen, doch Thrusher hatte bereits sein Schwert gezogen. Alle beäugten einander wachsam.

Illyra schaute durch die Türöffnung. »Laß sie gehen, Dubro«, bat sie müde. »Die Wahrheit tut mir weher, als du ihm weh tun kannst.« Da sah sie Walegrin, seufzte und kehrte in die Düsternis im Innern zurück.

»Verlogene S'danzohexe!« brüllte der dritte Stiefsohn ihr nach.

Dubro lockerte seinen Griff ein wenig und schüttelte den kleineren Mann. »Verschwinde, ehe ich es mir anders überlege!« drohte er mit gefährlich ruhiger Stimme.

»Du hast den Schild noch nicht fertig«, beschwerte sich der junge Stiefsohn, doch seine Kameraden nahmen ihn am Arm, griffen nach dem Schild und eilten in den Regen.

Dubro wandte sich Walegrin zu. »Es ist ja zu erwarten, daß du hier bist, wenn sich so etwas tut.«

»Du solltest solche Männer nicht zu ihr lassen!«

»Das will er ja auch nicht«, erklärte Illyra, die wieder unter der Tür stand. »Aber ihresgleichen sind die einzigen, die überhaupt noch herkommen, sowohl mit Flickarbeiten wie zum Wahrsagen. Alle anderen verscheuchen die Stiefsöhne allein durch ihre Anwesenheit.«

»Was ist mit den Frauen, die sonst zu dir kamen? Die Verliebten und die Kaufleute?« Walegrins Stimme klang finster. »Hat die S'danzo sie dir nicht zurückgegeben?«

»Das ist es wahrhaftig nicht, so etwas würde Mignureal nie tun. Es ist überall hier dasselbe. Keine Frau wagt sich mehr in diese Nähe von Abwind – und die meisten Kaufleute scheuen auch nicht davor zurück. Sie brauchen mich nicht, damit ich ihre Zukunft lese, wenn sie einem Heiligen Trupp in die Hände laufen.«

»Und du brauchst das Geld wegen der Kinder?« folgerte Walegrin. Da wurde ihm erst bewußt, daß er noch kein Babyschreien gehört hatte.

Illyra blickte zur Seite. »Nun, ja und nein«, antwortete sie bitter. »Wir brauchten eine Amme – und wir fanden eine. Aber hier ist es weder für sie noch die Babies sicher. Die Stiefsöhne sind schlimmer, als die Falkenmasken es waren. Jubals Leute blieben wenigstens in der Gosse, wohin sie gehörten. Arton und Lillis sind im Aphrodisiahaus.«

Es war nicht ungewöhnlich, ein Kind zur Pflege in ein gutgeführtes Freudenhaus zu geben, wo junge Frauen ihre Milch verkauften. Myrtis, die Madame vom Aphrodisiahaus, hatte einen untadeligen Ruf. Selbst die Mütter aus dem Palast gaben ihre Kleinen in ihre Kinderstube. Aber es entsprach nicht S'danzoart, die eigenen Kinder in Pflege zu geben, und Walegrin spürte, daß Illyra es nur aus Angst getan hatte.

»Hat man dich bedroht?« Seine Stimme klang wie die des Standortoffiziers, der er gewesen war.

Illyra schwieg, doch Dubro antwortete. »Sie bedrohen sie jedesmal, wenn sie ihnen die Wahrheit liest. Sie sagt ihnen, daß sie Feiglinge sind – und ihre Drohungen beweisen es.

Lyra ist zu ehrlich. Sie sollte die Fragen nicht beantworten, die die Männer nicht stellen sollten.«

»Aber deine Frage werde ich jetzt beantworten, Walegrin«, erbot sie sich, ohne ihren Mann dabei anzusehen.

Ihre Räucherschalen lagen noch über den Teppich verstreut, und ihre Karten waren offensichtlich gegen die Wand geworfen worden. Walegrin beobachtete seine Schwester, während sie Ordnung schaffte und sich hinter den Tisch setzte. Sie hatte sich von der Geburt der Zwillinge erholt, und ihr Gesicht wirkte auf angenehme Weise reifer, aber ansonsten schien sie die gleiche wie zuvor zu sein – bis sie nach den Karten griff.

»Was möchtest du wissen?« erkundigte sie sich.

»Man hat mich verraten, und ich befinde mich noch in Gefahr. Ich möchte gern wissen, wen ich am meisten fürchten muß und wo ich mich in Sicherheit bringen kann.«

Illyras Gesicht entspannte sich zur ausdruckslosen Maske, und ihre Augen starrten ihn leer an. »Der Stahl bringt Feinde, nicht wahr?«

Obgleich er sie beim Wahrsagen schon öfter in diesem abwesenden Zustand gesehen hatte, fröstelte Walegrin angesichts dieser Veränderung. Aber er glaubte felsenfest an ihre Gabe, seit sie ihm die Tonscherbe gelesen hatte, die ihn schließlich zum Erz führte. »Ja, der Stahl bringt Feinde. Wird er mein Tod sein? Ist er das letzte Glied einer von S'danzo geschmiedeten Kette?«

»Gib mir dein Schwert!« forderte sie ihn auf.

Er händigte ihr die Klinge aus Enlibarstahl aus.

Illyra betrachtete sie eine Weile, dann fuhr sie mit der Hand über die Oberfläche und berührte die Schneide vorsichtig mit den Fingerspitzen. Nun legte sie die Waffe vor sich auf den Tisch und blieb reglos sitzen, so lange, daß Walegrin sich Sorgen um sie zu machen begann. Er stand auf, um zur Tür zu gehen, als ihre Augen sich plötzlich weiteten und sie seinen Namen rief.

»Die Zukunft ist verschwommen, seit ich entband, Walegrin, aber deine Zukunft ist wie Nebel für die Sonne.

Stahl gehört keinem Menschen, nur sich selbst – und dieser Stahl mehr als jeder andere. Er riecht nach Göttern und Magie, Orten, die S'danzo nicht zu sehen vermögen. Doch wenn deine Verräter nicht durch die Götter arbeiten, werden sie keine Macht über dich haben. Ich sehe Ränke und Verrat – doch weder die einen noch der andere vermögen dir oder dem Stahl etwas anzuhaben.«

»Was ist mit den Rankanern? Haben sie mich vergessen? Wenn ich nordwärts ziehe ...«

»Du wirst nicht nordwärts ziehen«, unterbrach sie ihn und griff nach dem Schwert.

»Lyra, ich werde mit meinen Männern und den Schwertern in den Norden reiten.«

»Du wirst nicht nordwärts ziehen«, wiederholte sie.

»Unsinn!«

Illyra legte das Schwert auf den Tisch zurück. »Seit über einer Woche habe ich nichts klarer gesehen, Walegrin. Du wirst nicht nordwärts ziehen, ja du wirst Freistatt nicht einmal verlassen.«

»Wie kannst du dann sagen, daß mir nichts zustoßen wird? Was ist mit dem Spitzel, der uns heute morgen entkam? Siehst du ihn?«

»Nein – er kann keine Bedeutung für dich haben. Aber ich werde meine Karten fragen.« Sie griff nach dem Päckchen, nahm Walegrins Hand und drückte sie auf die Karten. »Vielleicht ist deine Zukunft vom Stahl getrennt. Teil die Karten in drei Stapel und dreh von jedem die oberste Karte um.«

Er legte die Stapel, wohin sie deutete, und drehte die Karten um. Die erste zeigte zwei Männer im Zweikampf. Obgleich Blut von beiden Klingen tropfte, schien keiner verwundet zu sein. Es war eine Karte, die Walegrin schon einmal gesehen hatte. Die zweite war ihm nicht vertraut, und ihre Farben waren durch Wasser, das über sie geronnen sein mußte, ineinander verlaufen. Offenbar aber stellte ihr Bild viele Schiffe auf offenem Meer dar. Die dritte Karte wies eine gerüstete Hand um ein Schwert auf, das halb in Flammen zu stehen schien. Unwillkürlich streckte Walegrin die Hand aus, um die Flammen zu berühren. Illyras Finger legten sich um seine und hielten sie zurück.

»Deine erste Karte ist die Erzzwei, also Stahl. Sie bedeutet vielerlei, aber für dich nur ganz einfach den Stahl an sich. Doch das weißt du ja schon.

Deine zweite ist die Schiffsieben oder war es. Sie war die Fischerflotte, ist jedoch zu etwas anderem geworden.« Sie drückte seine Hand. »Hier liegen alle Gefahren und Möglichkeiten. Nicht einmal die Götter sehen diese Karte, wie wir sie jetzt sehen. Die Schiffsieben kommt aus der Zukunft. Sie segelt nach Freistatt, und nichts wird mehr dasselbe sein. Denk daran!« befahl sie und drehte die Karte schnell um. »Es ist uns nicht bestimmt zu sehen, was die Götter noch nicht gesehen haben.

Deine dritte Karte ist kein Schwert, obgleich du das dachtest. Es ist die Flammenlanze – das Fanal! Gemeinsam mit Stahl und der aufgedeckten Zukunft stellt sie dich an die Spitze. Es ist keine Karte für einen Mann, der an S'danzoflüche glaubt!«

»Sprich nicht in Rätseln, Illyra!«

»Es ist ganz einfach. Du stehst unter keinem S'danzofluch mehr – falls das überhaupt je der Fall war. Du bist von den Göttern gezeichnet. Doch denk daran, was man über die Götter sagt: Es macht keinen Unterschied, ob sie einem wohl- oder übelgesonnen sind. Seit der Geburt meiner Kinder ist dies die erste nicht verschleierte Zukunft. Ich sehe eine gewaltige Flotte in Richtung Freistatt kommen – und ich sehe das Fanal. Ich werde nicht versuchen zu deuten, was ich sehe.«

»Die Rankaner werden mich nicht erwischen, und Balustrus wird mich nicht verraten?«

Die S'danzo lachte und häufte ihre Karten. »Mach die Augen auf, Walegrin! Es spielt keine Rolle. Ranke liegt im Norden, und du wirst nicht gen Norden reiten. Der Stahl, die Flotte und das Fanal sind *hier!*«

»Ich verstehe es nicht!«

Das Räucherwerk war niedergebrannt. Sonnenschein drang durch die nur mit der Kordel zusammengehaltene Vorhangtür. Illyra löste sich aus der Düsternis der Rätselhaftigkeit und wurde wieder zu ihrem eigenen Ich. »Du bist der einzige, der es verstehen könnte, Walegrin«, versicherte sie ihm. »Ich bin jetzt zu müde. Es ist auch nicht wirklich wichtig, denn ich spüre kein Unheil für dich – und glaube mir, dieses Gefühl ist mir nur allzu vertraut, seit die Söldner hierherzukommen begannen. Wer weiß, vielleicht brauchst du es auch gar nicht zu verstehen. Die Dinge tun sich um dich herum, und du nimmst deinen Weg vielleicht mit mehr Glück als Verstand. Sag Dubro, wenn du gehst, daß er heute niemanden mehr hereinlassen soll.«

Sie stand auf und trat hinter einen Vorhang. Er hörte, daß sie sich niederlegte. So trat er ohne ein weiteres Wort durch die Tür. Thrusher half Dubro mit seinem Radband. Beide Männer hielten in der Arbeit inne, als sie ihn sahen.

»Sie möchte den Rest des Tages ungestört sein«, sagte er.

»Dann verschwindet ihr wohl besser.«

Widerspruchslos verließ Walegrin die Schmiede, und Thrusher schloß sich ihm an.

»Sprich schon! Was hast du erfahren?«

»Sie sagte mir, daß wir nicht nach Norden ziehen werden und daß eine gewaltige Flotte sich Freistatt nähert.«

Thrusher blieb mitten im Schritt stehen. »Sie ist verrückt!« rief er.

»Das ist sie sicher nicht. Aber verstehen tue ich es auch nicht. Inzwischen werden wir jedenfalls mit unseren ursprünglichen Plänen weitermachen. Heute abend kehren wir in die Stadt zurück und unterhalten uns mit den Männern, die du ausgewählt hast. Bis dahin dürften auch unsere fünfundzwanzig Schwerter fertig sein. Wenn nicht, vergessen wir die fehlenden und brechen mit denen auf, die wir haben. Ich will bis Sonnenaufgang fort sein.«

6

Das einzige Licht in der winzigen Kammer unter dem Dach kam von zwei übelriechenden Kerzen. Ein Mann stand etwas unbequem in der Mitte des Raumes – denn nur dort konnte man aufrecht stehen, ohne sich den Kopf an den grobaussehenden Dekkenbalken anzustoßen. Aus einer düsteren Ecke überhäufte Walegrin ihn mit Fragen.

»Du sagst, du kannst mit einem Schwert umgehen.

Hast du Erfahrung in Scharmützeln oder Schlachten?«

»Beides. Ehe ich nach Freistatt kam, das war vor zwei Jahren, wohnte ich eine Zeitlang in Valtostin. Des Nachts mußten wir gegen die Bürger kämpfen und tagsüber gegen die Tostinstämme. An einem einzigen Tag mußte ich zwanzig Gegner töten. Und ich kann es mit Narben beweisen!«

Walegrin zweifelte nicht an seinen Worten. Der Mann sah wie ein erfahrener Soldat aus, nicht wie ein Schläger. Thrusher hatte gesehen, wie er allein ein Paar Raufbolde zur Vernunft gebracht hatte, und zwar ohne sie ernsthaft zu verletzen und ohne Getue. »Warum bist du von Valtostin fort?«

Verlegen verlagerte der Mann sein Gewicht von einem Fuß auf den anderen. »Frauen – eine Frau.«

»Und du bist nach Freistatt gekommen, um zu vergessen?« fragte Walegrin.

»Für meinesgleichen gibt es immer Arbeit, vor allem in einer Stadt wie dieser.«

»Also hast du Arbeit gefunden, aber nicht in der Garnison. Was machst du?«

»Ich beschützte das Eigentum eines Kaufmanns ...«

Walegrin brauchte den Rest der Erklärung gar nicht zu hören, dazu kannte er sie inzwischen schon zu gut. Es sah ganz danach aus, als hätten die überlebenden Falkenmasken sich alle auf dieselbe Ausrede für ihre frühere Tätigkeit bei Jubal verlegt. In gewisser Hinsicht war es auch nicht gelogen. Jubals Gewerbe unterschied sich im Grunde genommen nicht allzusehr von dem eines üblichen Kaufmanns – schon gar nicht hier in Freistatt.

»Du weißt, was ich bieten kann?« fragte Walegrin

ausdruckslos, als der Mann schwieg. »Wieso willst du zu mir, wo Tempus doch Stiefsöhne braucht?«

»Eher würde ich sterben, als unter ihm zu dienen!«

Auch das war die erwartete Antwort. Walegrin trat aus der Düsternis und umarmte den neuen Mann. »Nun, zum Sterben mag es wohl kommen, Cubert. Wir sind in einem Landhaus im Norden der Stadt einquartiert. ›Seufzende Bäume‹ steht auf dem Schild davor, wenn du Winder lesen kannst. Ansonsten wirst du es am Geruch erkennen. Wir sind noch eine Nacht bei Balustrus, dem Metallmeister.«

Cubert kannte den Namen und zuckte bei seiner Erwähnung nicht zusammen. Vielleicht empfand er nicht denselben Abscheu vor Magie und allem, was damit zusammenhing, wie die meisten Söldner. Oder vielleicht war er lediglich ein guter Soldat, der sein Los ergeben hinnahm. Thrusher öffnete die Tür für den neuen Mann.

»War das der letzte?« erkundigte sich Walegrin, als sie wieder allein waren.

»Der Beste jedenfalls. Eine Falkenmaske hätten wir noch, aber sie ist eine – Frau!«

Walegrins Seufzer ließ die Kerzen flackern. »Na gut, schick sie herein.«

Es war beim Militär nicht üblich, selbst hier im Hinterland nicht, Frauen für etwas anderes als die Küche und das Bett für geeignet zu halten. Jubals Verstoß gegen diese zeitgesegnete Einstellung fand Walegrin weit entrüstender als alles andere, was gegen ihn vorzubringen war. Und nun, da die Stiefsöhne das Gesicht der Abwindseite der Stadt veränderten, sah er sich selbst zu dieser Zweckentfremdung einer Frau gezwungen, wollte er die Stadt mit einem Dutzend Leuten unter seinem Befehl verlassen.

Nachdem er die Frau eingelassen und die Tür hinter ihr geschlossen hatte, zog Thrusher sich wieder in eine dunkle Ecke zurück.

Zwei Arten von Frauen waren es, die Jubal als Falkenmasken genommen hatte. Die erste war zierlich, ganz Zähne und Augen, und völlig ohne die üblichen Tugenden, die fast jeder Soldat einbrachte. Die zweite war ein Mann, nur mit den falschen Geschlechtsmerkmalen geboren; sie war groß und breit, start wie ein Mann gleicher Größe, doch wie ihrer kleineren Schwester mangelte es auch ihr an jeglichem militärischem Ehrgefühl.

Diese hier war von der ersten Art. Ihr Kopf reichte kaum bis zu Walegrins Brust. Ein bißchen erinnerte sie ihn an Illyra, und diese Ähnlichkeit genügte ihm beinahe, sie sofort wegzuschicken.

Sie schüttelte ihren kurzen Rock aus und zupfte einen Knoten an der Schulter ihrer Bluse zurecht, der es nicht völlig gelang, eine kleine Brust zu verbergen, die so schmutzig wie der sichtbare Rest ihres Körpers war. So wie sie aussah, schätzte Walegrin, daß sie seit zwei oder drei Tagen nichts mehr zu essen gehabt hatte. Eine erst halbverheilte Schnittwunde ließ ihr Gesicht ein wenig steif erscheinen und eine andere Verletztung zog sich über ihren muskulösen nackten Arm. Jemand hatte vergebens versucht, diese Frau umzubringen. Sie fuhr sich mit gespreizten Fingern durch das verfilzte dunkle Haar, was jedoch nicht dazu beitrug, es gepflegter wirken zu lassen.

»Name!« sagte er, als sie endlich stillstand.

»Cythen.« Ihre Stimme klang für eine, die so hart aussah, erstaunlich angenehm.

»Kannst du mit einem Schwert umgehen?«

»Gut genug.«

»Eines Knaben Schwert, nicht eines Mannes, nehme ich an.«

Bei dieser Beleidigung blitzten Cythens Augen. »Ich lernte von meinem Vater und von meinen Brüdern, Onkeln und Vettern, mit dem Schwert zu fechten. Sie gaben mir eines der ihren, als es an der Zeit war.«

»Und Jubal?«

»Und Ihr?« entgegnete sie herausfordernd.

Walegrin war von ihrer Unerschrockenheit beeindruckt – und wünschte sich, er könnte statt ihrer ihre männlichen Verwandten anwerben. »Wie hast du überlebt seit Jubals Tod – oder glaubst du nicht, daß er tot ist?«

»Es gibt nicht mehr genügend von uns, daß es einen Unterschied machte. Wir hatten immer mehr Feinde als Freunde. Die Tage der Falkenmasken sind vorbei. Jubal war unser Führer, und niemand könnte seinen Platz einnehmen, nicht einmal für ein paar Wochen. Ich ging in die Straße der Roten Laternen – aber das ist nicht nach meinem Geschmack. Ich war nicht immer so, wie ihr mich jetzt seht.

Ich habe beobachtet, wie Euer Mann mit einem Stiefsohn umsprang – also bin ich gekommen, um mir ein Bild von Euch zu machen, um festzustellen, was Ihr taugt.«

Ein Rekrut sollte seinen voraussichtlichen Offizier nicht so ansehen – nicht etwa, daß sie flirtete. Walegrin hatte das Gefühl, sie versuchte, die Rollen zu tauschen.

»Jubal war klug und stark – vielleicht aber nicht so klug und stark, wie er glaubte. Tempus hat ihn schließlich fertiggemacht. Ich schätze meine Loyalität hoch ein und gebe sie nicht dem erstbesten. Was sind Eure Pläne? Man raunt, Ihr hättet harten Stahl. Gegen wen wollt Ihr ihn einsetzen?«

Walegrin ließ sich seine Überraschung nicht anmerken, sondern erwiderte ihren Blick gleichmütig. Er hatte viel weniger Erfahrung als der Sklavenhändler, viel weniger Männer und viel weniger Gold. Ranke, mit Tempus als Vertreter, war Jubals Ende gewesen – wie konnten da die Aussichten für ihn sein? »Ich habe Enlibarstahl zu Schwertern geschmiedet«, anwortete er. »Die Nisibisi kämpfen nicht in Reih und Glied, sondern aus dem Hinterhalt. Also fallen wir unsererseits ihnen in den Rücken, bis wir uns einen Namen gemacht haben. Dann, mit weiteren Männern ...«

Sie seufzte laut. Einen wütenden Augenblick lang glaubte Walegrin schon, sie würde ihm einfach den Rücken kehren und gehen. Hatte sie wahrhaftig gehofft, er wolle versuchen, Jubals verlorenes Reich neu aufzubauen? Oder spürte sie die Leere seines Selbstvertrauens?

»Ich glaube nicht so recht daran«, gestand sie. »Aber zumindest werde ich von Freistatt wegkommen.« Sie streckte den Arm zum Handschlag aus.

Ein Söldnerhauptmann hieß seine Rekruten mit einem Händeschütteln und einer kameradschaftlichen Umarmung willkommen. Walegrin umarmte Frauen nicht als Kameraden. Wenn er es brauchte, fand er irgendeine Dirne, legte sie auf den Rücken und verschaffte sich, mit hochgeschlagenem Rock, um ihr Gesicht nicht sehen zu müssen, Erleichterung. Er hatte Frauen gesehen, Damen, die er nicht so behandeln würde – aber sie sahen ihn nicht.

Cythen war keine Schlampe; sie würde es sich nicht gefallen lassen, wenn man versuchte, sie so zu behandeln. Aber sie war auch keine Dame – nicht mit dem, was von ihrer Kleidung übriggeblieben war, und dem Schmutz, der an ihr klebte. Auf die Straße würde er sie jedenfalls nicht zurückschicken, zumindest nicht, ehe sie sich sattgesehen hatte. Er wischte sich schnell die Hand an seiner Hüfte ab, dann schüttelte er die ihre.

Es steckte Kraft in ihr, vielleicht nicht so viel wie in der eines Mannes, aber gewiß genug, um ein Schwert zu führen. Bemüht, es selbstverständlich wirken zu lassen, hob er die andere Hand zur Umarmung, wurde jedoch zu seiner Erleichterung durch laute Schritte und Stimmen auf der Treppe davor bewahrt.

Thrusher drückte sich an die Wand, Walegrin riß ein Messer aus der Unterarmscheide und sah aus dem Augenwinkel, daß Cythen eine Assassinenklinge von irgendwo aus ihrem Rock geholt hatte, ehe die Tür aufschwang.

»Sie haben sie entführt!«

Das Licht der Fackel auf dem Treppenabsatz blendete Walegrin, und so konnte er die Einzelheiten des Bildes vor sich nicht erkennen. Da war eine riesenhafte, brüllende Gestalt in der Mitte, mit sich windenden Anhängseln, die ebenfalls brüllten, seine Wächter wahrscheinlich, und dann Thrusher, der aus der Dunkelheit sprang, um seine tödlichen Arme um den unbezwungenen Eindringling zu werfen. Der Riese ächzte, fiel zurück und quetschte Thrusher gegen die Wand, danach drehte er sich um, befreite seinen rechten Arm, löste ruhig jemanden von seiner linken Seite und warf ihn in die Ecke.

»Walegrin!« brüllte er. »Sie haben sie entführt!«

Cythen kauerte auf den Ballen unterhalb des Blickwinkels des Riesen, nicht jedoch unter dem Walegrins. Sie war im Begriff, nach dem Riesen zu stechen, als Walegrin ihr hastig die Hand auf die Schulter legte. Sie blieb in ihrer Kauerstellung.

»Dubro?« fragte Walegrin unsicher.

»Sie haben sie entführt!« Der Schmerz des Schmieds war nicht körperlicher Art, doch nichtsdestoweniger qualvoll. Walegrin brauchte nicht zu fragen, wen man entführt hatte, obwohl es ihm rätselhaft war, wie die Entführer an dem Schmied vorbeigekommen waren.

»Beruhige dich erst einmal! Und dann langsam: Wer hat sie entführt? Wann? Warum?

Der Schmied holte tief Luft und zwang sich zur Beherrschung. »Kurz nach Sonnenuntergang kam ein Betteljunge und sagte, am Pier sei es zu einem Unfall gekommen. Lyra sagte, ich solle helfen, wenn ich könnte, also ging ich mit dem Jungen. Ich habe ihn aber schnell aus den Augen verloren, und an den Piers war nichts los ...« Er machte eine Pause und legte die Finger in fast knochenbrechendem Griff um Walegrins Handgelenk.

»Sie haben dich fortgelockt«, stellte Walegrin fest. Er war froh, daß der Metallhandschuh sein Handgelenk vor der vollen Kraft von Dubros Verzweiflung schützte.

Der Schmied nickte. »Sie war fort, als ich heimkam!«

»Glaubst du nicht, daß sie dir bloß gefolgt ist und dann vielleicht einen anderen Weg genommen hat? Oder daß sie diese andere S'danzo besuchte?«

Ein tiefes Stöhnen entrang sich Dubros Kehle. »Nein – nein! Die Stühle waren umgekippt, der Tisch. Sie hat sich gewehrt! Sie war fort – ohne ihr Schultertuch. Walegrin, sie geht nie ohne Schultertuch aus dem Haus!«

»Vielleicht konnte sie entkommen und hat sich irgendwo versteckt?«

»Ich habe überall gesucht – sonst wäre ich schon eher hierhergekommen«, erklärte der Schmied, ließ Walegrins Handgelenk los und klammerte die Finger um die weniger gut geschützte Schulter. »Ich bin zu allen S'danzo – und sie haben mit mir gesucht! Wir fanden ihren Schuh hinter dem Stand der Bauern am Fluß, doch keine weitere Spur. Ich rannte heim, um dort nach Hinweisen zu suchen.« Dubro schüttelte Walegrin in seiner Erregung. »Ich habe das hier gefunden!«

Er holte etwas aus seinem Beutel und hielt es zu dicht vor Walegrins Gesicht, als daß er es hätte erkennen können. Der Schmied schien sich jetzt wenigstens ein bißchen zu beruhigen. Er ließ Walegrin los, damit er den Gegenstand richtig betrachten konnte.

Es war eine metallene Handschuhverzierung mit Gravierung. Sie müßte helfen, den Handschuhträger zu erkennen, falls man ihn fand. Walegrin sagte die Gravur nichts. Er zeigte sie Thrusher.

»Kennst du das?« fragte er.

»Nein ...«

Cythen nahm ihm den Zierknopf aus der Hand. »Stiefsöhne ...«, sagte sie in einem Tonfall aus dem gleichermaßen Wut wie Furcht sprach. »Seht ihr, das ist ein Blitz, der aus einer Wolke bricht. Nur sie tragen dieses Zeichen!«

»Was sollen wir machen?« fragte Dubro.

Das wollte nicht nur Dubro wissen. Bei der Erwähnung der Stiefsöhne war Cubert herbeigekommen, und Cythen war scharf auf Vergeltung. Die Falkenmasken hatten guten Grund, Rache nehmen zu wollen. Selbst Thrusher, der sich den schmerzenden Hinterkopf rieb, schien das als Herausforderung anzusehen, die man nicht unbeanwortet lassen durfte. Walegrin steckte den Kopf in seinen Gürtelbeutel.

»Wir wissen, daß der Entführer ein Stiefsohn ist, aber nicht welcher«, sagte Walegrin, obgleich er den verdächtigte, der schon am Vormittag Illyras Tisch umgekippt hatte. »Wir haben keine Zeit, sie alle zu stellen, und ich glaube auch nicht, daß Tempus das zuließe. Aber wenn wir einen Stiefsohn oder auch zwei als Geisel schnappen könnten, würde es uns die Arbeit erleichtern ...«

»Ich gehe mit Thrusher. Ich weiß, wo sie sich um diese Stunde herumtreiben!« erklärte Cubert. Cythen nickte bestätigend.

»Aber denkt daran, ein toter Stiefsohn nutzt uns nicht. Wenn Ihr jedoch keine andere Wahl habt, dann versteckt die Leiche wenigstens gut – verdammt!«

»Es wird uns ein Vergnügen sein.« Cubert grinste.

»Kümmere dich darum, daß sie ihre Schwerter kriegen«, rief Walegrin Thrusher nach, der die ehemaligen Falkenmasken aus der Kammer führte. Er blieb mit Dubro zurück. »Wir zwei werden die Hintergasse absuchen – und hoffen, daß wir nichts finden!«

Dubro erklärte sich damit einverstanden. Für einen, von dem man annahm, daß er nicht klüger als sein Hammer war, verhielt Dubro sich sehr geschickt. Er ließ sich nicht etwa von Walegrin durch die Dunkelheit führen, sondern übernahm vielmehr ungefragt die Führung. Walegrin hatte ihn nicht mit den anderen gehen lassen, weil er geglaubt hatte, er würde ihnen nur ein Hindernis statt einer Hilfe sein. Und nun stellte er fest, wie gut sich Dubro zurechtfand und daß er Sackgassen und offene Keller kannte, von denen die meisten nicht einmal etwas ahnten.

Schließlich gelangten sie aus dem Labyrinth zu den übelriechenden Schlachthofgebäuden. Fleischer arbeiteten dort genau wie Leichenbestatter und Totengräber. Glitschige Haufen verwesenden Fleisches und Knochen aller Art erstreckten sich fast ungestört bis zum Fluß. Hunde und Möwen mieden sie. Nur vereinzelte fette Ratten waren zu sehen. Hier hatten sie Rezzel an jenem frühen Morgen gefunden – und liegengelassen. Einen Herzschlag lang befürchtete Walegrin schon, Illyra ein Stück entfernt liegen zu sehen – aber nein, es waren glücklicherweise nur einige fäulnisüberzogene Gebeine.

»Sie kommt hin und wieder hierher«, sagte Dubro leise. »Du weißt warum, nicht wahr?«

»Dubro – du glaubst doch nicht gar ...?«

»Nein, sie vertraute dir, und in solchen Dingen täuscht man sich nicht. Ich dachte nur, wenn sie verängstigt war, wenn sie meinte, sie könnte sich nirgendwo anders hintrauen – daß sie dann vielleicht hierherkam.«

»Kehren wir jetzt lieber zum Basar zurück. Womöglich haben die S'danzo eine Spur gefunden. Wenn nicht, nun, dann hole ich meine Männer und die, die am Vormittag dazugestoßen sind. Es wird uns schon etwas einfallen, wie wir an Tempus herankommen.« Dubro nickte und ging voraus, wobei er einen weiten Bogen um die gespenstisch schimmernden Knochen auf den Haufen machte.

Mondblume, die unter den Frauen so groß wie Dubro unter den Männern war, saß hinter Illyras Tisch, als die beiden den kleinen Raum hinter dem Vordachvorhang betraten. »Sie lebt«, sagte die feiste Frau und mischte Illyras Karten.

»Walegrin hat einen Plan, wie wir sie uns von den Stiefsöhnen zurückholen können«, sagte Dubro zu ihr. Die drei füllten den kleinen Raum fast aus.

Mondblume erhob sich von dem knarrenden Hokker. Aus ihren Augen sprach raubtierhafte Neugier. »Walegrin – du bist groß geworden!«

Sie selbst war nicht wirklich groß, nicht größer als Cythen jedenfalls, aber sie wirkte wie ein Berg. Sie trug Schichten um Schichten bunten Stoffes, mehr Schichten und Farben, als das Auge aufnehmen wollte. Und doch bewegte sie sich flink, um Walegrin aufzuhalten, ehe er die Tür erreichte.

»Du wirst die befreien?«

»Ich dachte nicht, daß ihr S'danzo sie mögt!« knurrte Walegrin.

»Sie bricht nur kleine Regeln und bezahlt einen geringen Preis – aber nicht sehr! Du denkst an die Mutter. Sie brach die großen Regeln und bezahlte einen hohen Preis. Aber möchten wir nicht alle die großen Regeln brechen? Sie bezahlte mit ihrem Leben – aber wir behalten sie hier in Erinnerung.« Mondblume legte eine fleischige Hand auf das Fett über ihrem Herzen. »Geh und bring sie zurück. Ich bleibe hier bei ihm!« Sie machte die Tür frei und schob Walegrin hinaus in die Nacht. Sie war vermutlich nicht sehr kräftig, aber bei ihrem Gewicht war das auch gar nicht nötig.

Allein auf dem Basar erinnerte sich Walegrin, was Illyra über die S'danzo gesagt hatte. Daß sie eigentlich zweierlei Gruppen waren, Männer und Frauen, und nicht denselben Weg gingen. Die S'danzomänner waren es gewesen, die seinen Vater zerstückelt hatten – und ihn verflucht. Doch die S'danzofrauen waren die mit der Macht, mit dem Gesicht …

Bedächtig stapfte Walegrin aus der Stadt und die Hänge zu Balustrus' Landhaus hinauf. Er brauchte seine ganze Kraft, um Fuß vor Fuß zu setzen. Er mußte unbedingt etwas essen und sich ein bißchen ausruhen, ehe er sich wieder mit Illyras Problemen befassen konnte. Es wurde ihm klar, daß er die Stadt nicht verlassen durfte, ehe sie nicht gefunden war, so oder so.

Das Weinen einer Frau erregte seine Aufmerksamkeit. Seine nur noch halbwachen Gedanken drehten sich um Illyra, als eine Gestalt sich aus der Dunkelheit erhob und die Arme um ihn schlang. Dem Geruch nach war es nicht Illyra. Er schob Cythen zur Seite und musterte sie im grauenden Morgen.

Die Schnittwunde im Gesicht des Mädchens war in der Nacht neu aufgebrochen. Frisch verkrustetes Blut machte ihre starre Miene zu etwas ebenso Erschrekkendem wie Balustrus' wütende Fratze. Tränen und Schweiß hatten Furchen durch den Schmutz auf ihre Haut gezogen. Walegrins erster Gedanke war, sie kopfüber ins Dickicht zu stoßen. Er überwand sich, nahm ihre Hand und führte sie zu einem niedrigen Felsbrocken. Dann legte er ihr seinen Umhang um und sagte sich, daß er dasselbe für jeden seiner Männer tun würde, ohne es jedoch selbst zu glauben.

»Sie haben Thrusher, und Cubert ist tot!« schluchzte sie.

Er nahm ihre Hände, damit sie sich beruhige und vernünftig berichten könne, denn so war sie kaum zu verstehen. »Was ist mit Thrusher?«

Cythen entzog ihm die Hände und schlug sie vors Gesicht. Sie schluchzte noch einmal laut, dann wandte sie sich Walegrin ohne Tränen zu. »Wir waren in Abwind, etwas hinter Mama Bechos Schenke, und beschatteten ein Stiefsöhnepaar, von dem wir erfahren hatten, daß es nach Sonnenuntergang eine vermummte Gestalt verschleppt hatte. Thrusher ging voraus, Cubert in der Mitte und ich machte den Abschluß. Ich hörte ein Geräusch, stieß eine Warnung aus und wirbelte herum. Aber es war eine Falle. Die anderen waren in der Übermacht. Ich konnte nicht einmal mehr mein Messer ziehen – sie hielten mich von hinten fest. Es sollte eine Entführung werden, jedenfalls versuchten sie nicht, uns umzubringen. Ich ging zu Boden, ehe sie richtig zugeschlagen hatten – aber Thrusher und Cubert kämpften wie besessen weiter.

Als wir zurück in der Stadt waren, in Palastnähe, gelang es mir zu fliehen. Ich hatte keine Gelegenheit, mich richtig umzusehen, aber ich weiß, daß sie nur noch Thrusher dabei hatten – also muß Cubert tot sein.«

»Wie lange ist das her?«

»Ich rannte geradewegs hierher und bin noch nicht lange da.«

»Und du bist sicher, daß es beim Statthalterpalast war – nicht bei Jubals Landhaus?«

Gereizt fauchte sie: »Ich kenne mich auf Jubals Anwesen aus! Wenn es dort gewesen wäre, hätte ich mich versteckt und Thrusher herausgehauen! Die Stiefsöhne und Tempus sind noch nicht lange genug dort, um sich im Haus so gut auszukennen wie wir Falkenmasken. Aber überfallen wurden wir jedenfalls von den Stiefsöhnen, das steht fest!«

»Du bist sicher?«

»Ich kenne ihren Geruch!«

Walegrin war zu müde für weitere, ohnehin unnütze Fragen. Er hatte Thrusher verloren, der ihm weit mehr ein Freund und Vertrauter war als nur ein Leutnant. Und er hatte keine Geisel, die ihm eine Verhandlungsbasis gäbe. Es war ihm unmöglich, dieser zerrupften, halbverhungerten Frau zu glauben, daß sie hatte entkommen können, wohingegen Thrusher es nicht geschafft hatte …

»Ihr glaubt mir nicht, nicht wahr?« fragte sie müde. »Thrusher traute mir und ließ mich hinter ihm gehen. Er muß gekämpft haben, bis sie ihn bewußtlos schlugen, während ich früher aufgab. Das macht den Unterschied. Walegrin, Ihr sagt, Frauen hätten keine Ehre, weil sie zuerst aufgeben und später auftrumpfen. Ihr Männer dagegen wollt die ganze Zeit siegen oder bei dem Versuch sterben. Wenn ich auf der Seite der anderen wäre, glaubt Ihr, ich wäre dann hierhergekommen?«

»Warum nicht? Um mich in die Falle zu locken«, sagte Walegrin, doch ohne innere Überzeugung.

Die Sonne ging auf, als er den Riegel des Außentors zurückschob und Cythen in den Vorhof führte. Balustrus erwartete sie. Der Metallmeister wußte bereits einiges über die nächtlichen Ereignisse.

»Sieht so aus, als werdet Ihr doch nicht einfach heimlich aufbrechen«, sagte er anklagend.

»Stimmt, wir wollten fort«, gestand Walegrin. »Denn je länger ich bleibe, desto enger zieht sich die Schlinge zusammen. Und es bleibt dabei. Ich verschwinde. Ihr könnt das Erz, die Halskette und die Formel behalten – mehr braucht Ihr ohnehin nicht.«

»So einfach wird es nicht sein, außer Ihr wollt Thrusher durch das dürre Gerippe hinter Euch ersetzen. Der Prinz hat sich eingeschaltet!« Balustrus händigte ihm eine Schriftrolle mit gebrochenem Siegel aus.

Das Schreiben bestätigte Cythens Geschichte, daß sie von den Stiefsöhnen zum Palast gebracht worden waren.

Der Statthalter ordnete Walegrins Erscheinen in der Gerichtshalle an. Grimmig zerknüllte Walegrin das Schreiben und warf es auf den Boden. Er hätte Thrusher seinem Schicksal überlassen können, oder Illyra dem ihren. Aber beide konnte er nicht einfach im Stich lassen.

»Cythen«, sagte er müde, als sie das Zimmer betraten, das er mit Thrusher geteilt hatte. Er schaute sich nach einem sauberen Wams um. »Was auch immer passiert, such weiter nach Illyra, hörst du? Wenn du sie findest, dann bring sie auf den Basar zurück. Die S'danzo werden dir helfen, und Dubro ebenfalls. Sie werden nicht nach deiner Vergangenheit fragen. Verstehst du?«

Sie nickte und schaute gleichgültig zu, wie er sein schmutziges Wams auszog und in ein frisches schlüpfen wollte.

»Ihr solltet Euch zuerst waschen«, riet sie ihm. »Ihr solltet den Prinzen nicht durch Euren Gestank abstoßen. Dadurch könnt Ihr nichts gewinnen.«

Walegrin funkelte sie an, ließ das saubere Wams fallen und rannte zum Bach.

»Ich war nicht immer so!« schrie sie ihm nach. »Ich kannte ein besseres Leben!«

Triefend, aber sauber, kehrte Walegrin in das Zimmer zurück, wo sein Wams inzwischen auf dem Strohsack lag. Irgendwie war es dem Mädchen gelungen, die Falten zu glätten. Sein Bronzestirnreifen war flüchtig zu hellem Glanz gerieben, und die Sandalen waren vom größten Teil des Schmutzes befreit. Aber Cythen war verschwunden, aus dem Haus, aus dem Hof, und auch im Schuppen war sie nicht. Nach dem Verlust von Illyra und Thrusher war das beinahe mehr, als er ertragen konnte. Hätte er sie jetzt gefunden, er hätte ihr mit Vergnügen den Hintern versohlt.

Aber verdammt noch mal, das Mädchen hatte recht: Sauber fühlte er sich viel besser. Seine paar Männer stellten sich im Hof auf, als er sie rief. Er sagte ihnen das gleiche wie zuvor Cythen. Sie brummelten, und er bezweifelte, daß sie länger als einen

Tag warten würden, ehe sie getrennte Wege gingen, wenn er nicht zurückkehrte.

Auch nach Balustrus suchte er, doch er fand lediglich die ihm zustehenden Schwerter. Erz, Halskette und Metallmeister waren verschwunden. Wenn es mit dem Verschwinden so weiterging, würde er sich noch daran gewöhnen.

Auf der Straße machte man ihm Platz. Man erkannte ihn, doch niemand versuchte, ihn aufzuhalten. Den Blick starr geradeaus gerichtet, eilte er an den Galgen vorbei. Er wollte die Hängenden nicht sehen. Mit unbewegter Miene ließ der Torwächter sich seinen Namen nennen und rief einen Pagen, der ihn zur Gerichtshalle führte.

In dem riesigen Saal ließ man ihn allein. Gleich darauf trat Prinz Kadakithis in Begleitung von zwei Sklaven ein. Der junge Statthalter schickte die beiden fort und nahm auf seinem Thron Platz.

»Ihr seid also Walegrin«, sagte er ohne viel Getue. »Ich dachte, ich müßte Euch kennen. Euretwegen tat sich so allerhand!«

Walegrin hatte vorgehabt, sich untertänig zu geben und ruhig zu verhalten – eben alles zu tun, um Thrusher freizubekommen. Aber dies war Kittycat, der Mißachtung geradezu herausforderte. Abfällig sagte er: »Ihr habt meinen Mann in Eurem Kerker. Laßt ihn frei!«

Der Prinz zupfte an dem Spitzenbesatz seines Ärmels. »Ehrlich gesagt, ich habe Euren Mann nicht. O ja, er wurde gefangengenommen, und er lebt – aber er ist in Tempus' Gewahrsam, nicht meinem.«

»Dann spreche ich wohl besser mit Tempus!«

»Walegrin, ich habe zwar Euren Mann nicht, wohl aber Euch!« sagte der Prinz scharf.

Walegrin unterdrückte seine Entgegnung und musterte den Prinzen eingehender.

»So ist es schon besser. Ihr habt ein Recht zu Eurer Meinung über mich – und ich habe sie wahrscheinlich verdient. Es gibt eine Menge zu sagen über die Rolle, die man im Leben spielen muß. Ihr könnt mit Tempus sprechen, sobald ich zu Euch gesprochen habe – und Ihr werdet dankbar für die Verzögerung sein.

Die Götter wissen, wie viele Berichte aus Ranke ich über Euch bekam – angefangen schon vor Eurem Verschwinden. Den letzten erhielt ich mit der kürzlichen Abordnung aus der Hauptstadt – von Zanderei, einem so geschickten Assassinen, wie nur die Götter ihn finden konnten. Ich weiß, wieviel Geld Ihr von Kilite bekommen habt. Schaut mich nicht so überrascht an. Ich wuchs am Kaiserhof auf – und ich lebte längst nicht mehr, hätte ich nicht einige vertrauenswürdige Freunde. Die Hauptschlange im Nest meines Bruders erkundigt sich ständig nach Euch. Der Schurke scheint zu glauben, daß Ihr Enlibarstahl entdeckt habt. Ich versichere ihm, daß dies nicht der Fall ist, obgleich ich es besser weiß. Ich weiß, wieviel er sagte, daß er Euch für das Geheimnis bezahlen würde; also weiß ich auch, daß Ihr nicht in Freistatt seid, um einen besseren Preis auszuhandeln. Aber ich weiß auch, was Balustrus über den neuesten Stand des Stahles sagte. Überrascht Euch etwas von dem, was ich sagte?«

Walegrin schwieg.

Er wunderte sich nicht wirklich, obgleich er das eigentlich nicht erwartet hatte. Doch heute konnte nichts ihn ernsthaft erstaunen.

Der Prinz legte sein Schweigen falsch aus. »Na gut, Walegrin. Kilites Fraktion fand Euch, bezahlte Euch, besorgte Euch eine Begnadigung für Eure unerlaubte Abwesenheit und versuchte dann, Euch umbringen zu lassen. Ich hatte selbst ein paarmal mit Kilite zu tun, und ich versichere Euch, allein werdet Ihr nie gegen ihn ankommen! Ihr braucht Protektion, Walegrin, und zwar Protektion von einer besonderen Person – einer, die Euch so sehr braucht wie Ihr sie. Kurz gesagt, Walegrin, Ihr braucht mich!«

Walegrin erinnerte sich, daß er vor kurzem erst selbst das gleiche gedacht und sich nur die Umstände der Unterredung anders vorgestellt hatte.

»Ihr habt doch die Höllenhunde sowie Tempus und die Heiligen Trupps«, entgegnete er mürrisch.

»Um ehrlich zu sein, sie haben eher mich. Sehen wir den Tatsachen doch ins Auge, Walegrin. Getrennt sind wir nicht sehr gut gerüstet. Nur mit meinem Geburtsrecht oder bloß mit Eurem Stahl sind wir nicht mehr als Spielfiguren anderer. Legen wir aber beides zusammen, sieht es gleich besser aus. Walegrin, die Nisibisi sind bis an die Zähne bewaffnet. Sie werden die Streitkräfte jahrelang beschäftigen, ehe sie sich ergeben – falls sie sich ergeben. Eure Handvoll Enlibarschwerter würde da wenig ausrichten. Aber das Reich wird uns hier vergessen, wenn es im Norden zu kämpfen hat.«

»Genau gesagt, wollt Ihr meine Männer und meinen Stahl hier statt am Hexenwall, richtig?«

»So, wie Ihr das sagt, haltet Ihr mich offenbar für einen zweiten Kilite. Walegrin, ich mache Euch zu meinem Ratgeber. Ich werde mich Euer und Eurer Männer annehmen. Kilite werde ich mitteilen, daß wir Euch im Hafen treibend aufgefunden haben – und ich werde dafür sorgen, daß er das auch glaubt. Ich kümmere mich darum, daß Ihr sicher seid, während das Reich sich im Norden verausgabt. Es kann zwanzig Jahre dauern, Walegrin, aber wenn wir nach Ranke zurückkehren, wird es uns gehören!«

»Ich werde es mir überlegen«, versprach ihm Walegrin, tatsächlich aber dachte er an Illyras Gesicht von einer Invasionsflotte und ihre Behauptung, daß er nicht gen Norden ziehen würde.

Der Prinz schüttelte den Kopf. »Dazu bleibt keine Zeit. Ihr müßt mein Mann sein, ehe Ihr mit Tempus sprecht. Wahrscheinlich braucht Ihr mich, um Euren Leutnant freizukriegen!«

Sie befanden sich allein im Saal, und Walegrin hatte sein Schwert noch. Er dachte daran, es zu benutzen, und vielleicht kam dem Prinzen dieser Gedanke ebenfalls, denn er lehnte sich weiter auf seinem Thron zurück und fummelte wieder an seinem Ärmelbesatz.

»Es könnte sein, daß Ihr lügt«, gab Walegrin nach einem drückenden Schweigen zu bedenken.

»Man kann viel von mir sagen, aber nicht, daß ich lüge.«

Das stimmte. Also meinte er, was er gesagt hatte. Außerdem mußte Walegrin an Thrushers Sicherheit denken und an die Illyras. »Dann möchte ich, daß Ihr mir sofort einen Gefallen erweist.« Walegrin bot ihm die Hand.

»Alles, was in meiner Macht steht. Doch zuerst sprechen wir mit Tempus – und erwähnt unsere Abmachung nicht!«

Der Prinz führte Walegrin durch die Korridorte, in denen er noch nie gewesen war, aber das hier war schließlich der Palastteil mit den Privatgemächern. Die Ausstattung, obwohl nicht mit der des Kaiserpalasts vergleichbar, beeindruckte Walegrin gewaltig. Deshalb fiel es ihm gar nicht auf, daß der Prinz vor einer geschlossenen Tür stehengeblieben war, und er prallte gegen ihn.

»Also, vergeßt nicht – kein Wort über unsere Abmachung. Halt, wartet – gebt mir Euer Schwert.«

Widerwillsig nahm Walegrin seinen Schwertgürtel ab und händigte ihm den Prinzen aus.

»Er ist gekommen, Tempus«, rief Kadakithis mit seiner dümmlichsten Stimme.

»Seht her! Er brachte mir ein Geschenk! Eines seiner Stahlschwerter!«

Tempus wandte sich von einem Fenster ab. Er hatte wahrhaftig etwas von einem Gott an sich. Ihm gegenüber fühlte Walegrin sich ganz klein, und er bezweifelte sehr, daß Kittycat etwas tun konnte, um ihm zu helfen. Ja, er glaubte nicht einmal mehr daran, daß die Handschuhverzierung in seinem Beutel ihm irgendwie dabei helfen konnte, Thrusher oder Illyra freizukriegen.

»Der Stahl ist Freistatts Geheimnis, nicht Kilites?« erkundigte sich Tempus scharf.

»Natürlich«, versicherte ihm der Prinz. »Kilite wird nie davon erfahren. Niemand in der Hauptstadt wird davon erfahren!«

»Also gut.« Nun rief Tempus laut: »Bringt ihn herein!«

Fünf Stiefsöhne zerrten einen vermummten Gefangenen herein und versetzten ihm einen Stoß, so daß er langgestreckt auf den Marmorboden fiel. Thrusher riß sich die Kapuze vom Kopf und kam taumelnd auf die Füße. Ein leuchtender Bluterguß erstreckte sich fast über eine ganze Gesichtsseite, seine Kleidung hing in Fetzen an ihm herab und offenbarte weitere Blutergüsse sowie Schürf- und Schnittwunden. Aber ernsthaft verletzt schien er nicht zu sein.

»Euer Mann – ich hätte ihn meinen Männern überlassen sollen. Er hat in der Nacht zwei von ihnen getötet!«

»Nicht Männer«, schnaubte Thrusher. »Hurensöhne! Männer stehlen keine Frauen und überlassen sie den Ratten!«

Einer der Stiefsöhne trat näher. Walegrin erkannte ihn als den, der Illyras Tisch umgekippt hatte. Obgleich selbst Wut in ihm brannte, hielt er Thrusher zurück. »Nicht jetzt!« flüsterte er.

Der Prinz trat mit dem Schwert zwischen sie. »Ich glaube, Ihr solltet das nehmen, Tempus. Es ist zu schlicht für mich – Euch wird das doch nicht stören, oder?«

Der Höllenhund betrachtete die Klinge und legte sie wortlos zur Seite. »Ich sehe, Ihr habt Eure Männer unter Kontrolle«, sagte er zu Walegrin.

»Was man von Euch nicht behaupten kann.« Walegrin warf Tempus den Zierknopf zu, den Dubros gefunden hatte. »Eure Männer ließen das hier zurück, als sie meine Schwester entführten.« Sie waren von gleicher Größe, Walegrin und Tempus, aber es fiel Walegrin nicht leicht, Tempus in die Augen zu sehen, und nun verstand er, was es bedeutete, verflucht zu sein, wie Tempus es war.

»Ah ja, die S'danzo. Meinen Männern gefiel die Zukunft nicht, die sie ihnen voraussagte. Sie bestachen einen Abwinder, um sie zu erschrecken. Nur verstehen die Abwinder sie noch nicht. Sie hatten nicht vorgehabt, sie enführen zu lassen, genausowenig wie sich selbst ausrauben zu lassen. Ich habe mir meine Männer vorgenommen – und die Abwinder, die von ihnen beauftragt wurden. Eure Schwester ist auf den Basar zurückgekehrt, Walegrin, ein bißchen reicher, ihrer ungewollten Abenteuer wegen, und ab sofort tabu für alle Stiefsöhne. Niemand ahnte, daß sie Eure Schwester ist – von gewissen Männern nimmt man an, daß sie keine Familie haben.« Nun beugte sich Tempus vor und wandte sich nur an Walegrin. »Sagt mir, kann man Eurer Schwester glauben?«

»Ich glaube ihr.«

»Selbst wenn sie einen solchen Unsinn über eine Invasion vom Meer her quatscht?«

»Ich glaube ihr jedenfalls so sehr, daß ich in Freistatt bleibe – und das, obwohl ich es wahrhaftig nicht vorhatte!«

Tempus drehte sich um und griff nach Walegrins Schwert. Er verstellte den Gürtel, so daß er über seine Hüften paßte, und legte ihn um. Die Stiefsöhne waren schon wieder gegangen. »Ihr werdet es nicht zu bereuen haben, wenn Ihr dem Prinzen helft«, sagte er, ohne jemanden anzusehen. »Er steht in der Götter Gunst, wißt Ihr? Gemeinsam werdet ihr viel erreichen.« Er folgte seinen Männern aus der Tür und ließ den Prinzen mit Walegrin und Thrusher zurück.

»Ihr hättet mir wenigstens sagen können, daß Ihr ihm mein Schwert schenkt!« beschwerte sich Walegrin.

»Ich hatte es nicht vor. Ich wollte ihn bloß ablenken – ich nahm nicht an, daß er es wirklich nehmen würde. Es tut mir leid. Was ist das denn für ein Gefallen, den ich Euch erweisen soll?«

Da Illyra und Thrusher in Sicherheit waren und seine Zukunft festgelegt zu sein schien, brauchte Walegrin keinen Gefallen mehr, aber er hörte seinen Magen knurren und zweifelte nicht daran, daß auch Thrusher hungrig war. »Wir hätten gern ein Mahl wie für einen König – oder Prinzen.«

»Nun, das ist ein Wunsch, den zu erfüllen durchaus in meiner Macht steht.«

Personenregister

Am Ende jedes Eintrags wird auf den Band verwiesen, in dem die jeweilige Figur erstmals vorgestellt wurde. Die Abkürzungen bedeuten im einzelnen:

DF = Die Diebe von Freistatt (Band 20089)
BS = Der Blaue Stern (Band 20091)
WE = Zum Wilden Einhorn (Band 20093)
RW = Die Rache der Wache (Band 20096)
GF = Die Götter von Freistatt (Band 20098)
VF = Verrat in Freistatt (Band 20101)

Alten Stulwig – ein Apotheker und Heilkundiger im Westviertel von Freistatt, der sich auch mit Giften und Gegengiften auskennt. (WE)
Alter Mann – s. Panit.
Arbalest – Erzpriester Savankalas, Mitglied der kaiserlichen Gesandtschaft. (VF)
Arton – Sohn Illyras und Dubros; Zwillingsbruder von Lillis. (VF)
Balustrus – der Metallmeister, von vielen für verrückt gehalten; in Wirklichkeit der adlige Aufständische Grauwolf, in den Bergen geboren und aufgewachsen, dann in Freistatt untergetaucht und zum Gladiator ausgebildet, bis er in einem Zweikampf zum Krüppel geschlagen wurde; von dem Lizerner Vertan wieder geheilt. (VF)
Coricidius – ein hoher rankanischer Adliger, Minister des Kaisers, Anführer der kaiserlichen Gesandtschaft, der Lalo dazu zwingt, magische Porträts von den Abgesandten aus Ranke zu malen. (VF)
Cubert – ein Söldner im Dienste Walegrins. (VF)

Cythen – eine Frau, behende im Umgang mit dem Schwert, die sich als Söldner in den Dienst Walegrins stellt. (VF)
Dubro – der große, ruhige Schmied des Basars und Beschützer Illyras. (DF)
Dunsha – Balustrus' Haushälterin. (VF)
Dzis – Falkenmaske, Scherge Jubals. (VF)
Eichan – Falkenmaske, Scherge Jubals. (VF)
Eindaumen – der Wirt der Kneipe »Zum Wilden Einhorn« im Herzen des Labyrinths, ein großer, kräftiger Mann, dem ein Daumen an der rechten Hand fehlt. Kaum einer weiß freilich, daß Eindaumen ein Doppelleben führt: als Lastel hat er ein Haus im Juweliersviertel, das durch unterirdische Gänge mit Amolis Liliengarten, einem verrufenen Bordell, in Verbindung steht. Er hat auch seine Hand im *Krrf*-Drogenhandel und anderen illegalen Geschäften. (BS)
Enas Yorl – einer der mächtigsten Magier des rankanischen Reiches. Erkennbar nur an seinen rot leuchtenden Augen, da er durch einen Fluch, der auf ihm liegt, in unregelmäßigen Abständen seine Gestalt wechselt. Er lebt in einer palastartigen Residenz unterhalb der Pyrtanisstraße im Juweliersviertel, die von Basilisken bewacht wird. (DF)
Gilla – Lalos Frau, dick und häßlich wie ein Rhinozeros, aber im Herzen immer noch schön wie ein Einhorn; sein liebstes Modell. (GF)
Haggit – ältester Sohn Mama Bechos, ein hagerer, krumm gewachsener Bursche mit fettigem, strähnigem Haar, der sich als Bettler verdingt. (VF)
Hakiem – der Geschichtenerzähler, der überall gern gesehen oder zumindest geduldet ist. Er verkauft seine Geschichten für Kupferstücke jedem, der sie hören will. Darüber hinaus hört er auch sehr viel,

was ihn zu einem wertvollen Spion für Jubal macht. (DF)

Haught – ein Sklave, ehemals Tänzer in Caronne, im Dienst einer Gruppe von Vashanka-Anhängern, die auch mit Tempus' ›Stiefsöhnen‹ in Verbindung stehen. Fällt unter den Bann der Ischade und wird durch sie befreit. (VF)

Honald – ein Freistätter; mehrere seiner Neffen sind Palastwachen. (VF)

Hort – Sohn des alten Fischers Panit, ein junger Mann, der nicht für den Beruf seines Vaters bestimmt zu sein glaubt. (RW)

Illyra – eine junge Seherin, die die Vergangenheit und Zukunft aus den Karten liest, Tochter von Walegrins Vater und der S'Danzo-Frau Rezzel, die er im Affekt tötete. Da die S'Danzo-Zigeuner sie als Halbblut verachten und die anderen ihr als S'Danzo mißtrauen, ist Illyra so etwas wie eine Ausgestoßene. Sie hat ihren Stand im Basar und lebt mit dem Schmied Dubro zusammen. (DF)

Ischade – eine Zauberdiebin, die Jagd auf Magier macht und von ihnen Formeln und dergleichen stiehlt. Aufgrund eines Fehlers, den sie einmal dabei begangen hat, steht sie unter dem Fluch, daß jeder Mann, der mit ihr das Bett teilt, sterben muß. (RW)

Ister – einer von Mama Bechos Jungs. (VF)

Jubal – ein riesiger Neger, ehemaliger Sklave und Gladiator, der ungekrönte König der Unterwelt von Freistatt. In den meisten illegalen Geschäften der Stadt, einschließlich des *Krrf*-Drogenhandels, hat er seine Finger. Er hält sich eine Truppe von Schergen, die man nach ihrer Verkleidung die Falkenmasken nennt. Außerdem verfügt er über ein dichtgeknüpftes Netz von Spionen. (BS)

Kadakithis, Prinz – Statthalter von Freistatt, jung,

idealistisch, aber nicht dumm. Er weiß genau, warum er hier ist: weil sein Stiefbruder, der Kaiser von Ranke, ihn aus dem Weg haben wollte. Er ist fair, wenn er kann; seine Feinde haben ihm wegen seiner diplomatischen Art den Namen ›Kittycat‹ gegeben. (DF)

Kemren, gen. der Purpurmagier – ein sehr mächtiger Zauberer, ursprünglich von Sarranpip abkömmlich, lebt (wenn er nicht gestorben ist) auf der Insel Shugthee im Schimmelfohlenfluß westlich von Freistatt. (BS)

Kilite – Kaiserlicher Berater, ein rankanischer Adeliger und Walegrins Auftraggeber auf der Suche nach dem Stahl von Enlibar. (VF)

Kittycat – s. Kadakithis

Lalo – erfolgloser Porträtmaler, bis ihm der Auftrag zufiel, für Molin Fackelhalter die Fresken des neuen Savankala-Tempels zu malen. Durch einen Zauber Enas Yorls ist er dazu befähigt – oder verflucht –, nicht das Äußere der Menschen abzubilden, sondern ihr wahres Wesen. (GF)

Lillis – Artons Zwillingsschwester. (VF)

Luth-im – einer von Mama Bechos Jungs. (VF)

Malm – Söldner Walegrins, bei Überfall getötet. (VF)

Mama Becho – besitzgierige Wirtin der einzigen Schenke in Abwind, dem Elendsviertel von Freistatt. Sie hält sich durch eine Schar von Jungs auf dem laufenden, die sich aus Findlingen und ihren eigenen Kindern zusammensetzt. (VF)

Mignureal – Tochter der S'Danzo-Seherin Mondblume. (WE)

Molin Fackelhalter – Hohepriester und Baumeister des Gottes Savankala. Er wurde mit Kadakithis nach Freistatt entsandt, um den rankanischen Göttern Tempel zu errichten. (DF)

Mondblume – eine S'Danzo-Frau. Sie ist eine Seherin, wie viele vom Blut des S'Danzo-Volkes, wobei sie die nahe Zukunft nicht erkennen kann. Sie ist füllig, wie die meisten S'Danzo-Frauen. (DF)
Mor-am – käuflicher Killer, bildet ein Team mit seiner Schwester Moria. Steht im Dienst Jubals. (BS)
Moruth – Halbbruder Tygoths, Anführer von Mama Bechos Jungs. (VF)
Mradhon Vis – Abenteurer aus Nisibisi, ein ehemaliger Soldat, der unehrenhaft aus der Garnison entlassen wurde und sich auch in einer Reihe von anderen Berufen, etwa als Leibwächter, versucht hat; entging mit Not dem Bann der Ischade. (RW)
Omat – ein Fischer mit verkrüppeltem Arm. (RW)
Panit, gen. der Alte Mann – einer der ältesten und erfahrensten Fischer von Freistatt. (RW)
Quag – einer der Höllenhunde, ein älterer, gesetzter, zuverlässiger Mann. (DF)
Raximander – rankanischer Adeliger, Mitglied der kaiserlichen Gesandtschaft.
Saliman – rechte Hand Jubals, von ihm einst als Sklave erworben, aber auf freien Fuß gesetzt; seitdem fürsorglicher Freund, der ihm die Treue hält. (VF)
Stecho – früherer Auftraggeber von Mradhon Vis, auf der Straße erstochen durch Tempus' ›Stiefsöhne‹.
Squith – einer von Mama Bechos Jungs. (VF)
Tempus, auch Thales genannt – der neueste Höllenhund und eine rätselhafte Gestalt, die ihr Leben ganz in den Dienst Vashankas, des rankanischen Kriegsgottes gestellt hat. Er ist ein Riese von einem Mann, mehr als drei Jahrhunderte alt und besitzt die Fähigkeit, seine Wunden zu heilen und seine Gestalt zu tarnen, daß man ihn nicht erkennt. Er hat einen besonderen Haß auf Jubal und verachtet alle Magier. Nach dem Tode des Abarsis hat er die Führerschaft

der ›Stiefsöhne‹, des ›Heiligen Trupps‹ von Soldaten des Gottes Vashanka, übernommen. (WE)
Thrusher – Walegrins Freund und Weggefährte. (VF)
Tygoth – Mama Bechos erwachsener Sohn, der für die Bewachung der Schenke zuständig ist; gibt sich gern debiler, als er ist. (VF)
Vertan – Zauberer und Wundarzt vom Orden der Lizerener, die in Demut und Bescheidenheit ein unauffälliges Leben fristen. Sie halten sich Ziegen zur Nahrung und für ihre magischen Rituale. (VF)
Walegrin – Ein Söldnerführer, Halbbruder der Seherin Illyra. Ihr Vater wurde von den S'danzo verflucht, und Walegrin glaubt unter demselben Fluch zu stehen. Er ist groß, bleich und wirkt sehr barbarisch vom Äußeren. (WE)
Zalbar – Hauptmann der Höllenhunde und dem Reich treu ergeben. Er ist ein Ehrenmann, und selbst seine Liebe zu Madame Myrtis, der Herrin des Aphrosisiahauses in der Straße der Roten Laternen, läßt ihn in seinem Urteil nur wenig schwanken. (DF)
Zanderei – Versorgungsbeauftragter des Heeres und unbedeutender Verwandter des Kaisers; ein Mitglied der Kaiserlichen Gesandtschaft, der dem Maler Lalo das Leben schwermacht. (VF)

Band 20 098

Robert Asprin (Hg.)

Die Götter von Freistatt

Deutsche Erstveröffentlichung

Als die Eroberer aus dem Rankanischen Reich die Stadt der Diebe in Besitz nahmen, brachten sie ihre eigenen Götter mit. Doch die alten Götter von Freistatt leben noch, und sie haben ihre Macht noch nicht verloren. Und wer als Mensch zwischen die Fronten der Götter gerät, der merkt bald, daß in den Gassen von Freistatt noch andere Gefahren lauern als der Stahl einer Klinge oder die flinke Hand eines Diebs.

Neue Geschichten aus der finstersten, verrufensten Stadt der Fantasy, wo man viel Phantasie entwickeln muß, um am Leben zu bleiben.

BASTEI LÜBBE

Sie erhalten diesen Band im Buchhandel, bei Ihrem Zeitschriftenhändler sowie im Bahnhofsbuchhandel.

Band 24 099

Poul Anderson

Das Schwert des Nordens

Vor tausend Jahren kamen die Wikinger aus dem eisigen Norden, ein stolzes, unbeugsames Volk. Ihre Welt war eine Welt der Götter, Elfen und Trolle, die übermenschliche Kräfte besaßen. Doch nun ist eine neue Zeit angebrochen. Neue Mächte drängen ins Licht. Und die letzte Hoffnung der alten Völker des Nordens liegt in dem verfluchten Schwert Tyrfing, geborsten in grauer Vorzeit, nun neu geschmiedet als Waffe in ihrem letzten Kampf gegen den neuen, christlichen Gott.

BASTEI LÜBBE

Sie erhalten diesen Band im Buchhandel, bei Ihrem Zeitschriftenhändler sowie im Bahnhofsbuchhandel.